【长篇小说】

MONOLOGIST

独白者 ③ 同行

向林 作品

江苏凤凰文艺出版社
JIANGSU PHOENIX LITERATURE AND
ART PUBLISHING, LTD

目 录

　　沈跃却并没有马上回答她的这个问题，而是说道："我们很多人看到的都是他人的生与死，无论是我们熟悉的还是陌生的人，他们死去后，我们自己的生活依然在继续。我们看到他人死亡之后变成了尘土，似乎死亡就意味着永远消失，因此我们便认为死亡就是灰飞烟灭，也就因此不再相信灵魂的存在。"

　　沈跃道："眉形单纯上提，眉形自然，眼睑是自然向上，睁到最大，露出了上方的眼白，而他的上唇没有任何提升，这是惊讶的细微表情，他这一瞬间的惊讶也就成了肯定的答案。这就是微表情研究。不过这门科学非常复杂，如果没有观察细节的天赋并且经过专门的训练，一般人是很难看出这些细微表情变化的。"

　　康如心朝他递过一张纸巾，道："你的鼻子好像塞住了。为什么非得去担心最坏的结果呢？万一凶手不再作案了呢？"

　　沈跃苦笑着说道："你应该知道墨菲定律，当我们越担心一件糟糕的事情会发生的时候，往往它就真的会发生。这个世界就是如此残酷。"

　　沈跃顿感头痛，他忽然发现自己根本就没有找到问题的关键。可是，难道我的思路真的错了吗？嗯，侯小君对这个人的评价应该是比较准确的……正想着，忽然手机响了，电话是龙华闽打来的："又有一个人死了，同样的作案手法。"

　　沈跃刚刚才走了几步就忽然想起了什么，又转身对龙华闽说道："对了，凶手一直都是在城外练习那种杀人手法的，你应该让下面的人马上去走访一下，看能不能找到偷狗人的线索。"他并没有注意到龙华闽和康如心面面相觑的表情，直接就快步离开了办公室。

当沈跃再次拿出那张城市地图，这才忽然发现，如果以宁永生的住处为起点，从那部公用电话到宋维维工作的学校，这三点是连成一线的，而且距离非常近。而姜仁杰与宁永生发生冲突的地方、蒲安俊的住处和曹向前踢足球的那个球场正好与宁永生的住处和他的工作单位在一条线上。这一刻，沈跃忽然想起一个成语——瓜熟蒂落。如果不是贾冬的死，这几个点似乎永远都无法串联起来，难道这就是人们所说的宿命？

沈跃诧异地看了康如心一眼，他发现康如心越来越聪明了。自己心里的这个想法从来没有对人讲过，到目前为止还只是一个想法，想不到她居然能够猜到。他回答道："其实我并不想去冒那样的险，更不愿意让你也跟着我去冒那样的险，如果真的到了万不得已的地步，我会自己去当诱饵。"

宁虎依然不回答。沈跃笑道："你不回答我的问题没关系，我已经知道答案了。那么我问你，你父亲经常去的教堂是哪一家？市中心的那一家？城北的？都不是？那就是城西的那一家了。"随即他转身对曾英杰说道："马上给龙总队打个电话，即刻搜查这三处教堂，城西那一家是重点。"

沈跃道："作为神的优雅。偷袭已经是很不光彩的事情了，如果再使用毒药，那就是魔鬼的行为了。由此我就想到宁虎给我提供的一个信息，他说宁永生曾经看过一本销售方面的书，虽然宁虎记不得那是一本什么行业的销售类书，但是从这件事情上可以分析出，宁永生一定有着另外一个不为人知的职业，而且这个职业并不阴暗。"

云中桑朝他蔑视地一笑，说道："你还真的把自己当成警察了？怎么，传讯我？"

沈跃摇头道："我没有传讯你的权力，是这位康警官传讯你，我只是协助她问你几个问题。不，一个问题就足够了。其实你早已经知道，就在最近几天，你策划的事情就会爆发出来，所以你早就预料到我今天会来找你。是这样吗？"

沈跃道："云中桑最擅长的是催眠术，我想他的题目必定与此有关。你说，程惠为什么会那么肯定那些货就是真的？还有，她描述出来的人为什么会是那个小周？可是分明又有人证明小周当时正在领工资，这是不是太奇怪了？"

威尔逊道："这个世界上从来就没有完美的东西！沈，我给你的建议就是，先解决问题，然后把那件事情告诉警方。这对夫妇需要的不是隐瞒，而是赎罪。赎罪可以让一个人的心灵得到慰藉，他们目前的逃避只能将罪恶、痛苦深埋在灵魂深处，自我饱受折磨，所以你那样做其实是在帮助他们。"

在云中桑家外边不远处，一个清洁工模样的人忽然出现在沈跃面前，低声对他说道："沈博士，他在家。"原来这是一名便衣警察。沈跃朝他点了点头，清洁工模样的人伸出手在他身上拍打了几下，道："沈博士，你这衣服怎么粘上灰了？"

沈跃暗自惊心：我还是差点低估了他。不过沈跃依然保持着淡然的表情，就那样看着他，看着他生气的样子，还有接下来的得意忘形，然后在他正笑得肆无忌惮的时候才缓缓说道："如果催眠你的是你导师的声音呢？"

说完后沈跃直接走出了审讯室，身后的笑声戛然而止。

　　沈跃朝曾英杰递了个眼神，曾英杰急忙过去和老太太打招呼，沈跃趁机就进了母亲的房间。母亲的外套挂在衣架上，沈跃将手伸进右边的口袋里，什么都没有。再去摸左边口袋，有一个硬硬的东西，沈跃的心狂跳不止，将那个硬硬的东西拿了出来——一只打火机，一次性的打火机！

其实沈跃的生活一直都非常简单，无论是以前在美国的时候，还是回国之后，他认识的人都非常有限，而且其中大部分人很快就会成为过去，不再与他有任何交集。

齐敏移民后，沈跃也有过自责，但很快就放下了。在沈跃心里，齐敏是一个值得同情的女人，她的那些遭遇曾经触动过他柔软的心弦，不过，或许也只是仅此而已。在放下这件事后，沈跃本以为齐敏也将成为他人生中众多过客之一，但没想到的是，就在这个冬天，在这大雪纷飞的山上，他居然再一次听到了齐敏那特有的、温柔的声音："沈博士，你还好吗？"

这是问候，这样的问候说明她依然远在异国他乡。沈跃的心里倍感温暖，却并没有生出太多激动情绪，或许是因为此时康如心就在身旁。沈跃对着电话答道："我很好。你呢？"

"我也很好……要过年了，我就是想问候你一声。"齐敏的声音柔柔的，而沈跃却分明感受到了她语气里的凄楚。

在大多数中国人心中，春节是一年当中最重要的节日，它代表的是阖家团圆、幸福平安，这是一种早已根植到了中国人骨子里的文化和精神传承。在国外生活的那些年，每当冬季来临，沈跃都会情不自禁地生发出思乡之情。亲人们的言笑晏晏，亲人间的温情绵绵，曾无数次在他的脑海中盘旋，他能体会那种远离亲人和朋友的孤独感。此时，沈跃的脑海里瞬间浮现出这样一个画面：寒冷的冬季，在异国他乡的某个城市的街道上，一个有着东方面孔的女人，正在孤独地行走着。这一刻沈跃才忽然意识到，当初齐敏决定移民的事情是有多么仓促，他顿时明白了，那时候的她只不过是选择了再一次的逃避。

"你可以回来的，这里才是你真正的家。还有，我始终觉得你和邱继武之间的感情太令人惋惜了。你说，不是吗？"沈跃发现自己是非常艰难地讲出这句话的。

随即就听到齐敏依然柔柔的、略带郁郁的声音："我想一个人在外边待一段时间。沈博士，再见。"

电话被对方挂断了，沈跃心中刚刚涌起的那一丝暖意已经不在，胸间骤然升起一阵难言的沉郁。他长长地呼出一口气，忽然发现胳膊已被康如心抱住了，她轻轻地问："是齐敏？"

沈跃点头，丝毫没有掩饰自己的低迷情绪。

康如心看着他，低声道："或许，你应该去找邱继武谈谈。"

沈跃忽然想起了上次在珠海时做的那个梦，心里莫名地难受、紧张起来，摇头道："算了，你说得对，我解决不了所有人的问题。"

可是沈跃并不知道，康如心对齐敏的同情心已经在瞬间进发出来，对一个内心善良的女性来讲，当她拥有了自己的感情之后，往往会更容易同情他人。康如心柔声对沈跃道："我们应该帮帮她，她太可怜了。"

沈跃苦笑着摇头道："有句话是怎么说的？人生和世界都如一盘棋，是死棋还是活棋，答案就在自己手里。我们是帮不了她的，能够帮她的只有她自己。"

除夕夜当晚，沈母做了一大桌菜，除了康如心和曾英杰之外，沈跃还特地把彭庄叫了过来。为了那个案子，彭庄居然连家都没回！

如今康如心已经完全明白了天才们的与众不同，他们常常会对一件事情执着到不可思议的地步，和这样的天才们在一起工作，他们随时会给你带来惊喜，让你感到自己是这个世界上最幸福、最幸运的人。

彭庄手上的是一起碎尸案。一条流浪狗对着下水道的井盖处大声吠叫，引起了一个路人的注意，路人揭开井盖后发现里面有一个人头样的东西，惊骇万分之余连忙报了警。

人头腐烂得非常厉害，根本看不出本来模样。警方通过头骨重建技术还原了死者的相貌，但是却发现死者并不在失踪人口档案中。经过数月的调查，警方连死者的身份都没有确定下来，也没有从那处井盖周围的监控录像里面寻找到犯罪嫌疑人的踪影，这起案子就这样被搁置下来。这并不奇怪，人口失踪本来就是全世界各个国家都面临的大问题，特别是在不发达国家尤其严重，其中拐卖妇女、儿童和黑矿、偷渡之类的案件在人口失踪案中占了很大比例，其次才是谋杀之类的案件。

彭庄拿到案卷后首先注意的是颅骨重建后的画像，他十分清楚眼前这张画像是专业软件处理后的结果。虽然他并不怀疑警方在这项技术上的专业性，不过却并不完全相信电脑软件的分析，要知道，单凭一个颅骨是很难判断出一个人真实的年龄和体形的。

上次给康如心父亲画像的事情让彭庄找到了灵感，在接下来的时间里，他带着手上的数张画像开始走访街道居委会、小区物业，遇到有人不配合的时候就拉着曾英杰一起去，毕竟曾英杰是警察身份，办事方便。

一个礼拜后，彭庄终于在城西一家事业单位所在的居委会寻找到了线索。一位居委会的工作人员指着彭庄手里的一张画像说道："这不是简伟国吗？"

眼前的这张画像与警方提供的完全不同。彭庄根据警方提供的画像，按不同的年龄段以瘦、正常、胖三种脸型分别画出了死者的模样，每次让别人辨认的时候就将所有画像摆放在桌上。这位工作人员指认出的正是年龄在五十岁左右、中胖型脸的那一张画像。彭庄惊喜万分，数天的走访终于有了结果，急忙问道："你确定？你说的那个人真的长得是画像上这个样子？"

那位工作人员说道："真的很像，不过他本人还要稍微胖一点儿。"

彭庄迅速将画纸翻到背面，寥寥几笔就重新画了一张，然后问道："是这个样子吗？他是干什么的？"

那位工作人员惊讶地说："对，对！就是这个样子。他没有工作，年轻的时候继承了父亲的遗产，也不结婚，成天四处溜达。不过他并不住在这里，他住在我岳父家那一片儿，所以我认识他。"

彭庄即刻将情况报告给当时的办案警察。办案警察发现这个叫简伟国的人确实失踪了大半年，因为是单身，又经常四处溜达，所以虽然已经失踪了大半年却没人报案。警方在搜查了他的住处后依然一无所获。办案警察听说彭庄是沈跃准备聘请的人，于是拍着他的肩膀道："这个案子就交给你了。"

本来彭庄完全可以拒绝继续调查下去的，毕竟已经明确了死者的身份，接下来的事情由警方继续去调查最好。然而彭庄是年轻人心性，十分好强，再加上他的调查刚刚有了这么大的进展，兴趣正浓，于是就毫不客气地应承了下来。

接下来彭庄就开始从死者住处附近的人调查起，询问他们最后一次见到死者的时间，然后再围绕死者的住处逐渐延伸，展开调查，最后居然通过这样的方式在数公里外的一个花鸟市场中找到了一位知情人。

花鸟市场里一位姓蒋的老板回忆说，他在半年前见过死者，因为死者以前经常到这里闲逛，所以自己认识他。蒋老板说，半年前的某一天，死者在距离自己门市不远的地方和一个中年男人说了一会儿话，然后两人就分别离开了。彭庄让蒋老板详细描述了与简伟国说话的那个人的模样，很快地，一张肖像就出现在蒋老板眼前。

蒋老板目瞪口呆，道："太像了！就是这个人。"

于是彭庄就拿着那个人的画像四处询问，一直问到距离花鸟市场一公里外的某个建材门市。建材门市的老板认识画像上的人，但是却说自己从来没有见过简伟国。

在花鸟市场和死者见面的那个人叫楚大生，是一家装修公司的老板。彭庄很快就找到了那位楚老板，可是楚老板却说他是因为替一个人装修房子后拿不到钱，房主让他去找简伟国要，所以那天就约了简伟国在花鸟市场见面。

彭庄问："那你拿到钱了吗？"

装修公司的老板摇头道："拿到什么？！那天过后就再也找不到他了，后来还是房主把钱给了我。"

彭庄根据装修公司老板提供的线索找到了那位房主，房主说简伟国欠他的钱，仅此而已。

上次和沈跃一起吃饭时，沈跃教过他们观察微表情的大致方法，彭庄觉得这个人没有撒谎，但是这并不影响他对这件事情感到奇怪，于是继续问道："听说简伟国很有钱，他为什么会欠你钱呢？"

房主回答道："他再有钱也有周转不便的时候啊。"说完后就不再理会他了。

彭庄说："我是代表警方来调查这件事情的，希望你能够告诉我实情。"

房主犹豫了一下，说："那我实话告诉你吧，简伟国是我多年的朋友，几年前他染上了毒瘾，找我借了十几万，一直不还，正好我装修房子，本想趁机让那家装修公司的老板问他要钱，结果想不到他却跑得无影无踪了。我还正找他呢。"

彭庄说："简伟国死了，警察只发现了他的头，应该是被人分尸了。"

房主大吃一惊，道："哎呀，我的钱！他吸毒，是不是欠毒贩的钱太多才被杀害了？"

彭庄一听，觉得很有可能正是如此，心里也有些害怕起来。但是他不想在办案警察面前露怯，又想到这起案子是沈跃交办的任务，更不愿意被人轻视，于是就找到了曾英杰求助。

曾英杰也觉得这起案子有些麻烦了，建议彭庄直接将案子交给办案警察，彭庄不言语，却反问道："你手上的案子呢，有线索了吗？"

曾英杰回答道："我的案子早就破了，还有匡无为的案子也找到了真相。"

彭庄一听，更加下定决心，直接否定了曾英杰的建议，说道："我们一共四个人，现在你和匡无为手上的案子都有了结果，我绝不能放弃。曾哥，帮个忙嘛，到时候我请你喝酒。今后你要我帮忙我绝不推辞。"

曾英杰已经见识过他奇异的能力，也知道他其实是一个非常好强的人，笑着打趣道："你还是学生呢，哪来的钱请我喝酒？"

彭庄得意扬扬地说道："我每天晚上在街头给人画画，一个月能挣一万多块，比你有钱。"

曾英杰吓了一跳，心里竟然有些嫉妒起来：想不到这家伙这么会挣钱。

曾英杰见彭庄破案的态度坚决，直接就去找了缉毒警察，很快就从一个刚刚被捕不久的底层贩毒人员那里找到了线索。那个人认出了画像上的简伟国，说曾经有一次在上线那里见过他。

原来简伟国不但吸毒，而且还贩毒。不过那个上线也失踪了，彭庄又画出了那个人的画像，然后四处寻找他的下落。

年夜饭前，彭庄向沈跃汇报了案件的调查情况，他苦笑着说道："谁知道那个人跑到什么地方去了，反正到现在为止我还没有发现关于这个人的其他线索。"

沈跃笑道："这个案子调查到这一步已经差不多了，剩下的事情让警方继续跟进吧。"

康如心觉得奇怪，问道："简伟国吸毒？你不是说他长得很胖吗？怎么可能？"

曾英杰道："估计他曾经戒过几次毒，戒毒后会变胖。"

沈跃点头道："很可能是这样。像简伟国那样的人，长期享受着安逸的生活，不上班，又没有老婆和孩子，精神极度空虚，他吸毒也就不是什么奇怪的事情了。也许他戒毒的原因不是因为害怕毒品，而是因为手上已经没有钱了。"

曾英杰道："我问过办案警察，他们在搜查死者住处的时候发现了一样很值钱的古董。据说死者家里的古董以前可不止一件，估计他是想保住那件东西。"

康如心问道："他为什么一直不结婚呢？结了婚，有了家庭和孩子，也就不会那么空虚了。"

曾英杰道："他的邻居说，以前曾有人给他介绍过女朋友，但是都被他拒绝了，也不知道是什么原因。"

沈跃道："不想结婚本来就是一个人空虚的表现形式之一。我们大多数人可能会因为感觉到空虚而去寻找一些自我充实的方法，但是对有些人来讲，他们在空虚的状态下却更害怕担负起责任。也许，这个简伟国就是这样的人吧。"

这时候彭庄忽然说了一句："不行，我必须继续调查下去，不能半途而废。"

虽然沈跃对彭庄这种独特的调查方式很感兴趣，不过依然觉得彭庄已经没有必要继续调查下去了。他看着曾英杰，道："你说说。"

曾英杰想了想，对彭庄说："我觉得沈博士的话很对，你都调查到这个程度了，案情已经基本清晰，那个毒贩的上线很可能就是杀害简伟国的凶手。彭庄，你想过没有，这个人既然失踪了，就很可能已经不在本地，你怎么可能找得到他？但警方要找到他却要相对容易一些。"

彭庄说道："我有个想法。我想试试。"

沈跃大致知道了他的想法，点头道："也行，你试试吧。"此时，沈跃忽然对一件事情产生了浓厚兴趣，笑着对彭庄说："我很想看看自己老了以后是什么样子，你可以帮我画一张吗？"

彭庄笑道："没问题。"

很快地，画纸上就出现了一个老人的形象，细看之下还真有些沈跃的模样。可是让大家感到奇怪的是，画像只占了画纸左边的一半，而且彭庄还给画像画上了小胡子。彭庄笑着说："这才像传说中的博士的样子，你们说是不是？"

所有人都笑了。康如心一边笑一边对沈跃说："你留这样的胡子挺好看的。"

沈跃笑道："不好，吃饭、喝汤都不方便。"

大家又笑了起来，却见彭庄正快速地在画纸的右侧开始描画，数笔之后，曾英杰和陈乐乐不约而同地看向康如心。原来画纸上老年沈跃的旁边是康如心年老后的模样，虽然画像上她的脸上有了些许皱纹，但她的相貌特征却一览无余。

沈跃大笑，道："谢谢彭庄，这是一件最好的春节礼物。"

康如心的脸已经红了，不是因为害羞，是因为高兴。

乐乐是第一次见到这样神奇的事情，眼前的这幅画让她瞬间激动起来。追求白头偕老本来就是女人最大的愿望，她热切地看着彭庄，不过话还没有说出口就被曾英杰暗暗制止住了。

很多事情就是这样，独一无二才显得珍贵，包括这一刻的心境。曾英杰虽然年轻，但却非常懂得人情世故。

彭庄将那个毒贩的照片发到了网上各大最热门的论坛、贴吧，不过他杜撰说此人是一名强奸幼女的惯犯，同时还承诺将给予提供有效信息者两万元的酬谢。千万不要低估人们的正义感和八卦心的力量，这一点从网民对人肉搜索的热情中就完全可以反映出来。彭庄的帖子瞬间激发起人们对罪犯的愤怒之情，数天后警察就根据网民提供的线索将那个毒贩从东莞的某个角落擒拿归案。此人正是杀害简伟国的凶手。

侯小君手上的案子也已经解决了，那也是一起非常离奇的案子。其实，再离奇的案子都是在没有找到真相之前人们的看法，毕竟案子的线索是未知的，而未知的东西最容易让人产生出各种各样的联想与猜测，而一旦真相揭开，人们的好奇心也就到此为止了，最后不过剩下一句：原来是这样啊。

　　破案说到底就是一个解密的过程，就如同一道难度极大的数学题，也许解开的方法很多，但答案却只有一个。当时沈跃看到这个案子的时候，一时间都被难住了，可没想到，案子到了侯小君的手上，却被她找到了答案。

　　对此，沈跃并不觉得奇怪，也没有感觉沮丧，相反，他因为自己能够发现侯小君的天赋感到高兴。

　　这个案子曾经轰动一时，省城的晚报还报道过。一户三口之家，儿子生病住院期间，父亲和儿媳同时死在家中，父亲死于心脏病，儿媳是上吊自杀。

　　像这样的案子当然容易引发人们的联想，更何况这位父亲年轻时还有过不少风流韵事，也正因为如此，晚报才会将这起案件报道出来，而且其中八卦的内容占了主要篇幅。因此，人们关注的也就不再是这起悲剧本身，更多的反而是为了满足猎奇的需要。

　　由于警方一时间没能破案，这就更加引发了人们的各种猜测。不过像这样的案件却往往更容易被时间冲淡，毕竟死者不是什么明星或权贵。

　　沈跃问侯小君："你是从什么地方发现线索的？"

　　侯小君回答道："关于郎坚父亲那些风流韵事的传言毕竟都是他年轻时候的事情了，而且他妻子在十多年前去世后他就一直没有再娶，再加上从很多事例都能看出他非常爱自己的儿子。这样的父亲会对儿媳做出那样的事情吗？"

　　沈跃点头道："可是，警方也并不认为人们的传言就是真的。"

　　侯小君道："只不过是没有证据罢了，警方一直没有破案，往往会被人们视为一种默认。其实在这起案件中，承受压力最大的是那位幸存的儿子。很多时候都是这样，活着的人才是最遭罪的。"

　　沈跃发现眼前的她很像自己，思考的问题往往在案件之外，这应该与她的职业有关，大量的阅读会让一个人的思想变得更加深邃。

侯小君继续说道："郎坚结婚近七年了还没有孩子，当父亲的虽然已年过五十却依然气质儒雅，这就不得不让我怀疑有另外一种可能了。"

沈跃当然知道她说的另外一种可能是什么，因为真相已经被她找到了。与人们的猜测恰恰相反，真相是，儿媳去挑逗公公，公公在愤怒之下心脏病发作死亡，儿媳在极度恐惧与羞愧之下选择了自杀。

沈跃问道："你是怎么想到儿媳会留下那样的线索的？"

侯小君摇头道："其实我也是抱着侥幸心理。郎坚在住院，家里发生过什么事他根本就不知道，他更不会相信自己的妻子会对父亲做出那样的事情。但是我的那个疑虑始终不能打消，于是我就直接去问了他一些问题，从郎坚闪烁的回答中我更加坚信了自己的判断。后来我去找了办案警察，在他们的协助下查找到了郎坚以前的病历，发现他不仅仅是不能生育，而是性功能存在问题。当儿媳误将公公的关心当成别有意图，再加上曾经听过关于公公的那些风流韵事的传说，一时鬼迷心窍，做出那样的事情，也不是不可能。"

沈跃摇头道："那不是鬼迷心窍，是心理问题。"

侯小君道："嗯，你说得对。那天去医院查找郎坚病历的时候还顺便去了一趟心理科，向一位心理医生咨询了一些问题……"说到这里，她不好意思地看了沈跃一眼，低声道："本来想打电话问你的，我怕你不回答我。"

沈跃苦笑着说道："我有那么让你害怕吗？今后你可以随时问我这方面的问题。对了，那位心理医生怎么说的？"

侯小君答道："那位心理医生说，儿媳妇对公公产生出那样的想法在心理学上被称为'情感转移'，但那毕竟是乱伦，即使是那样的情况真的发生过，当事人的内心也必将因此承受巨大的心理压力。后来我就想，儿媳的自杀就充分说明她已经无法承受那样的心理压力了。不过我又想，一个人在面对死亡的时候肯定会感到恐惧，那么这二人的死亡时间就应该有着明显的时间差。虽然死者的尸体已经火化，但警方的现场勘查记录还在，也非常详细，而法医的进一步分析结果也证实了我的猜想。不过遗憾的是，除此之外我却再也找不到任何实质性证据……"

沈跃摇头道："对我们来讲，向警方提供明确的侦破方向就足够了。这起案子你已经调查得非常清楚，儿媳没有被强暴的迹象，公公比儿媳早死亡一个多小时，这就已经完全能够说明问题了。我想，如果进一步去询问郎坚的话，或许会得到一些更有用的线索，不过我可不想出面去做这件事情，这个家庭已经被毁掉，再去进一步寻找真相对郎坚来讲实在是太残忍了。其实，郎坚能认可警方最后的结论，这就足以证明你的推测是正确的，难道不是吗？"

春节在热热闹闹的氛围中过去了，沈跃虽然喜欢清静，但是却并没有让自己在这个特殊的节日里显得特立独行，自从大年初一曾英杰陪着陈乐乐回家后，沈跃就一直陪着母亲，当然还有康如心。

母亲是真的喜欢康如心，小半天不见她就开始唠叨。沈跃也发现自己越来越在乎她，经常会不自觉地长时间看着她。可同时沈跃也观察到一个奇怪的现象，他发现康如心时常会呆呆看着某一个地方出神，可却并没有发现她看着的地方有什么特别之处。沈跃有些担心起来，禁不住问她："你最近有什么心事吗？"

康如心脸上的表情似乎有些慌乱，尴尬地回答说："没事。"

沈跃更加觉得她是有什么心事瞒着自己，真挚地对她说道："如心，如果你真的有什么事，千万别隐藏在心里，你说出来，我们一起去解决，好不好？"

想不到康如心却因此更加慌乱起来，她的身体竟然在颤抖，嘴里却仍嘟囔着："我，我真的没事……"

她如此激烈的情绪反应如何能够瞒得过沈跃，沈跃双手攀住她的肩膀，看着她，认真地说道："你心里一定有事。告诉我，好吗？"

康如心从沈跃的眼神里看到的是满满的温暖和关切，终于下决心将内心的秘密讲出来："沈跃，其实一直以来我都会产生幻觉，我经常会看见我爸爸忽然出现在眼前。我知道那是幻觉，很多时候就只能让自己假装没看见。我不敢对别人讲，可是我很害怕……"

掌心中她的肩膀是那么纤弱，她的身体颤抖得更加厉害，这让沈跃心疼不已。沈跃当然知道她在害怕什么，他轻轻将她搂进怀里，柔声说道："如心，别害怕，一个人出现幻觉并不代表就是精神出了问题，你平时的行为非常正常，逻辑思维也没有问题，所以幻觉只不过是你对父亲的一种过度思恋而已。"

康如心仰起头看着他，问道："真的？"

沈跃毫不犹豫地朝她点头，道："是的。其实你也非常清楚自己的精神并没有问题，只不过是在怀疑自己的情况下才会感到害怕。再加上你本身是学心理学的，比一般人更容易患类似的疑病症，从而就更加加深了你内心的恐惧感。而且你越害怕，幻觉出现的频率就会越高，我可以肯定，当你特别忙的时候，幻觉就很少出现了，是不是这样？"

康如心点头。

沈跃继续柔声说道："所以，你不用害怕。走，我带你去一个地方，我们坐下来慢慢谈这件事。"

康如心温顺得像一个小女孩，轻声道："嗯。"

沈跃并不是刻意在安慰康如心。一个人出现幻觉并不代表他就患了精神分裂，无论是判断心理异常还是精神疾病，最主要的还是得看一个人的行为和逻辑思维是否混乱。从这一点上看，康如心非常正常，这毫无疑问。不过，一个人出现了幻觉肯定是有问题的，所以沈跃告诉自己，必须要帮她解决这个问题。

沈跃带着康如心来到江边，二人在一张长椅上坐下，眼前是宽阔的江面。江面上宁静无声，但是却有寒冷的风从江面上吹拂过来，让康如心的秀发随之微微飘散开去。沈跃轻轻握住她的手，感觉到她的手心冰凉。

沈跃需要的就是这样的地方，视野开阔，四周宁静。

"现在，你父亲出现了吗？"沈跃问道，声音轻轻地，目光却在看向远方。

康如心摇头道："没有。"

沈跃又问："其实，你幻觉中的父亲一直是你对他最后的印象，他很年轻，是这样吗？"

康如心点头道："是的。可是他是那么真实，就像人群中的一个普通人一样。他会朝我笑，还会对我说话。"说着，她看了沈跃一眼，脸一下子红了，之后继续说："他对我说，你是一个不错的人，让我不要错过你……"

刚刚说到这里，康如心就感觉到沈跃轻轻揽住了自己的腰，同时还听到他温柔的声音在耳畔响起："谢谢你，如心。"

康如心一时间不明白他的意思，问道："你谢我干什么？"

沈跃说道："这其实是你自己内心的声音，难道不是吗？"

康如心本来就是学心理学的，当然明白沈跃话中的意思，不过她想要说的并不是这个方面。她说道："沈跃，其实有时候我都有些怀疑自己可能并不是产生幻觉，真的，我觉得我爸的样子好真实，他的笑容，他朝我说话时的那种神态和语气，真的都非常真实，只不过有时候当我想去拉他手的时候，他就会忽然像雾一样消失掉……沈跃，我记得你好像说过，其实在心理学研究里，并不否定灵魂存在的说法，是这样吗？"

这一刻沈跃才忽然意识到，康如心的问题并不是那么容易解决的。幻觉，说到底就在那个"幻"字上。虽然我们很多人都知道"自己见到或者听到的东西并不一定是真实的"这句话，但幻觉对一个人内心巨大的冲击力却是非常难以想象的，那样的冲击力足以让一个人开始去怀疑这个世界本身。沈跃明白，在这样的情况下，无论是他人还是有着幻觉的人的自我否定都是脆弱的，因此要简单地去说服一个人亲眼看到的东西是幻觉实在是太难了。很显然，康如心是理智的，她不止一次在沈跃面前说她并不相信什么鬼神，其实那正是她在强迫着让自己一定要相信无神论，但是这却依然不能说服她自己去忘掉那个幻觉。

遇到这样的问题，疏导才是最正确的做法。可是，疏导……他想了想，道："其实心理学起源于哲学，如心，这你是知道的。哲学是什么？说到底就是我们的世界观。我们所处的这个世界很复杂，当我们无法用科学去解释某些现象的时候就把问题留给了哲学，而哲学解释不了的问题最终都留给了宗教，比如关于鬼神是否真实存在的问题。确实，有一些现象可以表明鬼神的存在但却又无法证实，然而宗教却恰恰可以解释这一切。如心，你根本用不着刻意去否定自己看到的东西，当你一个人独处的时候就坦然地去和你父亲对话好了，如果那确实不是你的幻觉，那就说明你的父亲依然在守护着你。或许，当他看到你生活快乐、没有痛苦和烦恼时，就会离你而去了。"

康如心呢喃道："可是，我不想让他离开……"

这才是问题的关键，沈跃心里这样想道。他点了点头，说道："那就顺其自然好了。我说了，你这并不是精神出了问题，而且你所看到的说不定真的就是你的父亲。心理学并不否定人的灵魂的存在，只不过是我们现在还无法用科学的方式去证实它的存在罢了。而且从哲学和宗教的角度分析，人的灵魂也是存在的，因为灵魂是人的精神所系。"

康如心想不到他会讲出这样的话来，而且最关键的是，他刚才的话让康如心的心情瞬间变得轻松起来，让她不再像以前那样忧虑和恐惧。不过康如心并不能完全相信他的话，同时也很是好奇，于是问道："你说的是真的吗？为什么我们的灵魂必须要存在？"

沈跃却并没有马上回答她的这个问题，而是说道："我们很多人看到的都是他人的生与死，无论是我们熟悉的还是陌生的人，他们死去后，我们自己的生活依然在继续。我们看到他人死亡之后变成了尘土，似乎死亡就意味着永远消失，因此我们便认为死亡就是灰飞烟灭，也就因此不再相信灵魂的存在。”

康如心赶忙问道：“难道不是这样吗？”

沈跃摇头说道：“不是。因为很少有人从另外一个角度去思考这个问题，那就是‘我’。”

康如心不明白，问道：“我？”

沈跃点头，缓缓地说道：“是的，‘我’。‘我’是唯一的，是其他任何人都无法完全进入的那个世界。你好好想想‘我’，就是你自己。你想想，闭着眼睛去冥想，想‘我’……如果‘我’死亡了，如果‘我’随着死亡就真的灰飞烟灭了，那么，对于‘我’来讲，曾经的那个世界，包括‘我’的父母，‘我’的朋友，‘我’认识的所有人，都存在过吗？不应该存在过，是不是？因为对于‘我’来讲，‘我’的死亡就是‘我’的世界末日。可是现在‘我’却真实地活着，在‘我’所生活的这个世界里，‘我’的父母，‘我’的朋友，‘我’认识的所有人都是真实存在的……所以，这是一种矛盾，无法解释的矛盾，唯有‘我’死亡后灵魂继续存在才可以解释‘我’在这个世界上存在过的事实。从哲学意义上讲，只有这样，‘我’的世界才是存在和平衡的。而恰恰是宗教解决了这个问题，无论是天堂还是地狱的存在，还是轮回的学说，说到底就是为了解决这个问题。”

刚才，随着沈跃的提示，康如心已经闭上了眼睛，开始去冥想。当她真的进入到了“我”的世界之后，忽然发现沈跃所描述的那个世界是如此深邃。是啊，如果“我”随着死亡就彻底消失了，那“我”现在所处的世界还存在吗？我的父母，我的同事，我从事的工作，还有沈跃，难道这一切对于死去后的“我”都是不存在的？“我”也从来没有出现过？“我”也是虚幻的？那么，究竟又是谁虚幻了“我”呢？

她忽然明白了，忽然明白“我”必须、也只能是真实地存在着的，即使是自己死去后，“我”还必须、也只能继续存在着，否则的话，“我”

的世界真的会坍塌。哦，爸爸离开了这个世界，他只是去了另外一个空间，说不定今后我还能够与他相见……既然如此，我还那么痛苦、那么无助、那么害怕什么呢？

康如心骤然感觉到一种难言的从肉体到灵魂的解脱。她情不自禁地轻轻依偎到沈跃怀里，柔声说道："沈跃，谢谢你。原来死亡并不像我一直以为的那么可怕。"

沈跃却摇头道："死亡当然是可怕的，害怕死亡本身就是我们人类的本能之一。不过，这个世界上谁又能够逃过死亡这一劫呢？所以，坦然面对才是最重要的。"

康如心点头，此时她的内心已经释然。她笑着问道："按照你的说法，难道真的有天堂和地狱？"

沈跃摇头道："我不知道。不过我觉得不会有什么天堂和地狱，因为对我们每个人的生命而言，死后的世界应该是平等的，所谓天堂和地狱，只不过是宗教威慑世人的说辞。如心，我知道你所受的教育会让你排斥宗教，不过我要告诉你，宗教其实是一种可以超越死亡的智慧，而且我们这个世界上也需要关于天堂和地狱的传说。活着的人必须要有畏惧心，否则的话，我们的这个世界就会变得无序。你发现没有，传说中的天堂和地狱其实和我们人间有着同样的体制。"

康如心想了想，点头道："你说的好像很有道理……沈跃，你刚才说的那些是谁的理论？"

沈跃忽然笑了起来，说道："这完全是我个人思考的结果。心理学秉承了哲学，我不得不去思考这样的问题，而且我始终认为，或许这正是生命和灵魂的真相。"说到这里，沈跃心中的柔情再一次升起，他知道，要让康如心真正摆脱幻觉还需要一个过程，最好的方式就是陪她出去走走，散散心。于是他对康如心说："过几天你陪我回一趟你的母校吧，我想去选几个人，年后我必须把心理咨询所办起来。"

康如心问道："刚刚毕业的可以吗？还有，你手上的那几个案子怎么办？"

沈跃笑着说道："上次我们在调查阚四通车祸案的时候我发现有几个心理医生不错，但是培养新人也是必需的。案子的事情不着急，我已经看完了案卷，耽搁不了多少时间。"

康如心当然高兴，说道："太好了，我明天就去向龙总队请假。"

其实沈跃的内心是矛盾的，如今他最担心的是罪犯有可能再次作案。我已经失去过一次，现在不能再失去。破案是警察的职责，难道不是吗？他在心里如此反复对自己说。

离开前沈跃和谈华德见了一次面，沈跃给他带去了视频广告的策划方案。沈跃问谈华德："接下来的电视广告，你计划投入多少资金？"

谈华德摇头道："我还没有计划，不是正在等你的方案吗？"

沈跃哭笑不得，苦笑着说："谈老板什么时候变得如此依赖他人了？"

谈华德笑道："我是太信任你的能力了，当然就会完全听从你的意见。我们的产品出来后前期的销售不错，目前资金没有任何问题。"

沈跃说道："谈老板没有明白我的意思。前期的广告只是将产品推广出去，但是品牌却并没有完全树立起来。虽然我不大懂商业，但有一点我是知道的，那就是品牌的价值对一家企业至关重要。就目前而言，你的产品受到追捧并不奇怪，这是进行群体心理暗示的结果，但是像这样的心理暗示作用很快就会淡下去，一方面是因为你的品牌还没有真正树立起来，另一方面是因为你的产品必将面对强大的竞争压力。一旦一款新型饮料受到消费者的追捧，就会有大量资本涌入到这个产业，所以接下来就需要进一步加深心理暗示作用，同时树立起品牌效应。"

谈华德笑道："我明白你的意思了。沈博士，我发现你对商业运作真的不是很懂，但你刚才的话却又分明说到了商业运作的精髓。目前的情况确实是这样，现在沿海那边已经有人在投资同样的新型饮料了，而且投入的资金非常大。"

沈跃道："我是从心理学的角度在分析商业的规律。你的饮料品牌横空出世，很快就占有了市场，这就必然会吸引更多的资金涌入。人的本性是贪婪的，所以趋利就成了一种必然。"说到这里，沈跃将方案放到谈华德面前，继续道："我的策划方案其实很简单，不过我建议你重点在网络上投放，电视广告主要考虑投放在人气较旺的省级卫视的娱乐类节目。毕竟你的产品针对的是年轻人群，你想想，现在还有多少年轻人看电视？"

沈跃的策划方案确实很简短，谈华德很快就看完了，接着问道："网络呢？"

沈跃答道："我认为，热门论坛，以及目前最火爆的游戏网站，这才是你应该重点投放广告的地方。如果你同意我的方案，我可以派一个人来配合你们的广告宣传工作，不过你不能占用他太多时间。"

"太好了……"谈华德道，说着，他又将策划方案看了一遍，"沈博士，虽然我完全相信你的能力，但是这个方案也实在是太简单了吧。"

沈跃淡淡地说道："就心理暗示而言，太复杂了反而达不到预期效果。相信我，不会有问题的。对了，等到选演员的时候一定要听我派给你的那个人的意见。说实话，你我都不懂得现在那些年轻人的真实想法，我们都已经老了，落伍了。"

谈华德大笑，道："沈博士才多大？好吧，我都听你的。"说着，他拿出支票簿，在上边写下申数宁，道："沈博士，这是尾款三百万，请你收好。"

沈跃接过支票，用手指弹了弹，叹息着说道："谈老板，如果今后我们还有合作机会的话，我的价格可是要翻倍了。这次你赚大发了。"

谈华德瞠目结舌，道："四百万还少了？"

沈跃淡淡地答道："今年年底的时候你核算一下利润，如果没有我的策划，你的利润会有那么高吗？你这样想的话就明白了。"

这个世界往往就是这样，很多人总是想到自己的付出，却偏偏忽视他人的帮助。这也是人类的本能之一，就是自私。

说完后沈跃即刻就站了起来，走之前还是对谈华德说了声"谢谢"。谈华德目瞪口呆地看着沈跃离去，好一会儿才想明白，自言自语嘀咕了一句："他说得好像也对……"

随后沈跃来到美术学院外边的一家酒楼，当然，他到这里来并不仅仅是为了请彭庄吃饭。

彭庄说："沈博士，我还正想着要去找你呢。其实我现在真的没有什么特别的事情可做，我这光拿工资不干事儿也不大好啊。"

沈跃笑道："我就知道你会这样想。还有几个月你就要毕业了，人这一辈子，大学阶段的生活是最值得留恋的，趁这段时间多和同学、老师在一起，否则你今后会后悔的。事情我会安排给你，但是不会占用你太多时间。"随即沈跃就将谈华德拍广告的事情对他讲了。

"我的想法是，出演广告片的演员必须由你来定，对演员的要求就一个，阳光、时尚。还有就是，广告片拍摄、剪辑好后，首先要拿给我看，没有我的同意不能作为正式广告片投放到媒体。"沈跃进一步解释道。

刚才彭庄已经看了沈跃的方案，不禁问道："沈博士，这样的广告，效果真的会很好？对不起，我没有怀疑你的意思，我对心理学的东西确实不大懂。"

沈跃并没有生气，而是点头道："今后我会系统培训你们的，你从现在开始也要多看一些心理学方面的书籍，有了一定的基础后学习起来也更容易。这部广告片的效果……你闭上眼睛，想象一下这样的画面，还有台词：用今年最时尚的颜色搭配出来的画面感，具有强烈的心理暗示性的台词和表情……你看了之后会不会喜欢上这几款饮料？"

彭庄本身就是学美术的，画面感非常强，闭上眼睛后不一会儿就猛地睁开，激动地说：“沈博士，我明白了。我一定要向你学习心理学，这门学科实在是太神奇、太有魅力了！”

沈跃笑着说道：“我希望你永远不要放弃对自己专业的研究。我不知道能不能将心理学应用到美术里面，我倒是建议你今后多研究一下这方面的课题。”

彭庄的眼睛顿时亮了，道：“我听说美术学界有过这方面的研究，有些油画可以让人的心情很快平静下来，也可以让一个人瞬间变得浮躁。”

沈跃心里一动，道：“你可以尝试一下，今后心理咨询中心里面的画就交给你了。当然，我会支付你报酬的。”

沈跃和康如心来到了这座位于北国的城市。南方的春意已经初现，鸟雀开始飞回，枝头略有绿意，可北方却仍带着浓浓的冬意，寒冷依旧，白雪皑皑。

二人在康如心的母校外边的一家酒店住了下来，沈跃对康如心说：“我想去参观一下你的母校，然后咱们找一家有特色的餐厅吃晚饭，选人的事情明天再说吧。”

康如心很高兴地答应着。其实沈跃知道，一个人对母校的情感是非常深厚的，因为母校承载着很多人一段非常美好的记忆，那是我们生命中不可忽视的一个重要阶段。而且沈跃这次到这里来的目的主要并不是为了选人，其实他是觉得，对于现在的康如心来讲，特别需要用这样一段美好的回忆去帮她消除心里的那道阴影。

两人进入校园，康如心看着那一张张年轻稚嫩的脸庞，羡慕道：“年轻真好。”

沈跃正色道：“如心，你也很年轻，而且你比她们所有人都漂亮。”

康如心不住地笑，说道：“我说的是心态。一旦参加工作后心态就再也回不去了，你不也是一样吗？”

本来沈跃是希望她能够彻底放松心情的，此时听她这样说，也就无法继续这个话题了。她说得很对，我们每个人在每一个人生阶段里都会出现某种固定的心理模式，我们根本无法改变它，因为我们每个人的内心都在被时光裹胁。

不过这并不重要，重要的是好心情。此时康如心的心情看上去就非常好，沈跃觉得这就已经足够了。从上飞机开始，沈跃就一直在暗暗地注意康如心的神态，她似乎再也没有出现过幻觉。当然，沈跃不会刻意问她，一个人心理上的问题是不能随意去提醒和刺激的，就像是如果孩子有挤眉弄眼的毛病的话，家长越是提醒孩子的坏习惯，反而越会起到强化作用，情况也就会变得越来越糟。

沈跃就像这样一直陪着康如心，康如心有些激动，她不停地向沈跃讲述自己当年在这里读书时候的点点滴滴。这其实也是一种倾诉。沈跃一直微笑地听着，还时不时配合着去问她，这让康如心的谈兴更浓，她自己也感觉到内心积郁着的某些东西正在不知不觉间一点点消散。

接下来二人一起吃饭，饭后又在寒冷中感受着北国奇异而美好的风景。他们俩已经是情侣，温情时刻都在二人心间流动。爱情的甜蜜不仅仅在于恋人间亲密的一举一动，更多的是内心的那种美好感受，无论是沈跃还是康如心，他们都在感受着、享受着这样的美好。

一直到酒店，到两个人各自的房间外边，他们同时站住，沈跃温情脉脉地对她说晚安。

康如心的脸上灿烂如花，回道："晚安。"

可是二人却都没有想要马上回房间的意思，沈跃问道："我们是不是还差一个仪式？"康如心看着他，满眼温柔："什么仪式？"

沈跃走近，捧起她的脸，一个吻深深地印在她的唇上，然后说道："就是这个。"

康如心差点瘫软在沈跃怀里，可惜刚才那种美好只持续了一瞬，她还没来得及回应就已经结束。

这天晚上，他们俩都做了一个无比美好的、如仙境般绚丽的、彩色的梦。大多数时候我们的梦都是黑白的，或许恋爱中的男女会例外？

第二天上午，沈跃和康如心正准备去学校联系面试的事情，却忽然接到了龙华闽打来的电话。龙华闽告诉沈跃，他已经与警察学院联系好了，让沈跃今天晚上去学校做一次讲座。沈跃一阵纳闷，龙华闽笑着解释道："你的心理研究所目前还名不见经传，如果你直接去招聘的话估计会有些困难。"

其实沈跃对这次到这个地方来选人的事情并不抱太大希望，警校的学生往往容易被传统的警察思维模式束缚，而且这个世界上超越常人的天才本来就很少。更主要的是，心理研究所目前最需要的是心理咨询师，警察学院开设的犯罪心理学专业明显不属于这个领域。然而沈跃没有想到龙华闽对这件事情如此上心，当然也就不好多说什么了。

沈跃问康如心："龙总队也是从这所学校毕业的？"

康如心摇头道："不是。很多省份的刑警总队队长都是这里的客座教授，学校需要实践经验丰富的资深警察给学生授课。"

沈跃这才明白其中关系，不过他也忽然有了一种不安的感觉：这位龙总队长此举，难道仅仅是为了让我能够顺利地选拔到人才？

沈跃本来就是一个在学术上极其认真的人，为了这次讲座，他还特意找了一家公司，制作了课件。康如心一直陪着他，她笑着对沈跃道："我还从来没有听过你讲课呢，我很期待。"

沈跃苦笑着说："你这样会让我紧张的。"

警察学院的院长也亲临了讲座现场，从副院长的开场白中沈跃一下子就明白了院长会出席的原因，这说到底还是因为自己曾经那个美国威尔逊心理研究所特别助理的身份起到了"增值作用"。

在讲座中，沈跃尽量将讲述的内容简单化。讲座一开始放映的是他讯问那起纵火案的犯罪嫌疑人陈刚的录像资料，这是他特地请龙华闽通过电子邮件传送过来的。陈刚是哑巴，在当时的讯问过程中沈跃完全是通过陈刚的面部表情做出了判断。

录像播放完后，台下一片惊呼声，学员们个个面露惊讶之色。沈跃需要的就是这样的效果。他向正在操作课件的康如心示意了一下，画面开始重复，不过这一次出现的都是当每一个问题被提出后陈刚的面部表情特写。

画面上，康如心朝陈刚微笑了一下，将一张字条放到陈刚面前：你别紧张，我们就是随便问你几个问题。沈跃指着陈刚的瞳孔，道："大家请看，他的瞳孔瞬间收缩，然后又瞬间散大，这是恐惧之后的愤怒。此外，在瞳孔收缩的那一瞬，他的双眉也同时上扬，上唇微微向上提升了一下。这都是当内心恐惧之时不自觉产生出来的细微表情。而在他紧接着出现的瞳孔散大的同时，双眉下压，下颚向下张开，这当然就是非常典型的愤怒表情了。当然，这说明不了什么，只是他在面对我的时候瞬间的情绪反应而已。"

接下来的画面是，康如心将另外一张纸条放在陈刚面前：我们知道了你女人下岗的事情，我们都很同情你。陈刚看着上面的字，忽然哭了。沈跃解释道："这是成年人最标准的真正痛哭时候的表情。由于眼轮匝肌和皱眉肌共同收缩，造成双眉下压，眉头间出现纵向皱纹。因为悲伤时眼轮匝肌收缩、眉毛扭曲的程度要比恐惧表情中更严重。"说到这里的时候，康如心将画面切换到前面恐惧表情的那一张，沈跃继续说道："大家比对一下就可以看出二者的细微差别了。此外，眼轮匝肌收缩造成眼睑的有力闭合，在眼角内侧挤压形成皱纹，在眼角外侧相互挤压形成鱼尾纹。还有，由于提上唇肌收缩，在提升上唇的同时，与眼轮匝肌共同使脸颊位置提高，隆起的脸颊与下眼睑相互挤压，形成下眼睑下方的凹陷区域，并在鼻翼两侧形成鼻唇沟，以及因为颈阔肌收缩，将嘴角向两侧拉伸，使嘴巴的水平宽度比平常增加，拉伸的嘴角与脸颊之间挤压形成法令纹……"

由于画面被放大、定格，下面的所有人都能够将那些细微表情看得清清楚楚，他们想不到一个人常见的痛哭表情居然可以细化到这种程度，顿时对这门陌生的学科感到无比惊讶和好奇。

接下来沈跃继续讲解陈刚脸上出现的一系列细微表情，一直到最后几个问题被提出来的时候。

你怎么放的火？

陈刚沉默着，但是他面部的表情却一下子定格在惊骇的那一瞬：嘴唇微微张开，眼睛张大，眼睑和眉毛微抬。

引火用的是汽油？

画面上陈刚的头和下巴微微朝下。沈跃道："这是典型的否定表情。"

柴油？

陈刚刚才头和下巴微微朝下的状态再一次出现。

煤油？

沈跃道："眉形单纯上提，眉形自然，眼睑是自然向上，睁到最大，露出了上方的眼白，而他的上唇没有任何提升，这是惊讶的细微表情，他这一瞬间的惊讶也就成了肯定的答案。这就是微表情研究。不过这门学科非常复杂，如果没有观察细节的天赋并且经过专门的训练，一般人是很难看出这些细微表情变化的。"

下边响起了热烈的掌声。

沈跃微微一笑，说道："下面一个环节，我想现场给大家示范一下，不过我需要一位志愿者。"

下边齐刷刷一片，大家都举起了手。沈跃指了指其中的一个人，道："那就请你上来吧。"

他应该是一位教师，从他肩上的警衔可以看出来。他来到前面，分别向沈跃和下面的人敬了个标准的警察礼。沈跃来到他面前，让他面向下面的听众，然后问道："你今年三十四岁？三十五岁？三十三岁？估计是教学任务太重了，才三十三岁，你有些显老啊。对不起，我没有别的意思。"

下边的人大笑，一时间忘记了惊讶。不过这位志愿者的表情却是无比惊讶。沈跃继续问道："你喜欢现在的这份工作吗？不喜欢？如果是我也会厌烦的，警察就应该去一线工作。果然，你的想法和我一样。"

这位志愿者在惊骇之余禁不住朝沈跃再次敬了个礼，大声道："太神奇了！"

下边掌声雷动。

接下来沈跃开始介绍阚四通车祸案的调查过程。他没有再使用课件，因为那起案件的整个调查过程其实是一场探索死者内心的旅程，任何图片和简单的文字都无法诠释，唯有从真实的人性入手讲解，才能够让大家真实地感受到心理学应用这门学科的博大与魅力。沈跃的这次讲座确实也达到了这样的效果，因为这是他们都不曾听说过的全新的推理模式，他的这次讲座仿佛向大家开启了一个神奇的未知世界的大门。

可是沈跃在最后的时刻却这样说道："所以，微表情研究在案件调查中只是一种简单的工具，而真相却必定存在于某个人的内心世界之中。所以，我们最需要做的是去触碰对方的灵魂，从真实的人性中去寻找答案和真相。"

听完这次讲座后最激动的还是那位院长，虽然龙华闽在此之前向他介绍过沈跃的详细情况，但那毕竟只是一面之词，而此时，他分明已经发现这确实是一个有着特别能力的天才，如果他能够答应到学校来任教的话，必能开办起一个全新的专业。所以，讲座一结束，这位院长就直接向沈跃发出邀请，可是不承想，竟当场遭到了沈跃的拒绝。不过沈跃拒绝的方式也比较特别，他问了这位院长一个问题："您觉得将罪犯捉拿归案与普及公众心理健康知识相比，哪个更重要呢？"

院长一时间不大明白他的意思，问道："这两件事能够放到一起去比较吗？"

沈跃微微一笑，说道："为公众服务，让更多人懂得心理健康的重要性，这才是我最大的理想。"

院长这下明白了，心里很是遗憾，不过他并不想就此放弃，暗地里想着是不是可以让龙华闽做一下这个人的思想工作。

康如心问沈跃："你真的不想当一名大学教师？"

沈跃回答道："大学教师也是一个会受束缚的职业，难道不是吗？"

康如心道："我们不可能不受束缚的，所谓的自由也是相对的。你的课上得那么好，是我听过的最好的一堂课。真的，你前面讲的内容非常精彩，不过那并不奇怪，因为那是你的专业。可是你后面对阚四通车祸案的讲述就不一样了，你完全是从心理学的角度丝丝入扣地将死者和他周围人的内心世界描述了出来，那样的语言功底实在是太厉害了。"

沈跃得意地笑了起来，说道："我最厉害的还是我的专业，难道不是吗？"

康如心歪着头，看着他，怪怪地笑道："你这人真的不懂得谦虚。"

沈跃大笑，道："自信更是一个人的优点，我这人对自己的专业绝对自信，除此之外我都很谦虚。"

康如心挽住他的胳膊，笑道："倒也是。我问你，既然你那么害怕受束缚，那婚姻呢？"

沈跃没想到她会忽然谈到这件事，心里瞬间温暖了一下，说道："如心，我觉得你对婚姻的理解有问题。婚姻不是谁去管着谁，而是一种责任，当一个人有了责任感就会自觉地自我约束。你要知道，任何外力强迫下的行为准则都是不可靠的。为什么这样说呢？因为我们的内心都是崇尚自由、反感束缚的，外力的强迫必然会引起我们内心挣脱的欲望，即使一个人能够做到在那样的外力下不反抗，他的内心必定也是十分痛苦的，那样的婚姻也就不能够长久。"

其实康如心是真的不懂。未婚女性对婚姻总是充满着向往，想当然也就在所难免。此时康如心一听沈跃如此说，顿时觉得他的话很有道理，连忙问道："那么，你是一个有责任感的人吗？"

沈跃并没有立即回答她，他似乎想起了什么，过一会儿后才叹息着说道："以前我是真的不懂，愚蠢到把工作的状态带回到家里。如心，你放心，从今往后我一定会负责的，不是对你负责，是对我们俩的未来负责。"

康如心刚才问出那个问题的时候就已经后悔了，可她是真的想听到沈跃亲口回答这个问题。此时见到他并不是随口就回答了自己的问题，而且说出的话又是那么真挚，心里一下子就踏实了，一种难言的幸福感瞬间涌遍全身……他，就是她等待的那个人啊！

第二天上午，前来应聘的应届毕业生有好几十个，这反倒让沈跃感到一种无形的压力。他心想，如果没有一个人符合我的要求，院长的脸面上怎么过得去呢？可是，我总不能随便就把人要去吧，那样的话本身就是对应聘者的不负责啊，要知道，让一个平庸的人进入到一个由天才组成的团队里面去，今后会给他造成多大的心理压力啊！

沈跃采用的是直接面试的方式，问题也非常简单，所有人在正确回答了第一个问题后就有机会进入到下一个环节。

康如心也没想到沈跃的方式会这么简单，可是更让她没有想到的是，就是这样一个看似十分简单的问题却让百分之九十以上的人都被淘汰了。

"你认为自己最厉害的能力是什么？"这就是沈跃的第一个问题。

很大一部分学生在面对这个问题的时候表现出来的是目瞪口呆，然后才是这样的回答："我能吃苦。""我擒拿格斗获过奖。""我熟悉法律条款。""我是狙击手。"如此等等，结果都直接被淘汰了。

有两个学生的回答让沈跃比较满意："我有较强的逻辑推理能力。""我也研究过微表情。"

沈跃拿出早就准备好的那个圆球给那位自信地说逻辑推理能力较强的学生，道："说说，你从这个东西上面可以看到什么？"

他看了好一会儿，摇头道："我不知道。"

而另一个学生，沈跃让他向康如心提问，结果他直接就怯了，摇头道："我只是看过一些那方面的书……"

院长得知这样的结果后很是震惊，直接就去问沈跃："沈博士，我们的学生真的就那么差吗？你一个都看不上？"

康如心在旁边很是尴尬，这时候她才发现自己带着沈跃回到母校来选人的建议实在是大错特错。沈跃笑着说道："您误会了，我相信他们当中的大多数人今后都会成为一名优秀的警察，不过我需要的是心理学领域的佼佼者，仅此而已。"

康如心这才松了一口气，说道："确实是这样，他连我都没看上，我还是犯罪心理学专业毕业的呢。"

院长却更是觉得沈跃这个人才难得，恳切地劝道："沈博士，你看这样行不行，我们聘请你为客座教授，学校增设一门微表情研究类的选修课程。这门学科对侦破工作太重要了，希望沈博士能够答应我们的这个请求。"

康如心看着沈跃，希望他不要拒绝。可是沈跃却好像根本就没有注意到她的眼色，当即摇头道："不是我不愿意，而是这门学科存在着非常特殊的情况，简单一句话说就是，没有观察微表情天赋的人根本就掌握不了这门工具。这是一项心理学实用技术，光有理论的东西完全没用。"

院长摇头叹息道："原来是这样……"

为此，康如心对沈跃有些不满起来，事后责怪他："你这样直接拒绝人家不太好吧？"

沈跃歉意地解释道："可是，我说的是实话。你想想，假如我真的答应了他，今后不仅仅是浪费了学校的资源和学生的时间，更会浪费掉我的一部分精力，这样做毫无意义。"

康如心竟然无话可说，唯有幽幽叹息："你呀……"

03 墨菲定律

　　谈华德和一位知名导演谈好了，准备开始拍摄沈跃策划的广告。这天他忽然想起沈跃当时说过的话，即刻让人通知彭庄过来，结果一见面后让他大吃了一惊：这不还是一个学生吗？

　　可是却想不到这个学生模样的年轻人根本就不怯场，一上来直接就问："演员选好了吗？"

　　现在谈华德对沈跃是完全服气了，心想他推荐的人肯定也是非同寻常，也就将那一丝狐疑放在心里了，笑着答道："导演推荐了几个人选，都是刚刚走红的演员。"

　　结果彭庄一听完那几个演员的名字后就不住地摇头，说道："不合适。男的像木偶，面无表情；女的一点儿不清纯。"

　　谈华德目瞪口呆，问道："那你觉得谁合适？"

　　彭庄道："沈博士出差前专门来找过我，他对我说，出演这个广告片的演员必须要阳光、时尚。时尚好办，好好包装就是了，可是阳光却是骨子里面的东西，需要自然流露才行。最近省城的高校不是正在搞校草、校花选拔大赛吗，我觉得从那里面选人就很不错，而且费用也相对较低。"

　　谈华德不以为然道："明星不是更有号召力吗？"

　　彭庄解释道："您说的是传统……哦，不，是大众性广告。您想过没有，为什么那么多企业要请明星代言？这其中的原因很简单，其实是没办法，因为明星有大量粉丝，他们借助的是明星的名气。而沈博士的方案是纯粹的心理学应用技术，依靠的是强大的心理暗示作用。当然，那样的心理暗示对人群肯定是无害的。所以，无论是广告的演员、台词还是画面的色彩等等，都必须按照沈博士的方案去做。其实导演并不重要，重要的是要有一个最高明的摄影师。谈老板，如果您觉得可以的话，这个广告片就交给我来做好了，我只收您预算资金一半的钱，如果到时候做出来的广告片不合格，我分文不取。怎么样？"

谈华德可是商场上的老狐狸，怎么可能轻易被彭庄忽悠？他笑了笑，说道："我考虑一下再说吧。"他随即就转身给沈跃打电话，问道："小彭说把广告片交给他拍摄，这是你的意思吗？"

沈跃愣了一下，心想：我怎么没想到还可以这样！他回答道："说实话，别人拍出来的效果我还真不大放心。演员的细微表情、画面色彩、光线等等，这些东西最好是由我亲自把握，而且现在我手上还正好有一个非常高明的摄影师。"

谈华德笑道："如果是你负责这部广告片的话，我就完全放心了。这样，我就把这件事情全权委托给你，从广告片拍摄到媒体投放都交给你，你看怎么样？"

沈跃笑道："你要知道，我的价格可不便宜哦。"

谈华德大笑着说道："但是非常值得，难道不是吗？"

刚才沈跃在和谈华德通话的时候康如心就在旁边，此时见沈跃接完电话后皱眉沉吟的样子，赶紧贴心地说道："要不，我们马上回去吧。"

沈跃歉意地对她说："广告倒是小事一件，现在我最担心的还是那五起案子。也许是我太敏感了，总觉得这个凶手还会继续作案，所以阻止他最好的办法就是尽快找到他。"

康如心点头道："如果那五起案子真的是同一个凶手所为的话，凶案再发的可能性是非常大的，因为这些案子一直没有侦破，凶手就很容易产生侥幸和向警方挑战的心理。"

沈跃摇头道："不仅仅是这样。如果这真的是一起连环杀人案的话，凶手就很可能会从心理上夸大自己的能力，这其实也是一种自我心理暗示。所以，凶手不大可能是侥幸心理，也不一定是要向警方挑战，而是会把每一次的作案当成是一个享受的过程。你发现没有，这五起案件看上去虽然不可思议，但其结果似乎都很难找到破绽。"

康如心忽然想起一件事情，问道："这五起案子都是凶器直接刺入受害者的心脏，作案过程快速、简洁，你说，这个凶手会不会是一名医生？"

沈跃皱眉道："我当然想过这个问题，可是凶手使用的凶器很奇怪，像一根被磨尖了的细钢丝，即使是高明的外科医生也很难做到用那样的凶器瞬间让人死亡。"

康如心点头道:"那我们还是早些回去吧。不过你选人的事情怎么办？"

沈跃心里想的却是另外一件事情，他看着康如心，满脸关切之情，说道："选人的事情倒是可以暂时放一下，心理咨询和治疗方面的人手其实好解决，去医院里面挖人就是了，反正现在很多医院的心理科也没有什么病人。"

康如心顿时明白了，柔声道："我知道你是专程陪我出来散心的。我现在很好，最近几天都没有再出现幻觉。"

沈跃轻轻抱住她，温柔地问："没骗我？"

康如心依偎着他，轻声道："真的。"

这五起案子中的第一个受害人是一位女性，名叫孙红艳，被杀害的时候年仅二十四岁，是一家发廊的"小姐"，三年前夏天的一个下午死于一辆公交车上。当时车上的人非常多，拥挤不堪，孙红艳被某种细小尖锐的凶器直接刺穿了心脏，瞬间死亡。因为伤口细小，肌肉快速收缩，所以伤口并没有血液流出，周围的乘客根本就不知道这个人已经死去，一直等公交车到达终点站、乘客都下车后，司机才发现她已经死亡。而那辆公交车上恰恰又没有监控录像，所以警方根本就寻找不到任何线索。

第二个受害人叫姜仁杰，三十五岁，某私企的驾驶员，两年前的冬天被人谋杀。当时死者正坐在一张藤椅上请人擦皮鞋，被人用细小尖锐的凶器从左侧后背刺入，直接刺穿心脏。一直到皮鞋擦完，擦鞋人让死者给钱的时候才发现他已经死亡。

第三个受害人是一位退休老人，六十二岁，在一家露天茶馆被人谋杀，也是凶器从后背刺入，直达心脏，导致死亡。

第四个受害者是一位年轻女教师，受害的时候她正在一家百货商场外抢购打折毛衣。

案卷里面的最后一个受害者是一家牙科诊所的医生，晚上出去遛狗的时候在家附近的一条小巷内被人杀害，也是被人用细小的凶器刺入心脏而死。

这五起案子发生在最近三年内不同的时间段，凶手选择的地点都是没有监控摄像头的地方，作案手法都非常干净利落，而且其中四起案子竟然都是发生在人流如织的公共场所。其实沈跃一直怀疑警方没有把这几起案件并案调查的真正原因并不是警方一直找不到线索，而是担心引起市民的恐慌。不过这都不重要了，因为现在这些案件已经落在他手上了。

越是疑难的案卷反倒越能够引起沈跃的浓厚兴趣，他很想知道，这几起案件背后究竟隐藏着什么样的故事。还有，罪犯究竟是一个有着怎样人格特征的人呢？

康如心也看过这几起案子的案卷，她再一次提出自己的看法："凶手会不会是外科医生？或者是研究解剖方面的专家？"

沈跃摇头道："其实，在目前这样的情况下，我们去猜测凶手的职业是毫无意义的，难道不是吗？即使我们认为凶手是外科医生，我们总不可能去把所有的外科医生都叫来询问吧？何况外科医生和解剖学的研究人员也只不过是对人体结构了解得比较深入一些罢了，可是他们不一定就能够做到恰到好处地掌控力量。从五个死者的伤口来看，凶器很可能是一根细钢丝，如果力量稍微把控不好，钢丝就会发生弯曲，而且一旦刺到肋骨上面就会功亏一篑，所以除非是手感特别好的人，能在感觉到钢丝遇到阻力的那一瞬马上将钢丝抽回些许，随即再次快速刺入，这一点就不一定是外科医生或者解剖研究人员能够做得到的了。"

康如心想了想，点头道："确实是这样。"

沈跃继续说道："这个案子难就难在到目前为止我们还没有找到这五个受害者除了致死原因相似之外的其他任何共同点，所以我们必须沉下心来，还是得从死者身上入手，应该可以寻找到一些有用的线索。"

康如心问道："凶手会不会是随机作案？比如，当凶手杀害了他认识的第一个人，也就是那个'小姐'之后，忽然就觉得那样的杀人方式很有趣，很有成就感，然后就开始随机寻找另外的对象。"

沈跃摇头道："我也想过这个问题，不过我觉得不大可能。你发现没有，这五起谋杀表面看都非常'完美'，这说明了什么？说明凶手的谋杀对象是有选择的，而且是有计划的。人和动物最根本的区别是人有思想。思想是什么？说到底就是动机和目的。随机杀人其实是思想的暂时性缺失，所以连续性作案的可能性不大，除非是杀手的心理极度变态。不过你要注意，变态杀手作案的目的是为了发泄变态情绪，所以他们的作案手法往往也是变态的，必定会让受害人受尽各种折磨或者凌辱，但这五起案子显然并不属于这种情况。"

康如心问道："那我们接下来怎么办？"

沈跃想了想，道："我的方法只有一个，那就是从死者那里去寻找罪犯的作案动机。"

孙红艳被谋杀的案件发生后，发廊被勒令停业，不多久发廊老板在交了罚款后又重新开业了。城市中这样的发廊就像公用电话亭、烟酒门市、银行一样，似乎每隔几条街就有一家，仿佛那样的东西已经成为一些人的生活的必需。

两个人来到发廊外边，沈跃对康如心说："刚才来这里的时候好像路过了一家茶楼，你去那里等我。"

康如心道："你不是警察，人家不一定会理你。"

沈跃笑着说："有些人给钱就可以搞定。你说是不是？"

康如心笑道："倒也是啊。"

走进这家发廊，沈跃发现里面的气氛有些压抑，空气中充斥着一股奇怪的味道，一张长条椅上散漫地坐着几个浓妆艳抹的"小姐"。见有人进来，一个瘦瘦的中年男人赶紧凑上来问："老板，想玩玩？"

沈跃实在不能理解到这里来玩的那些人的审美，皱眉问："就这几个？有漂亮点儿的没？"

中年男人殷勤地说道："有，我马上打电话叫过来让你看看。"

沈跃心想，原来这地方是这样做生意的。他指了指长条椅上其中一个"小姐"说道："我想带她出去，可以吗？"

中年男人满脸堆着笑，说道："可以，只要你给钱就行。"

沈跃付过钱后带着"小姐"出了发廊，一边走一边问："你叫什么名字？"

"小姐"朝他抛了个媚眼，道："叫我小雯就行。"

这肯定是个假名字。沈跃虽然是第一次到这样的地方来，但并不意味着他什么都不懂。他看了一眼不远处康如心的背影，对小雯道："我们找个地方吃点儿东西，然后再说。对了，你想吃什么？"

小雯嗲声说道："小龙虾，可以不？"

沈跃笑道："好，我们去吃小龙虾。"

不一会儿，小雯发现这个人把自己带到了一家茶楼外边，而且一个女人很快就靠了过来，一下子就警惕起来："你们想干吗？"

康如心冷声说道："跟我们进去，我们是警察。"

小雯一下子就蔫儿了，根本不敢反抗。

"告诉我们孙红艳的情况。你应该认识她，是吧？"在一个雅间坐下后，沈跃直接开始询问小雯。

小雯的心里惴惴不安，怯怯地问道："你们不是来扫黄的？"

沈跃摇头道："我们只想了解孙红艳的情况，只要你告诉我们你知道的一切，我们一会儿就让你走。"

小雯顿时松了一口气，说道："你们不是早就来问过了嘛，都过了几年了，怎么又来问？那天孙红艳接了一个电话后就出去了，后来我们才知道她被人杀害了。"

这个情况沈跃和康如心都知道，警方也查到了那个打给孙红艳的电话号码，不过却是来自一个胡同里杂货店内的公用电话。奇怪的是，警方并没有从那家杂货店里寻找到任何有用的线索。

沈跃问道："你和孙红艳熟悉到什么程度？"

小雯回答道："在她死之前，我们认识好几年了。"

康如心诧异地看了沈跃一眼，很显然，这家伙在发廊里的时候并没有暴露他带这个"小姐"出来的真实目的，不知道他是如何选中这个女人的，不会仅仅是凭运气吧？康如心道："那你具体说说孙红艳的情况吧。"

小雯道："她和我一样，都是农村的，家里穷，我们又没有什么文化，除了干这个还能做什么别的？在发廊里面做，一年下来也可以赚到好几万块钱，做几年后就随便找个男人结婚，这辈子就这样了。我和孙红艳只是认识，大家在一起很少说自己的事情。其实也没有什么可以说的，我们都是苦命的人。"

本来康如心是非常反感眼前这个女人的，觉得她是下贱、恶心的女人，可此时听了她的这番话后竟不禁动容，同情心泛滥开来。

沈跃却根本不相信眼前这位"小姐"的说辞，西方国家也有娼妓，这是她们的工作。这世界上穷的人多了，怎么不见其他穷的女人都出来卖淫？他淡淡地说道："我们对你的从业经历没有任何兴趣，说说看，你究竟还知道孙红艳哪些情况？"

小雯急忙道："我对她真的不是很了解。"

沈跃问道："她有男朋友没有？事发前她和什么人有过较多的接触没有？"

小雯道："像我们这样的人，怎么可能有男朋友？而且我们做的这个事根本就不敢让家里人知道。"

这时候康如心也意识到自己的同情心有些多余，她冷冷地问道："既然是这样，那会是什么人在那天给她打电话呢？"

小雯有些害怕起来，道："我怎么知道呢？也许是来过发廊的客人吧，有的客人会找我们要电话号码。我们挣钱其实真的很不容易，老板拿的是大头，如果有客人打电话来叫我们出去，那样的赚钱机会我们肯定不会放过。"

康如心实在是无法理解眼前这个女人的想法：为了那么点钱居然去出卖自己的身体，难道她们不觉得恶心？想到这里，她禁不住恨恨地问道："你就不怕得传染病？一场病下来，我看你的钱也就剩不下多少了，值得吗？"

此时沈跃却在想象着嫖客向"小姐"要电话号码的画面。估计到这地方来的大多是经济条件不大好的人，主要还是为了发泄欲望。人的本质是动物，发泄欲望也是一种本能，对于生活在底层的人来讲，他们并没有多少可以选择的空间，只不过是为了寻找一个宣泄口罢了。可以想象，不少嫖客在发泄完欲望之后，在心满意足的同时很可能就开始心痛自己所付出的代价了，于是他们向"小姐"索要电话号码，希望下一次能够免去发廊老板收取的那部分费用。人类的心理需求像阶梯一样从低到高分为五种层次：生理需求、安全需求、社交需求、尊重需求和自我实现需求。对于生活在底层的人来讲，他们别无选择。

可是，那个给孙红艳打电话的人究竟是谁呢？

康如心的话让小雯低下了头，她不再说话。沈跃苦笑着摇头，对康如心说道："你和她说这些有用吗？这座城市有多少这样的人你知道吗？这是一条产业链，多少小诊所都靠她们养活呢。"他看着小雯，又问道："你觉得孙红艳最可能是被谁杀害的？"

小雯这才抬起头来，说道："我怎么知道？她和我一样，天天窝在发廊里面，平时就我们一帮姐妹混在一起。虽然我们有时候也会发生点儿小矛盾，可吵几句也就算了，怎么也不会想到要去把对方杀了吧？"

"看来她确实不知道更多情况了。"沈跃低声对康如心说。康如心也觉得是这样，回问道："那怎么办？"

沈跃道："我们去找那个发廊老板。"

两个人一起将小雯送回发廊，康如心将警官证在发廊老板面前亮了一下，接着态度强硬地说道："你出来一下，和我们谈谈孙红艳的事情。"

发廊老板本来一直是面带笑容的，一见到警官证后脸上的表情一下子变成了惊骇，忽然又听到这个女警察说是为了孙红艳的事情而来，心里更加惴惴不安。他在那里呆立了好一会儿，才发现沈跃和康如心已经离开了发廊，急忙对那几个"小姐"说："赶快关门，不营业了！"

就在距离发廊不远处的一棵树下，沈跃和康如心已经站在了那里。康如心对沈跃说："你发现没有，这附近并没有监控录像。"

沈跃道："我估计，像这种发廊，附近二十米之内都不会有监控录像，如果有的话谁还会来？发廊老板是个生意人，生意人大多懂得顾客的心理需求。"

正说着，发廊老板就到了他们面前。发廊老板直接将钱塞到沈跃手上，说道："先前我不知道您是警察，失敬了。"

沈跃微微一笑，看也没看就直接将钱放进衣兜里。他并不在乎这点儿钱，但可不想把钱花在这样的地方。他说道："说说孙红艳的情况吧。"

发廊老板说道："这都是两三年前的事情了，当时你们警察不止一次找我调查过这件事啊，我把知道的情况都告诉你们了。"

康如心道："孙红艳遇害后你肯定会经常想起她的这件事情吧，后来想起什么别的事情来没有？"

发廊老板不住地摇头，说道："我去想她的事情干吗？我这发廊开得好好的，她的死差点让我停业关门，还被你们罚了一大笔款，想起来都觉得倒霉。"

接下来沈跃和康如心又分别问了一些问题，结果发廊老板的回答和案卷里面记录的情况差不多，两人只好颓丧地离开了。

"你是怎么知道那个'小姐'认识孙红艳的？"离开那家发廊后，康如心迫不及待地问出之前心中的那个疑问。沈跃笑着说："她是那群人里面年龄最大的一个，而且我进去的时候注意到，只有她在不住地朝我抛媚眼，一看就是那几个人里面从业时间最久的。"

康如心不住地笑，接着又问道："我们接下来怎么办？"

沈跃想了想，道："去那个有公用电话的杂货店看看。"

一个多小时后，两个人找到了案卷中提到的那家杂货店。到了那里后，二人一下子就明白警方无法从这里查找到任何有用线索的原因了。眼前的这部电话旁有一个小纸箱，墙上写着一行陈旧的字：公用电话，每次一元，请自觉付费。

沈跃问正在里面忙活的杂货店老板："你这电话像这样收费多少年了？难道不怕人家不给钱吗？"

杂货店老板回答道："十多年了。不就是一块钱吗，谁会在乎？如果大家都不给钱，这电话可能早就拆了。"

沈跃笑着对康如心说道："一个小小的收费电话，这里面包含着很多道理呢，你说是不是？"

康如心道："这其实也是心理学，是吧？"

沈跃点头笑道："是啊，心理学在我们的生活中无处不在。"随即他又自顾自地嘀咕起来："找不到线索才正常，不然警方早就破案了，你说是不是？我们没有找到线索，这并不是说线索不存在，你说是不是？别着急，后边还有四个案子呢，我们先按照这样的方式捋一遍再说，万一可以从中找到共同点呢？"

康如心忽然感到眼前一亮，道："要不，我们去坐一次那路公交车吧。"

沈跃点头道："我赞同。我们最好返回那家发廊，重现一下当时孙红艳从发廊出来后上公交车的整个过程，说不定会有所收获。"

二人回到发廊，发现发廊已经关门，禁不住相视一笑。几分钟后，二人到达了位于主干道上的公交车站，等候数分钟后，孙红艳曾经乘坐过的那路公交车进了站。这路公交车拥挤不堪，康如心好不容易才挤到了孙红艳死亡前曾坐过的那个座位旁。

刚才沈跃和康如心已经分析过，凶手只可能是尾随受害者作案，不可能提前坐到车上等候，所以二人离开发廊后，康如心就开始扮演孙红艳的角色，而沈跃当然就只能模仿凶手了。

他们还分析过，虽然凶手很可能是嫖客，但孙红艳不一定就认识对方。一个发廊"小姐"，嫖客在她的眼里根本就没有相貌上的差别，她们的心里早已没有了羞耻感，或者说她们的内心早已与肉体分离。所以，沈跃一直都跟着康如心，而且跟得很紧，上车后也很快就靠在了她的身后。

公交车行驶了两站后，康如心旁边座位上的一个人下了车，她急忙坐下。沈跃就在她的位子旁边站着。又过了两站，康如心旁边靠车窗那个位子上坐着的人下了车，她即刻挪到靠窗的位子上。当时孙红艳就死在这个位子上。沈跃顺势坐到了康如心身旁，小声对她说："我觉得当时的情况很可能就是这样的。这座城市里面的人每天都在这样生活着，从一个地方上车再下车，机械地重复着，如同木偶一般。"

康如心看着他，道："你把这座城市的人描述得太灰暗了……嗯，你说的倒是很有可能。不过，他是怎么下手的呢？"

沈跃将嘴唇递到她耳边，低声道："我就是那个给你打电话的人……"

康如心愣了一下，这才想起他是要开始还原当时的场景了，可是她怎么也进入不到一个"小姐"的心理状态，只是点了点头。

沈跃仔细阅读过案卷，非常清楚当时凶手是直接将凶器刺进了孙红艳的左侧胸部。此时康如心就坐在他的左侧，他的双眼直勾勾地看着康如心胸部的位置，周围很快就有人注意到了沈跃的眼神，但是内心鄙夷着却不敢出声。

康如心的脸一下子红了，低声嗔怪道："沈跃，周围的人都看着呢。"

沈跃愣了一下，低声自言自语道："奇怪，当时车上的人怎么都没有发现凶手作案的过程呢？看见了敢怒而不敢言可以理解，毕竟大多数人胆小懦弱，不阻止也可以理解，可是事后竟然找不到任何目击者，这就奇怪了。"

康如心道："如果他们两个人一直假装互不认识，如果凶手是在乘客上下车比较混乱的时候下的手呢？"

沈跃道："可是案卷中特别说明了当时车上并没有发生过什么特别的情况。"

康如心想了想，道："凶手要将凶器刺进对方的胸部，还要将凶器抽出来，再快的动作也会引起周围人的注意。如果两个人当时是处于卿卿我我的状态，那就更不会没有人注意到凶手曾经坐在死者旁边的情况了。"

沈跃漫不经心道："是啊。"

两个人一直在终点站下车，但还是想不出凶手当时是如何行凶的。沈跃苦笑着说道："其实，找到了凶手行凶的方式又有什么用呢？总之是凶手没有引起周围人的注意。"

这时候康如心忽然说道："或许有一种可能。当时是夏天，又是下午的时候，气温很高，如果车窗外的某处发生了火灾，或者是别的什么紧急情况，车上乘客，包括孙红艳的注意力都转移到了车窗外边，这时候凶手忽然动手的话，就不会有人注意到了。凶手使用的凶器细小而尖锐，抽出凶器的时候肌肉立即收缩，血液当然也不会流出体外。在周围人的眼里，死者就好像是睡着了一样。"

沈跃顿时激动起来，道："走，我们马上去找当天开那一班车的司机问问。"

二人在终点站等候了不到一个小时，当时孙红艳乘坐的那辆公交车的司机终于到了。据这位司机回忆说，当时在过一处红绿灯路口的时候，旁边有两辆车相撞，不过情况并不严重。那处红绿灯路口就在沈跃和康如心上车后经过的第四站和第五站之间，由此看来，刚才康如心的推断很可能是正确的。

人群中的从众心理普遍存在。心理学家做过一次实验：心理学家站在广场上，用一种惊讶的表情仰望着天空。不多久，他的身边就围过来很多人，那些人都和他一样在朝天上看，而且随着时间的推移，围过去的人越来越多。当时这路公交车的外边发生了一起车祸，使得车上大多数人将注意力集中在了那件事情上，因此没人注意到孙红艳被杀这件事，也就不奇怪了。

沈跃的脑子里顿时浮现起当时车上的状况：凶手上车后，靠近孙红艳站着，很快地，孙红艳坐下，凶手站在了她的旁边。下一站的时候，孙红艳左侧的乘客下车，凶手挤了挤孙红艳，孙红艳坐了过去，凶手坐到了孙红艳旁边。公交车继续向前行驶，在通过红绿灯的时候，外边的两辆车发生碰撞，车上乘客的注意力都被吸引到了外边，因为孙红艳的位置正好靠近车窗，她应该是最先被外面的情况所吸引的那群人之一。这时候凶手忽然将捏着凶器的手放在孙红艳的左胸处，孙红艳惊讶了一瞬，却听到旁边的人说道："我就是给你打电话的那个人。"就在这一瞬间，那个细长尖锐的凶器刺入她的心脏，一阵黑暗铺天盖地将她笼罩……

康如心看着沈跃呆呆地站在那里，问道："你在想什么？"

沈跃这才从幻想中回到现实，苦笑着道："我可以想象得到当时凶案发生的过程，但是这又有什么用呢？"

康如心却依然处于兴奋之中，说道："不管怎么说，我们总是比警方之前的调查更进了一步，你说是不是？"

沈跃笑道："你的心态比我好。你说得对，今天我们的收获其实很大。走，我们去吃一顿大餐，好好庆祝一下。"

一直到现在都还有很多人在谈论姜仁杰的死。不过人们感兴趣的并不是这个驾驶员被谋杀的事，而是由此引发出来的一起私企负责人的贪腐案件。

姜仁杰给华达集团副总经理吕成团当驾驶员已经近十年之久，可以说是吕副总最信任的人。姜仁杰莫名其妙被人在一处擦皮鞋的地方谋杀，警方没有找到凶手，却在调查此案的过程中发现了不少吕成团贪腐的证据。后来吕成团被判刑十二年，而姜仁杰被谋杀的案子却因为线索不明被搁置下来。

出事的那天吕成团是去集团公司下属的一家企业视察工作，姜仁杰将车停下后就去这家企业外面的人行道旁擦皮鞋了。作为待在吕副总身边多年的驾驶员，他早已习惯等候。驾驶员的工作其实就是等候，必须耐得住寂寞。在等候的过程中要么在车上睡觉，要么听音乐，或者选个小摊去让人把皮鞋擦亮，这也是个不错的选择。老总身边的人必须要注意仪表，更要有待人接物的技巧以及揣摩老总心思的能力。可是没有人会想到，姜仁杰这次擦皮鞋的明智之举，却成了把自己推向鬼门关的最后助攻。

当时，那处擦皮鞋的摊点旁有一个馄饨摊，一帮城管汹汹而至，卖馄饨的那人在慌乱中开始收摊，吃馄饨的人们趁机逃跑，正在给姜仁杰擦皮鞋的那位中年妇女也在朝馄饨摊看，担心城管会来找自己的麻烦。不过她很快就发现，城管似乎对她并不感兴趣，这才安下心来，继续将客人的皮鞋慢慢擦完，然后再抛光。眼前的这双皮鞋质地不错，看上去像全新的一样，她对自己的技术很满意，朝客人伸出手去，道：“好了。”

客人却没有反应，双眼紧闭着，好像睡着了似的。这时候旁边已经有人在等了，擦皮鞋的中年妇女轻轻碰了一下客人的腿，道：“擦完了。”可是客人却依然没有反应，旁边等着的那人也觉得奇怪，伸出手去轻轻推了一下坐在藤椅上的姜仁杰，道：“别睡了，你的鞋擦好了。”谁承想，藤椅上的这个人竟身体瘫软，歪向了一边。那人顿觉不大对劲，走上前去仔细看了看，又伸手放在他的鼻前，接着就大声惊呼道：“这个人好像死了！”

擦皮鞋的中年妇女也发出一声惊叫，旁边的城管们都被吸引了过来……

警察接到报案后很快赶到现场，这时候吕副总却并不知道自己的驾驶员已经出了事，正在这家企业的会议室里做指示。警察很快就查明了死者的身份，分头去询问当时在场人员看到的情况，同时搜查了死者驾驶的那辆轿车。

在轿车的储物箱里有一个笔记本，里面记满了死者近年来替吕副总收受贿赂的详细情况。当吕副总闻讯从会议室赶出来的时候，正好看到了警察手中的那个笔记本，顿时被吓得目瞪口呆、面如土色。

吕副总非常信任自己的这个驾驶员，虽然那个笔记本里面记录的东西只是他贪腐的一小部分，但这已经足以让他身败名裂。姜仁杰做事很细心，平日里生怕遗漏了老板的任何事情，所以就养成了事事记录的好习惯，却想不到会因此揭发了自己的老板。

可是，究竟是谁杀害了这位驾驶员呢？如果仅仅是因为那个笔记本的话，这似乎并不符合逻辑，要拿到那个笔记本并不需要采用谋杀的方式。或者，凶手根本就不是为了那个笔记本而杀人，那个笔记本的发现仅仅是一个意外？

这个世界里永远充满着未知，由小概率事件引发出大事情的情况并不罕见，"萨拉热窝事件"能引发第一次世界大战就是如此。在经过大量调查后，警方不得不推翻那个笔记本与这位司机的死亡有直接关系的推测，可是，究竟是谁杀害了他？杀人的动机又是什么呢？

姜仁杰给人的印象还算老实本分，他和妻子育有一女，除了跟在吕副总身边的时候，其他时间几乎都窝在家里，与他人结仇的可能性非常小。这似乎是一起没有作案动机的谋杀案件，可是如果没有动机的话，谋杀怎么会成立？

沈跃反复研究过这起案件，他也觉得不可思议。不过他很快就发现了一点，无论是孙红艳的死还是姜仁杰的死，都是在突发情况下才给了凶手神不知鬼不觉地下手的机会。或许凶手等候的就是那样的时机。可是，这里面又存在着一种矛盾：如果杀害姜仁杰这件事是凶手经过数次跟踪后才好不容易寻找到的机会，那么孙红艳被杀害的事情又怎么解释呢？要知道，当时孙红艳很可能是因为接到凶手的电话被叫出去的，凶手事先并不知道死者所乘坐的公交车会在中途遇到意外，发生在红绿灯处的撞车事件完全是偶然的。那么，凶手在制定计划的过程中究竟是如何安排的呢？

沈跃认为还是应该去调查死者的情况，任何一起谋杀案的背后总是有原因的，在线索缺失的情况下从死者的内心世界着手，这也就成了侦破的唯一途径。死者有记日记的习惯，说不定他还留下了不少其他有用的东西。与警方办案的方式不一样，他们需要寻找的是明面上的证据，而沈跃却总是试图从死者的内心世界去寻找有用的线索。

沈跃和康如心找到了姜仁杰的妻子，姜仁杰的妻子倒是很客气，她想不到事隔两年后警方还在调查丈夫死亡的案子。当康如心直接说明来意后她很快就从里屋拿出了一摞日记本，对二人说道："有几本被警察拿走了，这些都是剩下的。我看过，里面没有什么特别的东西。他生前喜欢记日记，还让我们的孩子也要养成这个习惯。"

康如心顿时默然，她发现沈跃也在苦笑。姜仁杰那样的习惯给他带来了什么好处？为什么非得要孩子也像他一样？过了一会儿后，沈跃才对姜仁杰的妻子说道："这些日记我们可以带回去慢慢看吗？"

姜仁杰的妻子说道："可以。不过你们看完后一定要还给我。这是他留下的东西，今后我要把这些东西留给孩子。"

沈跃问道："你丈夫生前就真的没有和什么人结过仇吗？"

姜仁杰的妻子说道："我觉得应该没有，他习惯把事情都写到日记里面，你们看了就知道了。"

沈跃又问道："那你觉得你丈夫是一个什么样的人？"

姜仁杰的妻子回答道："他是一个好丈夫，也是一个好父亲。虽然他只是一个驾驶员，但他从来都不自卑，而且他非常热爱自己的工作。"

沈跃再一次把眼前的这个家看了一遍，问道："他只是一个驾驶员，收入会很高吗？我看你家的装修很不错，花的钱不少吧？"

姜仁杰妻子的脸色一下子就变得难看起来，说道："他是集团公司副总的驾驶员，有人想通过他认识他的老板，这不犯法吧？"

沈跃耸了耸肩，道："我们不关心这样的问题。好吧，我们先把这些日记带回去，看完后就给你送回来。打搅你了。"

茶楼里面飘荡着若有若无的音乐声，美妙动听，可沈跃和康如心却无暇欣赏，二人正埋头啃那高高的一大摞日记本。看了一会儿后，他俩都开始打呵欠。康如心道："这是个什么人啊，日记里全是些琐事。"

沈跃道："说实话，这个人的内心世界其实是非常丰富的，你听听他写的这首诗。'岁月催人心暗伤，夕阳飘来透纱窗。莫待残思空对酒，何处深山觅芳华。'"

康如心从他手上拿过日记本，将这首诗读了一遍，笑道："诗写得倒是一般，不过他对自己的现状不满倒是真的。看来他老婆说的他喜欢自己职业这件事的可信度，恐怕是要打折扣了。"

沈跃点头道："也许他老婆并不了解他的内心。这个人当年是因为没考上大学才去当兵的，接着在部队里学的驾驶技术，转业后就成了吕成团的驾驶员。按照一般人的想法，能够在转业后找到这样一份工作应该非常满意了，可他却仍觉得壮志未酬，这说明他的内心对自己的期望值还是比较高的，所以才会在自己这篇日记里流露出这种怀才不遇的感叹。"

康如心道："可是，这又能够说明什么呢？"

沈跃道："现在还不完全清楚，我们继续慢慢看完再说吧。"

过一会儿后，康如心忽然说道："这个地方有点儿意思，你听听。'今天去看了鼓鼓，说起来他其实是我的孩子，可是我不能对他太亲近。我为当初的事情开始后悔了。'这个鼓鼓是谁？"

沈跃急忙将案卷的复印件拿出来，仔细看了看一个地方后点头说道：

"我就记得这上边有，死者妻子妹妹的孩子叫钟鼓。奇怪啊，他姨妹的孩子怎么会是他的？死者的妻子说她看过这些日记，可是她给人的感觉好像对自己丈夫的感情依然很深啊！她当时是怎么评价自己丈夫的？嗯，她说，'他是一个好丈夫，也是一个好父亲。'再看看这位姨妹夫的资料，咦？居然是个警察，这就更奇怪了。"

二人一下就来了兴致，马上埋头去仔细阅读这些日记中后半部分的内容，试图能够从中找出更多有用信息。

夜幕渐渐降临，二人却浑然不觉。又过了一段时间，沈跃忽然将手上的日记放下，说道："我这边的都看完了，你呢？有什么发现没有？"

康如心道："我也差不多看完了，好像没什么特别的。几点钟了？怎么觉得很饿呢？"

沈跃却说道："你真的没发现这些日记里面有什么特别的地方？"

康如心诧异道："什么？"

沈跃道："这些日记里面多次提到他的老板，就是那个吕副总，给我的感觉这个吕副总在公司里面的权力很大，难道不是吗？"

康如心道："我手上的这些是他好几年前的日记，里面记录的全是琐事，没有你说的那些内容。不过你说的情况并不奇怪啊，毕竟他是集团公司的副总，这家公司的实力仅次于四通集团，权力大也很正常吧。"

沈跃摇头道："我不这样认为。一个副总，居然分管了公司的原材料采购、产品销售，甚至还有不小的人事权。一家公司除了这些还有什么别的权力？他事事都管，那么老总的权力如何体现呢？"

康如心怔了一下，问道："这和姜仁杰的死有什么关系？"

沈跃道："我也不清楚。走吧，我也饿了。"

姜仁杰的日记中提到的那个叫鼓鼓的孩子，他的父亲是一名警察，这让沈跃直接产生了这样一种猜测：难道姜仁杰的死是情杀？而且，如果这起案件真的是那个警察所为的话，似乎一切都可以解释得通了，包括那个

"小姐"的死。

康如心道："我记得有一部法国电影，讲的就是警察用暴力手段消灭社会渣滓的故事，而且警察作案的手法肯定比一般人高明许多……"

沈跃朝她摆了摆手，道："千万别随便下结论。这样吧，我们还是去询问一下姜仁杰的老婆，问问她这究竟是怎么回事。"

然而让他们完全没有想到的是，姜仁杰的妻子在面对这个问题的时候竟然笑了起来，说道："你们想多了。情况是这样的，我妹夫没有生育能力，但是他和我妹妹的感情非常深，他们想要个孩子，于是就去做了试管婴儿，用的是我男人的精子。我们是一家人，这样的事情其实也没有什么不可以。"

沈跃和康如心面面相觑，不仅仅是因为这个情况大大出乎他们的意料，还因为这件事情给人的感觉太过匪夷所思。从这个家里出来后两人禁不住同时笑了起来，沈跃说道："这还真是肥水不流外人田啊。"

康如心不住地笑，说道："这个世界太奇妙了，什么样的事情都会遇到。"接着，她却即刻皱眉道："可是，我们接下来怎么办？"

沈跃道："没有别的办法，只有继续调查下去。"

钟自来是城南区公安分局下属某派出所的副所长，虽然他已经久闻沈跃的大名，但却是第一次见面。沈跃见眼前这位副所长有些紧张的样子，笑着说道："应该是我害怕你们警察才是，钟所长怎么反倒拘谨起来了？"

钟自来尴尬道："沈博士可是福尔摩斯一般的人物啊，大名鼎鼎……"

沈跃即刻打断了他的话，说道："我可不是什么福尔摩斯，也讨厌虚名。钟所长，我是为了姜仁杰的案子来的，我们直接开始吧。"

钟自来一怔，道："他的案子都拖了两年了，沈博士有新的线索了？"

沈跃摇头道："暂时还没有。钟所长，你和他也算是一家人，应该对他比较了解吧，你说说，他是一个什么样的人？"

钟自来再次愣了一下，道："他是从部队转业回来的，军人性格，而且非常律己。比如他酒量不错，但是平时都强迫自己滴酒不沾，因为他是驾驶员。他人品不错，对家庭很负责，也特别喜欢帮忙。说实话，我根本就无法相信会有人谋杀他。"

喜欢帮忙……听到这句时，沈跃禁不住暗暗觉得有些好笑。他又问道："缺点呢？他不可能没有缺点吧？"

钟自来道："这个世界上哪有没有缺点的人。他的缺点就是有时候脾气不大好，特别好面子。其实这可以理解，当年他考大学只差几分，所以才不得不去参军，但是他是一个很有理想的人，驾驶员这个职业让他感到有些憋屈。"

沈跃点头道："倒也是。不过，既然他自认为很有能力，为什么非得要一直当这个驾驶员呢？"

钟自来道："原因很简单，因为这家公司的待遇不错，而且又是给副总开车，油水不少。其实我们很多人都是这样，没钱的时候希望自己的收入能够高一些，当生活无忧之后就会有更多想法了。我觉得这也很正常。"

沈跃笑道："我能够感觉到你和他的关系其实很不错，是吧？"

钟自来点头道："当然，我们可是一家人。"

这时候沈跃忽然就问及那个最为关键的问题："你的孩子其实是姜仁杰的，难道这一点都不影响你和他之间的关系？"果然，这个问题一抛出，顿时就看到钟自来满脸愕然，接着愕然的表情又瞬间变成尴尬。沈跃即刻解释道："这是我们从姜仁杰的日记中得知的情况。"

钟自来这才明白了，叹息着说道："唉，以前我也不知道他居然喜欢写日记……是的，我的孩子其实是他的。沈博士，虽然这件事情除了我们两家人外没有其他任何人知道，但我知道你是为了案子而来，所以我也就没必要在你面前否认了。其实孩子是谁的并不重要，重要的是这个孩子让我和妻子的感情更加深厚，孩子是我们养大的，我们就是孩子的父母。而且姜仁杰生前也非常注意，尽量减少和孩子的接触，所以这件事情并不影响我们之间的友谊。"

沈跃问道："为什么非得是他呢？对不起，我必须要问你这个问题。"

钟自来的表情变得坦然，他回答道："最开始的时候我本来想去福利院领养一个孩子，可是我妻子说她还是想要自己的孩子。而且我妻子本来就是妇产科医生，对试管婴儿技术比较了解。姜仁杰的身体不错，他自己的孩子也非常可爱，更重要的是我们是一家人，今后不会为了孩子的抚养权产生矛盾。我的情况可能你们都了解了，在那样的情况下这就成了我最好的选择。"

虽然沈跃可以理解他的这种说法，不过心里还是觉得有些怪怪的，不是因为其他，而是觉得他们两家人的那种微妙关系太过奇特。他点头道："你放心，我们会对这件事情保密的。对了，刚才你说姜仁杰的脾气不大好，具体的表现是什么？"

钟自来道："就是有时候会莫名其妙地发火。"

沈跃的眉毛一动，问道："哦？那他在发火的时候会打孩子和老婆吗？"

钟自来摇头道："那倒不会，不过在外边的时候他有时会出现过激行为。有一次我和他在外边喝酒，旁边的一桌里有一个人撞了他一下，就因为那人没有向他道歉，结果他一下子就把人家的桌子掀翻了。如果不是我亮出了警察的身份，说不定还会打起来。还有一次，有人碰了他的车，那人的脾气也不太好，估计是无意中碰到的所以就没有搞清楚情况，于是就骂了姜仁杰一句，结果他一怒之下就开着车朝那人撞了过去。当然，他并不是真的想要撞那人，就是想吓吓他，加速后一个急刹车就停在了那人面前。当时我也在他车上，我还批评了他。"

沈跃看着他，问道："其实你是理解他的，他的暴脾气是因为他的不得志。是吧？"

钟自来点头道："是的。我知道他心头憋闷，所以才会时不时忍不住发脾气。我也经常劝他，甚至鼓励他去考公务员，他也努力过，结果连笔试都没有通过。不过总的来讲，他人还是很不错的，毕竟收入很高。他的房子是全款买的,在同龄人当中混得也不算太差。"

沈跃一直都在观察对方的表情,发现他说的都是实话,接着又问道:"你是警察,你个人觉得他的死可能与什么有关?"

钟自来摇头道:"这个还真不好说。不过我以前听姜仁杰说过,他们公司内斗得厉害,所以他一直担心自己的工作不能长久,也许这也是他时而会心情不好的原因吧。"

沈跃顿时来了兴趣,道:"你说说,究竟是什么情况?"

钟自来道:"具体的情况我也不清楚,只是有一次姜仁杰在和我喝酒的时候说到过这件事情。他说他的老板在公司的权力太大了,总经理都没有他老板的权力大,他说这其实很不正常,担心自己的老板日后若真出了问题,自己会靠边站。当时我就劝他说,其实也没什么,如果真的有那一天,我可以帮他找一份新工作。情况就是这样,他也没再多说什么。"

沈跃问道:"所以在他出事后你就怀疑他的死可能与他所在公司的内斗有关,是吗?"

钟自来苦笑道:"可是我没有任何证据,而且到目前为止,警方的调查结果也不支持我的这种猜测。"

接下来沈跃直接就去了华达集团,在路上的时候他给龙华闽打了个电话,请他给那位总经理先打个招呼。沈跃到达这家公司楼下的时候,这家集团公司的老总苏旭东已经在那里恭候了,这让沈跃真切地感受到了警方的力量。

沈跃没有让康如心跟着自己,现在两人的关系已经和以前不一样了,沈跃希望康如心最近几天能好好休息,康如心也不再像从前那样固执了。

苏旭东三十多岁年纪,个子不高,随时紧闭着的嘴唇微微上翘着,给人一种心机较深却又不失和蔼的印象。二人客气了几句后就一同乘坐电梯去往楼上的总经理办公室,苏旭东亲自给沈跃泡了一杯茶,歉意地说道:"久闻沈博士大名,想不到你这么年轻。"

此人很是虚假。这是沈跃对眼前这个人的第一印象。不过他很理解,一个太实诚的人是不可能在这个年龄就坐上这样的高位的。他笑着说道："苏总客气了。苏总，我知道你很忙，那我们就直接进入话题吧。我是为了姜仁杰的案子而来，想必苏总应该清楚。姜仁杰虽然只是一个小小的驾驶员，但他毕竟是吕成团身边的人，更何况他已经被人谋杀身亡，我想苏总对这个人应该比较了解，是吧？"

这位沈博士果然厉害，话中绵里藏针却又并非咄咄逼人，而且他的问题也无法让人回避。苏旭东点头道："沈博士说得对，我对这个人还算是比较了解，不过最了解他的人应该还是吕成团。"

沈跃微微一笑，说道："那是当然。有人认为姜仁杰的死与贵公司的内斗有关系，苏总对这样的议论怎么看？"

苏旭东神色凝重地答道："任何一个单位里面都会有矛盾，这很正常。不过姜仁杰只是一个小小的驾驶员，他还不可能会影响到我们公司上层的关系，所以沈博士提到的那种议论，只不过是无稽之谈罢了。"

沈跃笑着说道："我不大赞同苏总的这个说法。小人物的作用有时候也是非常大的，据我所知，不少贪官都是栽在他们的秘书或驾驶员手里，吕成团不也正是这样吗？"

苏旭东淡淡地答道："我明白沈博士话中的意思。不过我完全可以跟沈博士说一句实话，我苏某人绝不会为了所谓的利益去杀人。"

沈跃即刻问道："苏总所说的利益是什么？"

苏旭东道："看来沈博士对我的情况还不大了解。我是从海外回来的工商管理博士，是华达集团高薪聘请我到这里来工作的。吕成团是集团公司里的老人，根基深厚，所以我这个老总只不过是挂名而已。"

沈跃诧异道："既然华达集团高薪聘请你来当这个老总，为什么不给你实权呢？"

苏旭东苦笑着回答："民营企业其实也很复杂，虽然公司需要一个懂得现代化管理的老总，但他们却并不会因此就完全信任我。面对吕成团的强势，我只能让步。"

沈跃似乎有些明白了，道："其实最关键的还是你不愿意放弃这份高薪的职位，是吧？"

苏旭东却摇头说道："不仅仅是这样。这是我回国后的第一份工作，如果我因此就放弃的话，其他公司也不可能接纳我，所以我必须要坚持下去。"

沈跃更是诧异，道："可是，你怎么知道坚持就一定能够成功呢？我明白了，你必须要证明自己的能力，也就是说，其实吕成团迟早会出事，这早已在你的预料之中，是这样的吧？"

沈跃的话让苏旭东顿时感受到一种无形的压力，他点头道："沈博士说得对，但这与姜仁杰的死毫无关系，我必须再次申明这一点。说实话，面对吕成团的强势我完全可以不让步的，但是我认为那样的话很可能造成两败俱伤，于是我才采取了示弱的方式。"

"示弱？"沈跃不大明白。

苏旭东忽然有些激动起来，音量也一下变大许多："是的，是示弱！不管怎么说，我才是这家集团公司的总经理，吕成团越是强势，从道义上讲，他就会反而变得更加弱势。而且我还必须要有意纵容他的这种强势，比如公司里面明明规定，材料采购、产品销售这两块是属于我主管的，但我却故意放权给他。我知道，一个人的权力越大，犯错误的机会就越多。有句话是怎么说的？要让一个人灭亡，就得先让其疯狂。吕成团其实是一个贪得无厌的人，放纵他的结果就是让他一步步走进我设置的陷阱之中。我有这样的耐心，也能够忍耐他的强势，这不是阴谋而是阳谋，如果他吕成团真的能够做到见好就收或者懂得礼敬他人，我也拿他没办法。不过我知道他做不到，所以我相信要不了多久他就会出事。事实上，我的策略最终也被证明是正确的。"

示弱需要勇气，更是一种大智慧。古人以示弱取胜者众多，如勾践、刘邦、刘备等等，数不胜数；《易经》里面有谦卦，六爻皆吉，其中的道理不言自明。

这是一个极聪明的人，更是一位权谋高手，可惜他选择了这家民营企业，这样的智慧有些大材小用了。沈跃不禁在心里感叹。

看来这个人与姜仁杰的死还真的没有任何关系。沈跃站起身来准备离开，这时候苏旭东却忽然说了一句："沈博士，我建议你去询问一下吕成团，说不定会有所收获。"

痛打落水狗？沈跃的脑子里面一下子就冒出了这样一个想法，不过脸上却挂着笑容，问道："为什么？要知道，吕成团可是因为姜仁杰的死而出事情的。"

苏旭东摇头道："我说了，他出事情是迟早的。其实我手上早就有了他贪腐的证据，只不过是因为姜仁杰的死让他过早暴露出来罢了。姜仁杰毕竟是他身边的人，他对吕成团的事情知道的太多了。"

沈跃朝他微微一笑，道："谢谢你的建议。"

沈跃看过吕成团的照片，已经年近五十的他，在照片上看起来依然器宇轩昂。而此时眼前的他却完全像是另外一个人，头发花白，脸上的皮肤耷拉着，比照片上起码老了二十岁。联想起那位苏总对这个人的介绍，沈跃禁不住感叹：一个人瞬间从高位跌入低谷，这样的遭遇确实是一般人很难承受的。

"你知道姜仁杰有写日记的习惯吗？"沈跃想尽量不去触及眼前这个人的过去，那样实在是太残忍了。

"我不知道。只是觉得他很细心。"

"现在你后悔吗？"

"……后悔又有什么用？"

"姜仁杰知道你很多事情，你难道不担心他暴露你的秘密吗？"

"怎么会？他是我最信任的人。"

"为什么？难道你不担心？"

"我从来没有想过这个问题，因为我信任他。"

"你觉得谁最可能是杀害姜仁杰的凶手？"

"不知道。他从来不得罪人。"

"听说他脾气不大好，是这样吗？"

"他的脾气……好像，可能是吧。他是我的驾驶员，别人惹到他的时候他肯定会冒火，这很正常。董事长的驾驶员脾气比他更大。"

沈跃发现他说的都是真话，心里很沮丧，差点忍不住去问他对苏旭东的看法，不过最终还是忍住了。那样的事情与这起案子应该是没有关系的。

监狱外边的天空上铺满了铅灰色的云，寒冷的空气进入到鼻腔后让沈跃隐隐感到有些痛，好像是要感冒了。

康如心朝他递过一张纸巾，道："你的鼻子好像塞住了。为什么非得去担心最坏的结果呢？万一凶手不再作案了呢？"

沈跃苦笑着说道："你应该知道墨菲定律，当我们越担心一件糟糕的事情会发生的时候，往往它就真的会发生。这个世界就是如此残酷。"

他的话让康如心的心情也变得沉重起来，她问道："那你准备怎么办？"

沈跃郁郁地答道："不知道。我只想尽快找到凶手。"

康如心看着他，温言说道："你一定会找到他的，我相信你。"

沈跃不说话，这一次他真切地感受到了什么叫作力不从心。

"你觉得凶手再次作案的可能性究竟有多大？"龙华闽皱着眉头问道。

沈跃答道："这是一个无法回答的问题，因为到目前为止凶手的作案动机不明。如果是复仇，仇人又只有这五个人的话，凶手再次作案的可能性就很小了。可是，如果不是仇杀呢？那么凶手再次作案的可能性就非常大了。"

龙华闽问道："如果不是仇杀，还可能会是什么？"

沈跃道："从心理学的角度讲，连环杀人案的凶手在自我认同方面往往会走向两个极端：或许是因为他们在现实社会中被人忽略或轻视，所以他们会在一次接一次、愈来愈熟练地控制和杀死被害人的过程中获得支配控制欲的满足；也可能是他们在现实生活中足够成功，已然获得了足够多的满足，以至于再没有其他合法的正常方式能够带来新的刺激。这一类人往往会精心地挑选猎物，周密地布置犯罪计划，他们作案的目的并非是为了取得某种认同或是满足某种特定欲望，他们的需求只是为了寻找刺激感本身。这种罪犯的危险性和复杂性要远远高于其他任何类型的罪犯。"

龙华闽的神情一下子就凝重起来，连忙问道："你觉得我们警方现在应该做些什么？"

沈跃道："按照你们的方式，马上并案调查这五起案子。"

龙华闽摇头道："这几起案子已经成了积案，这就说明我们的思路和方式都有问题。这样吧，案子还是交给你，需要什么随时向我们提出来。"

沈跃笑道："也行。先把曾英杰借调给我再说。"

龙华闽有些为难道："他正在办另外一个案子……不过，好吧，让他先去你那里。"

蒲安俊两年前退休，曾经是某事业单位的一名处级干部。刚刚退下来的时候非常不习惯，一贯脾气不错的他经常和老伴争吵，平时也赖在家里不愿出门，说到底就是退休综合征的各种表现。后来女儿陪着老两口去了一趟沿海城市游玩，老爷子回来后就喜欢上种花养鸟，平日里也开始去小区外边的一家茶楼喝茶听书。可是想不到，蒲老爷子刚刚适应退休生活不久，日子正过得有滋有味的时候，竟然被人杀害了。

像蒲安俊这样的人，无论如何都难以和前面两名死者联系在一起，这三个人的社会关系没有任何交集，不管是他们的生活空间还是人生经历都是如此截然不同。

沈跃在询问了吕成团后没有得到任何有用信息，心里虽然沮丧但很快就将心态调整了过来，说道："或许我们已经进到了黎明前的黑暗之中，你说是吧？"

康如心刚才还在为满脸颓丧的沈跃担心不已，却想不到他这么快就调整好了心态，点头说道："现在我们已经掌握了不少线头，我相信这团乱麻很快就会被我们整理清楚的。"说到这里，她忽然笑了，又道："沈跃，虽然我没有心理学方面的天赋，但我还是想学，你愿意收下我这个笨学生吗？"

沈跃开玩笑地说道："等你学会了，今后我们互相研究？"

康如心不住地笑，说道："你害怕了？"

沈跃笑道："你随便研究好了。"

蒲安俊的老伴有些紧张，不过一听两人是为老伴的案子而来，眼泪一下子就出来了。沈跃也在心里嗟叹：夫妻在长时间的相处中，爱情慢慢变成亲情，一旦失去其中一方，另一方心中的那种痛将永远难以弥合。由此禁不住就想起了自己的母亲和康如心的母亲，心想今后一定要多陪陪她们，让她们能够享受到更加幸福的晚年。

坐下后，沈跃直接就说："阿姨，我们是为了您老伴的案子来的。我知道您很悲痛，本不该再次在您面前提起您老伴的事情，不过我们必须尽快找到凶手，这样才能够让您老伴的在天之灵得到安息。这才是最重要的，您说是吗？"

老人抽泣着说道："都过去一年多了，你们还没有找到凶手……呜呜！可怜的老蒲，你究竟得罪了什么人啊……"老人一哭起来就没完没了，康如心来到她身旁，轻轻拍着她的后背，说道："您一定要节哀，我们是专程为了这起案子来的，您一定要把知道的情况都告诉我们，好吗？"

在康如心的温言安慰下，老人的哭泣慢慢停止下来。沈跃发现康如心与自己的配合越来越默契了，或许这正是她逐渐变得成熟的缘故。沈跃说道："康警官说得对，我们必须尽快抓到凶手。老人家，我看过您老伴的资料，以前他在单位的时候是后勤处的处长，后勤工作可不好做，您想想，他以前是不是在工作上得罪过什么人？"

老人道："哪有不得罪人的？单位集资建房，有的人说价格太贵了，怀疑我们家老蒲吃了回扣；年轻人想要住筒子楼，都在托关系想分到房子。他不过是一个处长，真正管事的人却在上面，我们家老蒲胆子小，哪里敢伸手去要什么回扣？"

沈跃一进门的时候就注意到这个家的装修很不一般，时尚电器一应俱全，心想这个后勤处处长没吃回扣就怪了。不过倒不至于因为这样的事情就被人谋杀，如今吃回扣的人可是太多了，怎么不见别人死于非命？他点了点头，又问道："他以前对没对您讲过，跟什么人有过仇怨？"

老人摇摇头。

沈跃继续问道："那，您听没听别人说起过，您老伴曾与谁有过仇怨呢？"

老人依然在摇头，不过却有一丝犹豫的表情在脸上一闪而过。

沈跃当然不会放过这个细节，非常严肃地对她说道："老人家，我希望您能够告诉我实话，除非是您希望杀害您老伴的凶手永远逍遥法外。"

老人紧闭着嘴唇，不过脸上的神情却分明是在犹豫。过了一小会儿，沈跃发现老人脸上的犹豫之色没有了，可是却并没有开口。沈跃知道，她已经决定不将事情讲出来了。不过沈跃当然也不会就此放弃，他问道："是因为工作上的事情？不是？经济纠纷？也不是？难道是个人感情问题？那是什么时候的事情？"

老人惊讶地看着他，脸上犹豫的表情再次出现。沈跃也看着她，认真地说道："您是觉得老伴已经离开了这个世界，以前的那些事情不应该再拿出来讲，是吧？这我完全理解，人死为大嘛，何况您早已原谅了他。不过就算您不愿意说出来我们也一样可以从其他渠道了解到内情，像那样的事情想要做到保密几乎不大可能，您说是吧？"

老人轻声叹息，接着说道："十多年前的事情了，他和单位里面的一个年轻女人好上了，那个女人的男人跑到他的办公室去狠狠地揍了他一顿。

事情都过去这么多年了，他也已经退休了，他的死应该不会和那个人有关系吧？"

沈跃点头道："也许吧。"

这时候沈跃忽然注意到客厅外边的阳台上一片葱绿，走近后才看清原来是阳台外边用不锈钢搭建了一排支架，各种各样的植物摆放在上面。这些花草养得可比卢文华家里那些漂亮多了。

从老人的家里出来，沈跃对康如心说道："询问的技巧其实并不难学，最关键的是要针对不同的人采取不一样的方式。面对强势的人不要害怕，要掌握主动，对弱者不要咄咄逼人，如果做不到这一点就暂时放弃提问。此外，询问的时候更要注重方法，要根据不同的情况选择不同的询问方式，要么直击主题，要么将你的意图隐藏在一连串的提问之中。当然，很可能我们的提问得不到任何有用信息，但这并不重要，重要的是要把其中的各种可能都搞清楚。其实，一些被排除的可能对案件的调查也是很有意义的。"

"那么，究竟要如何才能够在强势者面前掌握主动呢？"康如心问道。

沈跃回答道："自信。在你的眼里，始终要将对方视为被调查者。在强势者面前不要流露出任何畏惧，无论是表情还是眼神。此外，对对方做出的某些指令性语言或者动作也不能习惯性地服从。比如，当对方向你伸出手来的时候，你的腰要挺直，即使是面对你崇拜的人也必须做到不卑不亢。对方请你坐下的时候你可以故意去观察周围的环境并做出适当的评价。总之就是，千万不要让对方牵着你的鼻子走，一定要争取主动。"

康如心若有所思，道："这些说起来容易，但要真正做到却很难。"

沈跃点头道："自信必须要以自己的能力为支撑。此外，自信有时候需要用自我心理暗示的方式才可以实现，即使是在你非常软弱的时候都必须要说服自己相信，你是一名强者。你不用着急，慢慢来，其实这一点连我都还不能完全做到。"

康如心忽然笑了起来，说道："你终于谦虚了一回。"

沈跃也禁不住笑了起来，道："关键是千万不能焦躁，即使是没有新的线索也要沉得住气。"说到这里，沈跃忽然想起一件事情来，赶紧拿起电话打给匡无为，吩咐道："最近几天你晚上加一下班，有件事情需要你去做……"

沈跃说的是谈华德那个广告片的事情。心理研究所即将装修完毕，现在最需要的就是钱。威尔逊心理研究所里面，仅仅设备投入就花费了数百万美元，虽然沈跃并不想投入那么多，但他觉得最基本的设备还是必须得配齐才行。

当然，沈跃决定将广告片承接下来的原因并不仅仅是为了钱，他也不希望自己第一次策划的商业广告片出现任何问题。彭庄的思路不错，不过以他目前的能力不可能做到尽善尽美。心理学实用技术需要的是深厚的学术功底，就商业广告片而言，数十秒的时间里出现的每一帧画面都非常有讲究，包括其中的每一个细节。而且上次沈跃特别交代过彭庄，广告片拍摄完成后一定要交给他审核，当时他只是考虑到拍摄出来的效果可能会打折扣，所以才决定采用隐形文字进行心理暗示的补救措施。

彭庄选的几个演员都非常不错，沈跃发现彭庄总是在不自觉地看向其中一个长相甜美的女孩，禁不住暗暗觉得好笑。

沈跃详细地给匡无为讲解了色彩和光线需要达到的效果，对参加演出的演员，他只要求他们表达出喝下每一款饮料后的真实感受就行，而且还让侯小君不断去和他们沟通。旁边的康如心一直很感兴趣地看着沈跃，开始的时候沈跃并没有注意，后来当他看见康如心看自己的眼神时，心里忽然一动，走过去对她说道："有兴趣没有？给你一个镜头？"

康如心顿时紧张起来，问道："我？"

沈跃非常认真地对她说："对，我觉得你非常合适，而且这个镜头也特别重要。"

广告片只花费了三个晚上就录制完成了，不过最后的剪辑还是请了电视台的一位专业人员。后来沈跃还是决定将具有心理暗示的文字隐藏到画面中，毕竟这是他第一次做商业推广，只能成功，不能失败。

那种不安的感觉始终在沈跃的心头萦绕，他在心里不住地告诉自己，一定要尽快把凶手找出来。

沈跃还注意到，康如心偶尔还是会朝着一个地方呆呆地看上几秒钟，不过那样的情况并不多，沈跃也就没有问她。不管怎么说，她现在总体的情况还算很不错。沈跃的心里很愧疚，他觉得康如心的这个病，自己发现得太晚了，说到底还是因为以前对她关心不够的缘故。

随后，沈跃和康如心来到蒲安俊以前工作的那家单位，当然不仅仅是为了调查那件事情。其实以前的办案警察也到这家单位来调查过蒲安俊的情况，结果当然是没有得到任何有用的信息。

接待他们的是这家单位的办公室主任，经过一番询问后依然是一无所获，当后来询问到那起感情纠纷事件的时候，眼前的这位办公室主任忽然兴奋了起来。以前的办案警察并没有调查过这件事情，一是因为事情已经过去了许久，二是人们都不愿意在警察面前去谈论一个已死的人的不堪过去。

从办公室主任的介绍中大家都能够感觉得到，那件事情当年在这家单位引起过很大的轰动。康如心诧异地问："这么大的事情，蒲安俊当时为什么没有受到处分，而且还能继续当他的处长？"

办公室主任回答道："都什么年代了，婚外情又不犯法，最多只是有悖道德。当时就只是对他进行了批评教育。"

康如心又问："那个女的呢，她现在还在你们单位上班吗？"

办公室主任点头，道："她叫翁灵娜。需不需要我打电话把她叫来？"

康如心看了沈跃一眼，摇头道："还是我们自己去找她吧。"

在见到翁灵娜之前，沈跃对康如心说了一句："一会儿你问她问题，如果有遗漏的话我补充提问。"

康如心看着他笑，问道："你这是在培训我吗？"

沈跃微微一笑，说道："这只是其中一个原因。最主要的是，对方是女性，又涉及她的隐私，你去问她那些问题更合适。"

康如心酸酸地想：以前你去问齐敏问题的时候怎么不这样说？不过她并没有将那一丝醋意表现出来，毕竟现在自己和沈跃的关系已经和以前不一样了。

眼前这个叫翁灵娜的女人四十多岁年纪，模样很一般，从一开始她就给人一种小心翼翼、局促不安的感觉，或许是当年的那件事情让她变成了这个样子。对一个女人来讲，犯下那样的错往往会影响她的一生，但是她却又因为生活所迫不得不继续待在这个地方。康如心在心里叹息着，直接对她说道："我们是为蒲安俊的案子来的。"

翁灵娜的脸色一下子就变得很苍白，低声说道："事情都过去这么久了，为什么还来找我……"

康如心的心里猛然间升起一丝怜悯之情，毕竟她也是女人，禁不住就问了一个她本来没有准备问的问题："当时你是真的喜欢他，是吗？"

她沉默了好一会儿后才说道："他的死和我没有关系。"

康如心知道她是在回避刚才的那个问题，又问道："当然，我们也希望是这样。不过你真的就不恨他吗？毕竟你和他的关系曾经差点儿让你的家庭破裂。"

翁灵娜微微摇头，说道："其实我最恨的是我自己。"

康如心看着她，再次问道："其实，当初你是真的喜欢他的，是吧？"

却想不到她摇了摇头，说道："谈不上喜欢，只是有好感。都是喝酒害的。事情都过去这么久了，我不想再说这件事情了，因为这件事情，让我在单位一直抬不起头来，我求你别再问了，好不好？"

康如心的心里柔软了一下，道："我可以不再问你这件事情的具体情况，但另外几个问题我必须要问清楚。你男人在把蒲安俊狠揍了一顿之后你们夫妻间发生了什么？他为什么能够原谅你呢？"

翁灵娜轻声回答道："为了孩子。"

康如心点了点头。这是中国式家庭永恒的主题，为了孩子，夫妻之间的情感反而会被放到一边。康如心禁不住想：如果沈跃今后出现了这样的问题，而我们又已经有了孩子，那我会如何处理那样的危机？她不知道答案。我为什么要这样想？那样的情况会在我们之间发生吗？康如心努力拉回思绪，又问道："你老公还恨你吗？"

翁灵娜摇头，道："事情早已经过去了。"

康如心还是禁不住又问了一句："真的是这样？为什么？"

翁灵娜道："因为他只是一名普通工人。"

这个回答很有意思，不但充分回答了刚才的那个问题，而且还表达出了眼前这个女人内心骄傲的那一面。或许，她只是在单位里面自卑，而在她的家庭中依然是高傲的。也就是说，很可能在她的内心深处并不曾有过后悔。

康如心即刻就问出了下一个问题："你老公是干什么工作的？"

翁灵娜愣了一下，回答道："他只是农机厂的一名普通工人。"这时候她忽然意识到了什么，又补充了一句："我们是中学同学。蒲安俊不会是他杀的。"

她刚才的回答毫无逻辑性，这让康如心感到有些奇怪："为什么？"

翁灵娜道："他其实是一个很胆小的人，当时只是在一气之下才跑到单位来教训了蒲安俊，他毕竟是男人……但是事情已经过去这么多年了，我们的孩子也长大了，他不会去做那样的傻事。"

康如心这才想明白翁灵娜前面那两句话之间的逻辑。这家事业单位里大多是知识分子，里面的工作人员至少是本科毕业。而且康如心还注意到翁灵娜一直在强调"事情已经过去这么多年"这句话，从心理学的角度讲，这或许正是她在不断给自己的一个暗示：事情已经过去这么多年了，我早就应该放下，不需要再像以前那样自卑了。康如心觉得自己的分析应该是对的，于是问题暂时问到这里，她看了沈跃一眼，沈跃朝她点了点头，道："她说的是真话，就这样吧。"

离开翁灵娜后，沈跃对康如心说道："你的进步不小，该问的问题都问到了，而且你对这个人的情况也有了最基本的判断。"

康如心很高兴，道："我觉得我们应该继续去调查翁灵娜的丈夫，他应该有谋杀蒲安俊的动机。而且他又是农机厂的工人，加工那种特别的凶器很容易。"

"嗯。无论他是不是凶手我们都应该去调查，我说过，在调查的过程中，任何一个环节都不能放过。"

康如心问道："凶器会不会是竹签或者坚硬的木材？"

沈跃摇头道："几乎不可能，再坚硬的木材，如果太过纤细就很容易被折断。竹签就更不可能了，除非是凶手拥有传说中的内功。可是，现实中真的有那样的内功吗？"

康如心想了想，道："倒也是。"

沈跃和康如心找到高小宝的时候他正在一台机床前打磨一个零件。康如心发现眼前的这个人相貌堂堂，即使身上穿的是一套蓝色工作服也一样显得很帅气。她心想，难怪翁灵娜当初愿意和这个人结婚，文凭上的不足是可以用相貌去弥补的啊。

当高小宝抬起头来的时候，沈跃笑着对他说了一句："技术不错。"

高小宝愕然地问道："你们是谁？"

沈跃将早已经准备好的一小段钢丝递到他面前，说道："将这东西的一头打磨得非常尖锐，这对你来讲并不难吧？"

高小宝愣了一下，从他手上接过钢丝，看了看后直接就扔到了地上，冷冷地说道："你逗我玩是吧？"

沈跃看了康如心一眼，康如心心领神会，拿出警官证在他面前亮了一下，道："你出来一下，我问你几个问题。"

在车间外边一处空旷的地方，沈跃和康如心站在高小宝面前。高小宝满眼疑惑，不过嘴唇却紧闭着。康如心问道："知道我们为什么找你吗？"高小宝摇头。

沈跃淡淡地说道："刚才我给你钢丝并让你打磨的时候你并没有立即拒绝，可是你在扔掉钢丝前却犹豫了一瞬。其实你早知道我们要来，而且也知道我们为何而来。翁灵娜已经给你打过电话了，是吧？嗯，看来确实是这样。"

高小宝的眼神中闪过一丝慌乱，不过很快就镇定了下来，说道："我没有杀那个人，我早就把过去的事情忘掉了。"

沈跃紧紧盯着他，道："你不可能忘记，因为你是男人，那是你这一生最大的耻辱。"

高小宝忽然激动起来，大声说道："我真的没有杀他！我，我是恨他，一直都恨，但我不可能去杀他！"

沈跃依然盯着他，问道："为什么？"

高小宝也依然激动着，答道："我老婆早就向我认错了。我跟踪过那个人很多次，没有发现他和我老婆再有过任何接触。事情都过去这么多年了，我怎么还会去杀他呢？"

沈跃发现他并没有撒谎，又问道："你是怎么知道他被人杀害的事情的？"

高小宝道："当然是我老婆告诉我的，她问是不是我干的，我说怎么可能？虽然我心里一直恨那个人，但也不至于去杀了他啊。我的孩子都那么大了，现在的家庭也还算比较幸福，我怎么可能去做那样的傻事？"

我的孩子，而不是我们的？沈跃忽然笑了，拍了拍他的肩膀，道："我相信你说的话。你是一个大度的男人，人的一生那么长，谁又没有过去呢？你说是吧？"

高小宝呆呆地看着沈跃和康如心离开，他有些不太敢相信这个事实：他们真的相信我了？

康如心一直在回味刚才沈跃对高小宝说的那句问话："人的一生那么长，谁又没有过去呢？"难道，他这话是说给我听的？

省城的每个角落都充满了春天的气息，树枝上绿意盎然，含苞欲放的景象随处可见，不时有雀鸟欢快地从天空中掠过，天空中的白云也比冬季的时候爽目了许多，空气里面甜丝丝的味道更是沁人心脾。

照片上的宋维维看上去很漂亮，是属于那种端庄的美，特别是她的双目，从照片上看也是十分清澈。沈跃无法想象究竟是什么样的人会采用那样的方式夺走她的生命——细长、尖锐的凶器，瞬间从后背刺入，直接刺穿了她的心脏。她在心脏骤停的那一瞬间死亡。凶手没有丝毫犹豫，动作快速而准确。难道真的是因为仇恨？不，这不符合心理逻辑。真正的仇杀会选择折磨对方，而不是像这样让一个人在没有感受到痛苦之前就死去。难道凶手真的是随机选择的受害者？这也不大可能。宋维维是教师，是人类灵魂的工程师，又是如此美丽，即使是随机选择，凶手也会因此有所犹豫吧。

手上的案卷已经仔细阅读过好几遍，但是沈跃却感到越来越迷茫。这五起案件中都存在疑点，但是线索却并不清晰，猜想也没有办法证实，要想有所进展，还需要一些新的突破。

"你在想什么？"康如心站在他身后，轻声问道。

沈跃叹息着摇头道："我实在是无法想象凶手究竟是一个什么样的人。这个人的心理状况似乎并不像正常人，但是却又和心理变态完全不一样。像这样的案子最麻烦，我发现即使是从受害人的身上也很难找到有用的线索。"

康如心看了一眼他手上的案卷，问道："从这里面发现有什么遗漏的线索没有？你干吗不直接去问死者身边的那些人？以前你不一直是这样做的吗？"

沈跃叹息道："阚四通和卢文华的案子都是刚刚发生不久，也相对比较单纯……不过你说的也对，我们还是去走访一下死者身边的人吧。"

宋维维是一所市级中学高三年级的英语老师，去年夏天的时候在一家商场外被人杀害。当时她还不到二十六岁，未婚，男朋友远在上海。宋维维毕业于国内某知名师范大学外语专业，这也是她当时能够进入这所中学任教的原因。

眼前这位五十多岁的女人姓刘，是宋维维生前所在学校的校长，她向沈跃和康如心介绍了宋维维的基本情况。沈跃听得有些漫不经心，刘校长介绍的情况和案卷里面的内容完全相同，无外乎都是一堆赞美之词，很显然，警方当时的记录也应该是来源于她。

沈跃很少像这样耐心地去听别人讲废话。他母亲以前也是教师，女性一过五十岁就喜欢唠叨。当刘校长介绍完情况后沈跃才微笑着开始问问题："刘校长，宋维维肯定是有缺点的，是吧？我想知道一些关于她的最真实的情况。"

刘校长犹豫了一下，说道："如果说缺点的话，主要就是高傲，还有就是对学生太过严厉。"

沈跃道："哦？能具体说说吗？"

刘校长笑着说道："这其实是我听到的其他人对她的评价。她年轻漂亮，刚刚到我们学校的时候追求者不少，不过她对那些追求者都很冷淡，后来大家才知道她已经有男朋友了，是她大学时候的同学，毕业后去了上海。这样一来当然就没人再追她了。不过也不仅如此，她本身也不大喜欢和同事接触，所以才让大家觉得她很高傲。她是高三年级的英语老师，学生马上要面临高考，对学生严厉一些也很正常。"

沈跃不禁皱眉，这位刘校长的话说到底还是对死者的赞扬。他想了想，说道："教高中班的老师都有自己所在科目的教学组吧，我想和她当时所在的教学组组长谈谈。"

高中部英语教学组的组长姓汪，是一个身材壮实的中年男人，一接到校长的电话马上就赶来了。沈跃对刘校长说道："我们想和他单独谈谈，暂时借用一下您的办公室，可以吗？"

刘校长离开后，沈跃直接就问眼前的这位汪老师："宋维维老师是一个什么样的人？她的优点我们都知道了，我们想了解一下有关她性格和个人生活方面的情况。"

汪老师愣了一下，道："这个……说实话，我还真是不大了解。"

沈跃看着他，道："你和她一起工作了近三年时间，怎么可能不了解呢？"

汪老师道："我说的是真的。学外语的大多性格活泼开朗，可是她却偏偏不大合群，除了教学组开会的时候，她很少说话。"

沈跃点头，道："据说她对学生很严厉，具体严厉到什么程度你知道吗？"

汪老师忽然笑了起来，说道："其实她不是对学生严厉，是有时候不大通情理。她班上有几个学生的英语成绩不大好，结果她每天给那几个学生出一套模拟题，要求他们当天必须做完，后来那几个学生的英语成绩倒是提高了，结果其他科目的成绩却掉下去了，这样一来，班上教数理化的老师就有意见了，家长也有了想法。"

康如心顿时来了兴趣，问道："后来呢？"

汪老师笑道："可是宋维维却说，其他科目的成绩可以突击，英语不行。不过后来证明她的意见是对的，虽然她不在了，但是后来那几个学生都考上了重点大学。"

沈跃诧异地问道："是吗？"

汪老师点头道："是的。那几个学生其他科的成绩本来都不错，只是英语较差而已。"

沈跃顿时明白了，问道："其实她的那个做法并不是针对所有英语成绩差的学生，是这样的吧？"

汪老师尴尬地答道："对不起，是我刚才没有说清楚。"

沈跃又问道："我还听说以前有不少人追求过她，是这样吗？"

汪老师道："她长得那么漂亮，这并不奇怪。"

沈跃点头，又问道："在追求她的那些人当中，有没有纠缠过她的？"

汪老师回答道："这倒没有。其实宋维维很聪明，当时追求她的人确实很多，结果没过多久她就把男朋友从上海叫了过来，两个人在校园里面手挽着手很亲热的样子，后来那些追求者也就知难而退了。"

沈跃笑道："这个办法确实不错。她男朋友一定长得很帅，是吧？"

汪老师点头笑道："当然。一米八多的大个子，一表人才。"

沈跃又问道："这就奇怪了，按道理说宋维维和她男朋友可以说是一对金童玉女，可他们两个人为什么不在同一个地方工作呢？"

汪老师道："这件事情我倒是知道。当时我也很好奇，就忍不住问了她。她回答说，'我们都还很年轻，上海的机会多，即使是他失败了不是还有我吗？'"

"她就回答了你这一句？"沈跃问道，却并没有等汪老师回答就自言自语地继续说道，"嗯。她这是不得不回答，其实她内心的压力挺大的，这也说明她是一个很好强的人。让男朋友去奋斗，她不得不选择一份安稳的工作作为后盾……对了汪老师，你个人觉得她的死最可能与谁有关系呢？"

汪老师不住地摇头，说道："我也觉得奇怪呢。不仅仅是我，学校里面的人都觉得不可思议。为了不让那些追求者产生误会，她不惜千里迢迢地把男朋友从上海叫过来，平日里她也很少与人接触，她的死真是让人觉得不可思议。"

"我忽然有一种非常不好的预感。"从学校出来后，沈跃看着天空中那几只远去的飞鸟，郁郁地说。

康如心诧异地看着他，问道："你不是一直不相信什么预感吗？"

沈跃道："其实也不完全是预感。这几起案子到目前为止都还没有任何线索，而问题的关键是，这是一起连环杀人案，谁知道下一个受害人会是谁呢？谁又知道下一起同样的案件什么时候会发生呢？"

康如心的心情也一下子沉重起来，问道："是不是应该给龙总队讲一下目前的情况？"

沈跃摇头，道："其实他已经知道这起案件的复杂性了，也应该能够预料得到接下来可能会发生的情况。我想，他一定已经派出了一批人正在调查这几起案子。可是这又有什么用呢？这个世界上最可怕的就是像这样的连环杀人案，很多类似的案件最终都成了悬案。"

康如心看着他，轻声问道："你真的没信心了？"

沈跃摇头道："不。我想，无论凶手是一个什么样的人，他总有自己的作案动机，而且我始终相信凶手的作案动机会映射到死者生前的某些细节之中，只不过到目前为止还没有被我们发现罢了。不，或许我们已经知道了，只不过还没有将它们与凶手的作案动机联系在一起而已。"

康如心挽住沈跃的胳膊，柔声道："我知道你可以找到真相的，你一定可以。"

沈跃当然知道她这是在鼓励自己，可是……他苦笑着说道："我们去宋维维遇害的现场看看吧。"

那家商场距离学校不远，单独的一栋大楼。如今商场外边的货摊已经没有了，不知道是不是因为宋维维曾在此遇害的缘故。像这种大型商场在外边摆摊一般都是为了促销，当时宋维维就是在抢购打折商品的时候被人杀害的。案卷里面有当时案发现场的照片，宋维维就倒在货摊上面，无论是售货员还是宋维维身后的顾客都不知道她是在什么时候遇害的，而她所在货摊的位置恰恰偏向左边，当时的情况根本就没有被商场外边的摄像头拍到。

此时沈跃站在当时货摊的位置，同时将案卷里面的现场照片拿出来看了看，然后对康如心说道："就是这个地方。"

康如心问道："是不是该把当时在场的售货员叫来问问？"

沈跃摇头道："该问的问题办案警察都已经问过了。当时的场面那么乱，死者的身旁那么多人，说不定她身后的人也很多，服务员忙得不可开交，怎么可能注意到那么多？"

正说着，忽然听到了匡无为的声音："你们也在这里？"

沈跃见他是一个人，顿时就明白了：这个家伙有些不甘寂寞，准备尝试着也参与到这起案子的调查中来呢。沈跃笑道："你来得正好……"说着就将手上的照片朝他递了过去，道："你看看。"

匡无为将照片接过来，看了看，说道："凶手是从死者后面下手的，这个货摊卖的是女式毛衣，如果凶手是男性的话，他的出现应该比较显眼。如果有人能够将他的外貌描述出来，让彭庄画出他的相貌的话，那就太好了。"

沈跃摇头道："这个工作警方做过。当时那些人在抢购打折毛衣，货摊上的毛衣都是杂乱堆放着的，所有人都在里面乱翻，谁会注意到其中有没有男性？从心理学的角度讲，这叫选择性注意。"

匡无为叹息着说道："我才去了一趟蒲安俊遇害的那家茶馆，那地方乱糟糟的，不过那地方的评书说得实在不错，估计当时茶馆里面的人都集中了注意力去听评书，没人注意到凶手。而且死者当时正好坐在一处靠边的位子，那地方旁边不远处就是厕所，很多人进出。"

沈跃点头道："是啊，每一起案子发生的时候都恰好有不同的状况发生，这说明凶手在作案前一直在跟踪受害人，而且很可能采用的是相对较远距离的跟踪方式，不然的话不可能找不到任何线索。"

匡无为想了想，道："还有一种可能，就是凶手对受害人的生活习惯已经比较熟悉，然后就在选定的作案地点等候。比如最后发生的那起案件，我觉得这样的可能性非常大。奇怪的是，死者喂养的可是一条德国牧羊犬，那种犬类是很凶猛的，但那条狗居然死在了被害人的身旁，而且也是被刺穿了心脏。这件事情太诡异了。"

沈跃道："我倒是想到了一种可能，只不过现在还无法证实。"

匡无为看着他，问道："什么可能？"

沈跃道："凶手的作案手法如此熟稔，如果排除了他是外科医生或者解剖方面的专家的话，那就只有一种可能，他曾经多次用动物进行过练习。小型动物与人的区别太大，用狗做实验倒是很有可能。你想想，一个人要把作案手法练习到那样的程度需要多少条狗？狗是最有灵性的动物，当那条德国牧羊犬见到凶手的时候会是一种什么样的反应？估计一下子就吓瘫了吧。"

匡无为问道："既然有了这样一条线索，为什么不从这个方面去调查呢？"

沈跃道："这个凶手给人的感觉就像幽灵一样，他每一次作案的时机选择的都非常好，你想想，他会留下明显的线索吗？你看看这座城市的街道上有多少流浪狗，只要有心，随时都可以抓到几条。这座城市太大了，这条线索调查起来不容易啊。"说到这里，他看着匡无为，又道："你的特长是对案发现场的观察非常敏锐，你仔细琢磨琢磨，说不定会有所发现。"

匡无为点了点头，离开后禁不住又转过身看了沈跃和康如心一眼。

沈跃发现眼前这家牙科诊所的病人不少，在门外朝里面看了一眼，发现装修得还不错，白色的基调，里面几位护士身着淡蓝色的工作服，给人以宁静、干净的感觉。

康如心低声问道："我们来这里干吗？他的诊所不是已经转出去了吗？"

沈跃回答道："我想找几个病人了解一下情况。像这样的诊所，病人一般是住在这附近的人，来这里看病的老病人应该不少。目前的医患关系那么紧张……当然，我只是为了排除这种可能。"

沈跃和康如心一起进入诊所，康如心将警官证递到前台护士面前，道："我们想找几个这里的老病人了解一点儿情况……"

这时候沈跃忽然向这位前台护士发问："你是一直在这里上班吗？曹向前没被害之前你也在？太好了，那我们谈谈就行，不用去打搅病人了。"

前台护士惊讶地看着沈跃，康如心急忙在旁边说了一句："他猜的。"

经过康如心这样的提醒，沈跃才发现自己确实不应该在这个时候采用这样的方式，毕竟里面还有病人在就诊，万一这位前台护士发出惊呼就不好了。他急忙道："对，我猜的。是这样，我们是为了曹向前的案子来的，你别紧张，我们只是想问你几个问题。"

前台护士诧异地问道："以前不是有人来调查过了吗？"

沈跃道："是的。不过我们想进一步了解一下其中的某些问题，比如以前你们回答说曹医生从来没有和病人发生过争吵，事实上真的是这样吗？"

前台护士点头道："我们这里是先和病人说清楚价格然后再进行治疗的，病人不同意的话可以随时离开。"

沈跃又问道："有没有出现过这样的情况……病人在经过治疗后发现效果不好，或者你们使用的材料有问题，因此引发矛盾？"

前台护士回答道："从来没有过。真的。曹医生是从大医院辞职出来的，他的医德和技术都非常好。"

沈跃发现她没有说假话，又问道："我看你们这里有好几个护士，曹医生和护士之间有过矛盾吗？对了，你们这里怎么会有这么多护士？"

前台护士说道："曹医生对我们都很好。护士主要负责一些简单的治疗，比如洗牙之类的。"

沈跃微微一笑，问道："很好？"

前台护士的脸一下子红了，说道："你别误会，曹医生不是你想象中的那种人，他们夫妻感情很好。"

沈跃点头，心里很是惭愧。这样的职业总是会让他习惯性地从人性的阴暗面去揣测他人，虽然自己经常美其名曰是为了排除可能，但时间久了也难免会在心里产生出一些阴暗的东西。沉吟了片刻后他又问道："曹医生除了喜欢养狗之外还有什么别的爱好？"

前台护士回答道："以前我们根本就不知道他养狗的事，他从来没有把狗带到这里来过。他喜欢锻炼身体，有时候周末会去踢足球，其他的就不知道了。"

看来还是一无所获，沈跃在心里叹息。

随后他和康如心又去了曹向前的家里。死者和妻子的感情很好，儿子在国外读书。据死者的妻子讲，当初他辞职也是为了给儿子挣出国读书的费用。从孩子刚刚上初中的时候起，他们就开始有了这个计划。

我们身边的很多人都在为孩子而活，沈跃禁不住再一次感叹。

"曹医生很喜欢狗？"沈跃问道。

曹向前的妻子说道："他喜欢动物，我不喜欢。孩子出国后他提了好几次我才同意。其实我知道他是压力太大了，孩子在国外的开销很大，现在的诊所那么多，竞争特别激烈，而且一旦出现医疗事故就很可能破产，所以我才同意了。不过后来我也喜欢上了我们家养的那条狗，它被老曹调教得很温顺。老曹还经常对我说，'我们家孩子和狗都很听话，主要是因为我教得好……'"

她一说起自己死去的丈夫情绪就激动起来，喋喋不休地没完没了。沈跃和康如心都耐心地听着，他们知道，眼前的这个女人太需要倾诉了，而且沈跃也希望能够从她的喋喋不休中寻找到有用的线索。

一直等到她的情绪慢慢平复下来，沈跃才又问道："听说曹医生喜欢踢足球？他都喜欢和哪些人踢？他曾经与那些人有过冲突吗？"

曹向前的妻子回答道："和他一起踢球的都是他以前工作过的那家医院的同事，他们的关系都挺不错的，有时候还会在一起聚聚餐什么的，我也经常参加。踢球不就是为了锻炼身体嘛，怎么可能发生冲突？"

她说得很有道理，而且所讲的也应该是事实，一帮人会时常在一起聚餐就已经非常能说明问题了。曹向前虽然已经辞职，但朋友圈子还是以前的。他出来自己开诊所，赚的钱虽然多了些，不过压力和孤独感也随之而来，也许正是因为如此他才更加在乎以前的那个圈子。人本身就是一种社会性动物，很多时候圈子其实就是我们另外的一个家。

可是，凶手为什么会选择他呢？

从曹向前家里出来，沈跃说他想独自一个人走走，康如心并没有多说什么。这几起案子到现在为止毫无进展，康如心能够感觉到沈跃糟糕的心情，更知道他现在最担心的是什么。站在那里目送着慢慢远去的沈跃，也不知道怎的，她忽然感到一阵心痛：可惜我不能帮他什么。

曹向前家小区的旁边有一条小巷，大约有五十多米长，那就是他遇害的地方。沈跃慢步走了进去。小巷不足五米宽，沈跃发现里面有几盏路灯，好像还比较新，小巷里也已经安装了摄像头。他顿时明白，这些设备都是曹向前被杀害之后新添加的。为什么总是要在出事后才去补救？亡羊补牢，为时晚矣！为什么不在羊没丢之前就去将羊圈补好？

那天，曹向前牵着牧羊犬进入这条小巷的时候天已经黑了，那是他晚餐后的一种习惯。当时正是深秋时节，寒意已经来临，再加上这条小巷里灯光幽暗，一般人很少在晚上进入，而曹向前因为有那条狗的存在所以才从来没有感觉会有危险。或许他真正喜欢的正是这条小巷里面的幽静。他为了孩子而不得不辞职，而这条小巷里面幽静的气息正好可以缓解他内心的一部分压力。

沈跃缓缓停住脚步，他仿佛看到有一人一狗正在前方不远处。那个人一会儿缓步，一会儿快跑，他身旁的那条牧羊犬也在欢快地跳跃着，那是一幅多么美好的画面啊！忽然，那条牧羊犬发出了恐惧的哀鸣，浑身都在发抖，那个人诧异地转身去看，接着蹲下，对着牧羊犬问道："你怎么了？"

这时候那个人身后忽然出现了一个人影，他在那个人身后停留一瞬之后，转身缓缓朝着小巷的另一头走去。一人一狗石化在那里，就像两尊雕像。

沈跃快速朝那个地方跑去，幻象已经消失，他抬起头来，发现旁边是一栋老式建筑的墙壁，墙壁上边的窗户却并不在这个地方的垂直上方，而他此时所在的地方正是曹向前当时的遇害处。

很显然，凶手不应该是从上边的窗户处下来的，而且从那上面下来不可能做到无声无息，至少那条牧羊犬会事先发现或感知到。他蹲到墙壁边去看，果然发现此处生长的几株野草上面有被压过的陈旧性痕迹。虽然案件已经发生了数月，但那几株野草残缺不全的样子似乎可以说明曾经有人在这里蹲守过。

在这狭长的巷道之中，昏暗的灯光下，一个身穿黑色衣服的人蹲在这个地方，当然不会引起路人的注意，唯有曹向前的那条狗在行至此处时感觉到了从那个地方散发出来的危险气息。

沈跃缓缓地站了起来，朝小巷的尽头处看过去，那是城市的一条主干道，可以看到胡同出口处纷纷路过的人群和川流不息的车辆。他快步朝那里走去，伸手叫了一辆出租车，上车后对司机说了一句："去北城。"

这家茶馆就在蒲安俊住家的旁边。蒲安俊的家是单位的集资房，而这一片区域都是老城区，正因为如此，像这样的茶馆才得以保留下来。这家茶馆位于另一个单位家属区后面，一百多平方米的样子，里面凌乱地摆放着许多低靠背竹椅，茶几都是木质的，最里面有一个小平台，平台上有人在说书。里面的人不少，几乎都是老人，沈跃进去的时候发现那些茶几上除了盖碗茶、茶杯之外，有的还摆放着花生米、糖蒜等，一些老人正就着这些东西在喝茶。

正好蒲安俊当时被杀害的那个地方是空着的，沈跃估计这是老人们迷信的缘故。他走到那里坐下，不一会儿就有一个人过来问他需要喝什么茶。沈跃说："就盖碗茶吧。"

盖碗茶里面泡的是沱茶，五元钱一杯，他喝了一口，味道有些苦涩，但劲道十足。

台上的评书讲的居然是几年前热播的电视剧《雍正皇帝》，沈跃仔细听了一会儿，禁不住哑然失笑——这哪里是什么清朝的事情，分明就是最近几年才发生的那些事儿。讲评书的那人五十多岁年纪，说的是本地话，声音洪亮，抑扬顿挫，时不时冒出一段笑话，引得下面的人哄堂大笑。这时候沈跃转过身去，发现后面那些人的注意力都在说书人身上。

他反过手去摸了一下自己的后背，发现竹椅靠背的上沿在肩胛骨下方大约五厘米处。蒲安俊和他的身高差不多，想必凶手就是在人们轰然叫好的那一瞬从后面将凶器刺入的。他让自己彻底放松身体，发现依然能够保持住平衡。

当时蒲安俊就像这样死在了这里，一直到茶馆散场才被人发现。

这个凶手真的像一个幽灵。

04 手法

　　经过数天的调查却依然没有找到任何有用的线索，让沈跃感到很茫然。

　　康德大街 28 号已经装修完毕，早已预订好的家具和设备很快送到并安装完毕，看着全新的办公室和各种崭新的设备，大家都感到非常兴奋。可是沈跃的心里却是不满意的，说到底还是手上的钱太少，这地方比起威尔逊心理研究所可是差远了，无论是硬件还是软件。

　　彭庄在那台带有高清投影仪的电脑上玩了一会儿，屏幕上不多久就出现了所有人的画像，不过他却很快就停住了，对沈跃说道："这东西用起来不大习惯。"

　　沈跃也发现画面上的那些线条不是十分流畅，笑着说道："习惯了就好。不过你千万不要放弃自己的特长，电脑不过就是机器，它可是没有创造性思维的。"

　　匡无为根本就没有注意彭庄那边的情况，眼前那些当今世界上最先进的摄像器材让他爱不释手，而且沈跃还给他配备了最先进的图像处理软件，他前面的液晶屏幕占据了一整面墙，通过图像处理软件，任何一个进入镜头的细节都可以被任意地清晰放大。

　　给侯小君配置的设备也差不多，不过她的电脑里多了一套面部微表情识别软件，这是威尔逊先生提供的。进入到摄像头摄影范围后，任何人的表情都可以通过这套识别软件被读取，从而鉴别出对方究竟是不是在撒谎。

相对而言，沈跃和康如心的办公室里设备可就简单多了。沈跃自然是不需要的，不过康如心就有些不大高兴了，她对沈跃说道："我也想要一套小君那样的软件。"

沈跃解释道："这些设备大家是可以共享的，而且软件这东西并不完全可靠，我更相信自己的眼睛和大脑的分析。"

这样的话他也对侯小君说过。从微表情研究的角度讲，他认为侯小君是最具天赋的，所以也刻意提醒她不要过于依赖电脑和软件。他还对侯小君说："人是这个世界上最复杂、最完美的动物，特别是人的内心世界，任何非人类智能的东西都是不可能读懂的，唯有用你的灵魂去探索，或许能了解到其中的某些真谛。"

沈跃任由大家兴奋了一会儿，很快就把他们召集到自己的办公室，说道："那些东西今后你们慢慢玩，现在我们得尽快把手上的案子解决掉，谁知道凶手还会不会继续作案呢？这起连环杀人案的案卷想必你们都看过了，而且我也知道你们都在调查这几起案子。"看着侯小君、匡无为和彭庄不好意思的样子，沈跃笑道："当我看完了所有案卷后，最担心的是凶手还会继续作案，所以我们必须尽快将这个凶手找出来。虽然我并没有明确地说让你们参与调查此案，但也没有阻止。这几起案子我已经调查好多天了，可是依然没有任何进展，各种信息混杂在一起，我的思绪也像一团乱麻一样。各位，你们有什么好的建议吗？"

曾英杰道："这起案子的几个受害人的住处相距很远，而且彼此间没有任何交集，很难找出凶手的犯罪动机。最近两天我和小君一起从凶手作案的时间顺序着手，试图找出凶手的活动轨迹，但依然毫无结果。"

侯小君道："其实我是觉得没有必要采用英杰的这种方式去调查，因为我并不认为凶手就是一个闲人。凶手是人，是人作的案就应该有他的动机，只不过到目前为止我们还没有找到凶手真正的动机究竟是什么罢了。"

匡无为没有说话，一副沉思的表情。沈跃转向他，问道："无为，你的想法呢？"

匡无为摇头道："我不知道。我反复去现场看了好几遍，觉得凶手每一次作案都是有准备的，不像是随机作案。不过凶手应该是一个很有耐性的人，他似乎每次都是在周围有突发情况发生的时候才动手，这不是凑巧，而是他一直在耐心地等待着那样的机会。这就可以解释为什么这几起案子的作案时间间距没有规律了。特别是曹向前被杀害的现场，我发现凶手是躲在围墙下边等候着受害人的，这说明他是在充分了解受害人的生活习惯后才开始动手的。"

曾英杰和侯小君都在点头。曾英杰道："听你这样一说，我也觉得自己的想法有问题了。"

嗯，他们都应该能够发现那个细节，毕竟他们都有着与众不同的天赋，沈跃心里想道。他看了看彭庄，问道："你虽然没有参与调查这几起案子，但是案卷你肯定已经看过了，现在你是旁观者清，来说说你的想法。"

彭庄怪怪地一笑，说道："其实，那几个作案现场我都去过了，也走访了一些人。你们没想到吧？"

沈跃禁不住笑了起来，道："这才是彭庄的做派呢，你们说是不是？"

大家都笑了。彭庄继续说道："我觉得凶手很可能是一个其貌不扬的人，不然的话不会在连续作案之后一直没有引起别人的注意。一个人长得太好看或者太丑都会引人注目的，你们说是不是？"

沈跃深以为然，道："你继续说下去。"

彭庄道："这个人的年龄应该在四十岁左右，太年轻或者太老也容易引人注意，反正就是一个非常非常普通的人，扔进人堆里就会被别人忽视的那种类型。"

匡无为道："你的这个分析也太武断了吧，为什么不可以是三十多岁，或者五十多岁？男人的相貌大多都很普通，你这样推断凶手的年龄太想当然了。"

沈跃道："我倒是觉得彭庄的分析很有道理，凶手或许应该就在四十到五十岁之间。上次我在和龙总队讨论这起案子的时候说过，连环杀人案的凶手要么是生活不如意，要么是事业到达了不可逾越的高峰，一般情况下，这个年龄段的人更符合这样的情况。当然，现在我们只是随意讨论，大家都可以尽情讲出自己的想法。"

侯小君道："我也觉得彭庄的分析很有道理。孙红艳是发廊'小姐'，如果凶手真的去过那个地方并和孙红艳发生过关系，那他就不应该是一个有钱人，更可能是一个事业不如意的中年或老年男子。蒲安俊是在那家茶馆遇害的，而那家茶馆的顾客基本上都是年纪比较大的人，我们进去的时候就被一些人注意到了，为什么？因为我们都很年轻。"

匡无为道："好吧，我也同意这样的分析，可是这对我们寻找凶手有帮助吗？"

所有人都苦笑不语。

沈跃说道："其实有些线索还是很有意义的，也许你们都没有注意到。比如那个打给孙红艳的电话。现在还有多少人会去使用公用电话？农民工都有手机了，是吧，很显然凶手是害怕警察通过电话号码查找到他。可是他为什么不使用不需要用身份证登记的手机卡呢？应该不是怕麻烦，英杰已经分析过了，这个人的耐心很好。那就只有一种可能了，凶手熟悉那家小卖部，他知道那个地方有一部公用电话，也就是说，凶手很可能就住在那一片。其次，凶手很可能是通过相对较远的距离在跟踪受害人，要做到这一点步行肯定不行，驾车的话容易因为堵车或者道路太过狭窄而跟丢目标，所以，自行车或者摩托作为代步工具最有可能。还有就是，凶手作案的手法十分熟稔。我们通过对曹向前被杀害的现场分析，觉得这个人应该做过大量的动物试验，而且用大型犬作为试验对象的可能性极大。那么，现在我们面临的问题是，凶手为什么会选择这五个受害人？不，不应该是选择，应该是受害人与凶手之间有着某种不为人知的关系。所以，我们应该一一去分析这五个受害人的性格特征，从而寻找到凶手的作案动机。"

说到这里，沈跃发现曾英杰一副欲言又止的样子，问道："你有什么想法就直接讲出来啊，这里没有领导，大家畅所欲言。"

曾英杰的脸红了一下，说道："那部公用电话的问题……我觉得还有一种可能，比如凶手曾经路过那里的时候注意到了。也就是说，凶手也不一定就住在那个区域。还有，这个凶手的计划确实很严密，如果我们从动物的线索去调查的话也不一定会有结果。"

沈跃笑道："在逻辑推理上你是高手，也许你说得对，不过这条线索确实需要排除。我看这样，如心，你们警方就负责这件事情，大范围地走访调查只有警方才有能力完成。"

康如心点头道："我这就给龙总队打电话。"说着，她忽然笑了，补了一句："龙总队又要头痛了。"

沈跃笑了笑，说道："我们还是来分析这几个死者的性格特征吧，这才是我们应该把握的方向。小君，你先说。"

侯小君为难道："我说不出来。沈博士，我就是自学了点心理学方面的东西，真正想要理论结合实际的时候才发现自己什么都不懂。"

沈跃看着其他几个人，问道："你们呢？"

他们都在摇头。沈跃叹息着说道："这是我的问题。这件案子了结后我就开始对你们进行系统培训。这样吧，我们一个一个来分析，大家都可以发言，把你们的想法都讲出来，不要担心自己的想法是错误的。大家集思广益，碰撞才会激发出灵感。说实话，现在我的脑子里面也是一团糨糊。好吧，我们首先开始分析孙红艳。一个发廊的'小姐'，会因为什么而让凶手对她起了杀心呢？"

曾英杰道："受到了侮辱，比如这个'小姐'嫌弃他时间太短什么的，伤害到了他的尊严。"

匡无为顿时就笑了起来，道："看来英杰还真是对'小姐'这个职业不了解啊，哪有'小姐'嫌弃嫖客时间短的？她们巴不得……"说到这里，侯小君瞪着他说道："好像你经常去那种地方一样……"说完她自己禁不住"扑哧"一声笑了出来，又道："不过你说得好像也很有道理。"

这样的气氛就对了，沈跃心想。他也笑了起来，说道："无为说得对，我们分析一个人的性格特征应该将他的职业联系起来。"

曾英杰的脸一下子就红了，道："或者那个'小姐'有艾滋病。"

一瞬间，所有人都安静了下来，沈跃也感到一阵悚然，道："如果一个人被传染上了那样的绝症，在万念俱灰之下心生报复，这是符合心理逻辑的。可是，当一个人处于绝望状态下，怎么可能还那么有耐心呢？他的行为应该偏激、不计后果才是。"

这时候康如心早已经打完了电话，在旁边听了很久，她插嘴说道："也许凶手是担心那样的疾病会影响到自己的名誉，所以才制定了严密的谋杀计划。"

虽然沈跃知道康如心的自尊心很强，非常希望能够融入这个团队之中，但是他却并不能因此就赞同她的这种说法。他摇头道："如果一个人染上了那样的疾病，最终总是会被人知晓的，就如同吸毒的人，再怎么注意也只能掩饰一时。虽然艾滋病的潜伏期可能会很长，但是对我们大多数人来讲，这种疾病首先就意味着死亡，当一个人面对这种疾病的时候，要么消沉，要么激烈地报复社会，能够真正做到坦然面对的人极少。"

见大家都不说话，沈跃也觉得无法解释这种猜测，说道："我知道，无论是我还是你们，都对这位发廊'小姐'了解得不多，大家只是从案卷里面了解到她的一些最基本的情况。不过没关系，我们可以暂时将这个问题放在一边。现在我们来分析下一个受害人，那个驾驶员。"

侯小君道："这个人是驾驶员，会不会他有过肇事逃逸的经历？也许这件事除了他本人之外其他人都不知道，所以我们在调查过程中才没有得到有关这方面的信息。"

曾英杰摇头道："我觉得这种可能性很小。既然所有的人都不知道，凶手怎么会找到他？即使凶手是目击者，最可能的情况也只是敲诈。"

侯小君也觉得自己刚才的想法有些问题，道："这个人一直有怀才不遇的心态，所以有时候脾气不大好，会不会与他的脾气有关系呢？比如他撞了人，反而去责怪对方。"

彭庄忽然说道："不大可能吧，如果是那样的话，当时就应该发生冲突，事后采用那种方式去报复的可能性不大。"

沈跃顿感头痛，他忽然发现自己根本就没有找到问题的关键。可是，难道我的思路真的错了吗？嗯，侯小君对这个人的评价应该是比较准确的……正想着，忽然手机响了，电话是龙华闽打来的："又有一个人死了，同样的作案手法。"

沈跃手上的手机差点掉在地上，他整个人一下子呆在了那里。这一刻，他忽然觉得自己好失败。康如心发现沈跃的脸色瞬间变得苍白，急忙问道："出什么事情了？"

沈跃叹息了一声，道："你们继续讨论，我得马上去一趟。这个凶手再次作案了。"

"这不能怪你。"康如心开着车，柔声安慰道。

沈跃微微摇了摇头，不说话。康如心已经非常了解他了，最担心的就是他会因此过于自责，此时见他这样的状态，心里更是不安。

死者名叫贾冬，女性，三十一岁，丈夫两年前患直肠癌病逝，后来贾冬一直独自带着六岁的女儿生活。贾冬的丈夫是药品销售代表，挣了些钱，两人有了孩子后就让妻子辞职了。贾冬以前是艺术学校的钢琴教师，丈夫去世后就在家里办起了钢琴培训班。

贾冬是头天中午的时候在郊外遇害的，有人发现了她的尸体后就即刻报了案。由于前面五起案子已经并案侦查，警方到达现场后，经过法医初步尸检，发现受害人的死因与前面几起案件相同，于是就即刻报告了刑警总队。

龙华闽向沈跃介绍了大致案情，说道："死者的身份很快就确定了，她随身的钱包里有她的身份证。在一般情况下很多人是不会将身份证和银行卡放在一起的，于是我们怀疑死者很可能刚去银行取了钱。后来证明这个猜测是正确的，我们从银行了解到，死者确实在昨天中午的时候取了五万块现金，但是我们却并没有在死者身上发现这笔钱。此外，我们还发现死者在去银行之前接到过一个电话，通话时间不到一分钟。可是现在与死者通话的那个电话号码已经打不通了，而且那个号码是不需要用身份证直接买来的。到目前为止，我们所了解到的情况大概就是这样。"

说完后龙华闽才发现沈跃的脸色不大对劲，而且一言不发，顿时明白了他此时的心情，于是赶紧拍了拍他的肩膀说道："小沈，你用不着自责。其实我们应该感谢你，如果不是你从那一堆案卷中发现这几起案件是连环杀人案的话，可能接下来被害的人还不止这一个。"

沈跃摇头道："是我无能，这个受害人的死是我的责任，是我没有及时找出凶手造成的。"

龙华闽拿他没办法，他知道眼前这个家伙很容易钻牛角尖。龙华闽想了想，说道："小沈，你真的不用自责，前面那五起案子毕竟都是积案，凶手又十分狡诈，再说你们才开始调查多久？我觉得吧，有些问题得辩证地去看，既然这个受害人已经死了，事实已经形成，你的自责也就毫无意义了，是不是？现在你最需要做的就是尽快将凶手找出来，不要让下一起案件再发生。这起案子是刚刚发生的，你正好可以从头开始调查，也不至于被我们警方的思路扰乱了你的调查方向，所以这对你的调查来讲说不定更有利。我知道，以我目前的身份不应该讲这样的话，但我说的是事实。你想想，难道不是吗？"

龙华闽的话一下子让沈跃豁然开朗，他很快就从内心的自责中解脱了出来。这一刻，沈跃忽然想起邱继武曾经说过的那句话：这个世界上没有"如果"。是的，事情已经发生了，再去纠结于"如果"也就变得毫无意义。

沈跃点头，问道："那个电话、那笔钱，龙警官的推断是什么？你知道，在逻辑推理方面我很外行。"

龙华闽沉思着说道："现在还很难说，我可是在第一时间就把情况告诉你了，到目前为止我们掌握的线索实在还太少。小沈，如果从心理学的角度分析的话，你觉得最大的可能是什么？"

沈跃回答道："受害人在接到电话后急匆匆去取了钱，然后又很快跑到了郊外，这看似很奇怪，不过我倒是觉得有一种情况的可能性最大。"

龙华闽目光炯炯地看着他，问道："是什么？"

沈跃看着远处碧蓝的天空，那里有几只小鸟在欢快地飞翔着。他缓缓地说道："母爱。死者的丈夫不在了，她和孩子相依为命，如果凶手诓骗受害人说孩子在他手上，同时随便找一个小孩对着电话叫一声'妈妈'，在那样的情况下，一个母亲的智商就会瞬间变成零。所以我认为，如果是在母爱的驱使之下，死者突然带着钱来到郊外的不寻常举动倒是合情合理的。"

龙华闽的眉头挤在了一起，道："你说得很有道理，可是凶手为什么会选择去杀害这样一个可怜的女人呢？"

沈跃苦笑着说道："这正是我们要去破解的难题。"

龙华闽拍了拍他的肩膀，道："你一定可以破解的，我相信你。"

康如心发现沈跃的脸色已经恢复正常，眼神中再次充满睿智，紧闭的嘴唇透出一种坚毅的神采。沈跃对龙华闽说道："我得先去案发现场看看。"

龙华闽道："我陪你去。"

案发现场在城西的郊外，就在主干道旁边一座小山的背后，龙华闽和沈跃很快就到了那个地方。沈跃发现，凶手选择的这个地方隐秘性非常好，因为这座小山的存在，从主干道根本就看不到这一侧的情况，而站在这里，视线所及之处全是田野，住户都在数百米之外。

龙华闽道："我们正在调查昨天在这附近下车的人，公交车、出租车、三轮车都在排查。"

沈跃点头道："确实是需要排查，不过我觉得可能查不到有用信息。受害人很可能是乘坐出租车到达这个地方的，她当时必定是心急如焚，出租车是最快速、最便捷的交通工具。可是以凶手每次严密的作案方式来看，他必定不会留给警方任何线索，警方能想到的他也一定能想到。"说着，他拿出手机来看了看，又继续道："这地方有手机信号，我觉得凶手很可能就是在这个地方给受害者拨打了电话。"

龙华闽摇头道："如果你的分析正确的话，那就必须在电话里面出现女孩的声音，要在这地方找到……啊，我知道了，凶手可以提前准备好录音。"

沈跃道："或者，凶手可以模仿孩子的声音。小孩子的声音都差不多，更何况那时候受害人的智商几乎为零了。凶手必须提前到达这里，如果前面的分析都是正确的话，那就说明凶手从一开始就已经将利用对方母爱心理这一条纳入了他的策划之中。他知道受害者会很快到达这个地方，所以他必须为自己留出足够的时间，而且他留出足够时间的前提是不能被警方发现他的踪迹。从前面几起案件中我们已经分析到，凶手很可能经常使用自行车或者摩托作为交通工具，不过我觉得在这起案子中他不会使用那样的交通工具，因为城市的出口往往会有不少摄像头。龙总队，你发现没有，在前几起案件中，凶手对如何躲避摄像头是非常有研究的，所以他绝不会犯那样的错误。"

龙华闽问道："你的意思是说，凶手很可能是先在城外的某个地方下车，之后再步行到这里的？"

沈跃想了想，点头道："很可能是这样。或者是选择别的不容易被人发现的方式。不过这对我们的调查来讲似乎意义不大，因为仅凭这样的分析是很难锁定凶手的。龙警官，你们警方这边还是要去排除那几种可能，我依然坚持以前的调查方式，我始终觉得凶手不会毫无动机地去杀害一个人。"

龙华闽点头道："我同意你的这个说法。即使是变态杀手也都是有作案动机的。"

沈跃沉吟着说道："连环杀人案与其他案件不一样，也许凶手在最开始的时候还有着某种强烈的杀人动机，但是在他一次次作案而警方又一直没有破案的情况下，他作案的随意性就会更大一些，而且很可能会将作案的过程当成是一种自我价值的体现，所以他的策划也就会越来越追求'完美'。不过动机肯定是有的，只不过在他看来，动机只不过是他杀害对方的理由罢了。既然有理由，那线索就应该能够在死者身上找到。"

龙华闽再次拍了拍沈跃的肩膀，道："你的这种思路早已经被证实是正确的，我完全相信你的能力。小沈，有句话我必须要对你讲，欲速则不达。别急，越急就越容易出错，而且烦躁和自责都会影响到你的智慧。最近其他的案子我暂时不会交给你了，你就专心调查这起连环杀人案。"

眼前的这个小女孩叫嘟嘟，刚刚六岁。一位女警察将她从幼儿园接了回来，女孩一见到沈跃和康如心就不住地问："我妈妈呢？我妈妈呢？"沈跃的眼睛一下子就湿润了，康如心即刻抱住孩子，冲那个女警察问道："怎么把孩子带回家来了？她爷爷奶奶、外公外婆呢？"

那女警察道："都不在了……"

沈跃叹息了一声，道："送去我家吧，让我妈带着她。"

那个女警察知道康如心和沈跃的关系，禁不住看了康如心一眼，说道："还是送孤儿院吧。"

嘟嘟已经六岁，完全能够听懂这句话的含义，顿时大哭起来："我不去孤儿院，我要妈妈，我要妈妈……"

女孩的哭声触碰到沈跃内心深处最柔软的地方，他也注意到了刚才这位女警察看康如心的眼神，即刻就带着一种商量的语气对康如心说道："这孩子太可怜了，暂时让我妈带一段时间，好不好？"

康如心看着他笑了一下，说道："你干吗问我？我会不同意吗？"

沈跃感激地朝她笑了一下，随即给母亲打了个电话。女警察带着小女孩离开了，沈跃这才开始仔细地观察起这个已经没有了主人的家。

这是一套商品房，屋子收拾得很干净、清爽，客厅二十来平方米，靠近阳台的地方有一架钢琴，钢琴旁边的墙上贴有一张表格，上边是那些学钢琴的孩子的名字和授课时间。表格上有十多个孩子的名字，都是一对一教学，周一到周五每天晚上八点到十点，两个小时的时间；周六和周日的上午、下午和晚上的时间也都排满了，都是两个小时的教学时间。

随后，沈跃又查看了其他两个房间，并没有发现有什么特别情况。警察已经检查过这地方了，并无有价值的发现。再次回到客厅，沈跃第一眼又看到了那架钢琴。他来到那架钢琴前面，轻轻打开盖板，转身问康如心："你会弹吗？"

康如心的脸红了一下，摇头。

沈跃从墙上轻轻揭下那张表格递给康如心，道："我想去拜访一下这些学生的家长，你帮我查一下他们的住址。"

康如心出去后，沈跃来到了阳台上。这里是第十层，外边很空旷，大约五十米开外是一家单位的家属区。家属区的房子一眼就看得出来，因为无论是建筑设计还是绿化都没有那么讲究。家属区的房子地基较高，对面的平层相当于六楼高。

沈跃从屋里出来，正准备朝电梯间走，却见隔壁一家的门是开着的，一位中年妇女正好奇地在看着他。沈跃心里一动，问道："我可以问你几个问题吗？"

中年妇女道："她真的出事了？"

沈跃点头道："你们是邻居，你知道贾冬得罪过什么人吗？"

"她的脾气那么好，怎么可能得罪人？"

"哦？她教孩子学钢琴的时候也一直脾气很好吗？"

"她的脾气好得不得了，那些孩子都很喜欢她。"

"她单身有好几年了吧，难道就一直没有人追求过她？"

"怎么会没有呢？我还给她介绍过男朋友呢，对方可是工程师，但是她坚决不同意，说为了孩子不想再婚。唉，她怪可怜的……"

"她每天晚上都教孩子学钢琴，周末是教一整天，钢琴的声音可不小，你们就没意见？"

"其实是挺烦人的，天天都是那一首曲子，耳朵都听起茧了。不过大家都不会说什么，她没工作，男人又死得早，一个人带着孩子，真是不容易。"

"从来都没有人因为这个和她争吵过？"

"没有。人心都是肉长的，这个社会还是好心人多，你说是不是？"

"最近她和什么人有过多的来往没有？"

"是有一个人经常来，每次都带着鲜花。那是一个和她年龄差不多的男人，不过好像贾冬一直没有答应他。"

沈跃在走访了两位学生家长后就不再继续了。他们对贾冬的评价和那位中年妇女所说的差不多。贾冬是一个对孩子特别有耐心的人，教学方法也非常不错，这些年来她教过的学生中钢琴过级的不少。而且她的收费也比较合理，一个小时两百块，沈跃大致计算了一下，其实一个月下来，贾冬的收入并不低。

警方很快就找到了那位中年妇女提到的那个男人。他叫尹顺德，是贾冬的大学同学，一年前因为妻子出轨而离婚，没有孩子，是一所中学的音乐老师。沈跃一见到这个人就莫名对他产生了一种好感——眼神，是因为这个人的眼神非常清澈。

尹顺德一米七多的个子，偏瘦，肤色是一种近乎病态的白，稍微显得有些长的头发让他更有了一些艺术家的气质。沈跃告诉自己，千万不能因为对他有好感就忘记自己来这里的目的，人都是多面性的，而且我们每个人的内心都住着一个魔鬼，一旦那个魔鬼冲出牢笼就会祸及他人。

"贾冬死了，被人杀害了。"刚一见到这个人，沈跃就忽然说了这样一句话。即刻，沈跃就从他脸上看到了惊讶的表情，很快惊讶就变成了激动，他的瞳孔瞬间收缩，颧骨处肌肉和嘴唇都在颤动。果然不是他，真正的凶手在听到有关被害人的消息的时候往往会表现出轻视、厌恶，甚至是害怕，而不是惊讶和激动。而此时这个人的激动情绪也是真实的，那是噩

91

耗突然来临时的震惊与不可抑制的悲痛，由此也可以看出此人对贾冬的真感情。

"她答应你没有？"沈跃深深地同情着眼前的这个人，温言问道。

尹顺德的脸上已经有了两条清泪，他将泪水揩拭后竭力地控制住情绪，摇了摇头。沈跃又问道："为什么？"

沈跃确实对这个问题感到有些不解。贾冬的丈夫已经去世好几年了，尹顺德也是单身，两人还是大学同学，而且尹顺德婚姻的失败并不是他的责任，他和贾冬可以说是知根知底；更何况他又没有孩子，从这个人的面相上看他应该也是一个善良的人。从贾冬的角度讲，她毕竟还那么年轻，独自一个人支撑起一个家庭实在是太辛苦了。女人需要依靠，孩子也需要父爱，所以无论怎么权衡，对于贾冬来说尹顺德都是非常合适的配偶人选。

尹顺德叹息着说道："以前我对不起她，所以她一直不肯原谅我。"

看来又是一出恋爱悲剧。很显然，眼前的这个人曾经对贾冬造成的伤害不是一般的重。沈跃正这样想着，就听到尹顺德继续说道："当时我也是非常喜欢她的，只不过一直没有向她表白。她后来的丈夫是我的中学同学，我们也是好朋友，他学的是医学，一见到贾冬就喜欢上她了。不多久贾冬来问我究竟喜不喜欢她，我说，'不喜欢，有人喜欢你，你就好好珍惜吧……'我离婚后的第一件事情就是去追求她，我觉得这是上天给了我一次新的机会。可是贾冬一直不接纳我，她对我说，'你是一个虚伪的人'。我不明白她为什么会这样评价我，还是一次次去找她，我相信总有一天她会明白我的一片真心。可是，可是……她怎么就这样走了呢？"说到这里，尹顺德就开始痛哭流涕起来，数秒钟之后，他才忽然想起了什么，问道："是谁杀害了她？"

沈跃叹息了一声，站起来拍了拍他的肩膀，道："我们正在调查。节哀吧，有些事情一旦错过就永远找不回来了，不过她总是你人生中一段美好的回忆。"

沈跃和康如心一起朝门口走，忽然听到尹顺德在身后问道："等等……

孩子，她的孩子呢？"

　　沈跃心里一动，转身道："暂时在我家寄养。"

　　尹顺德满脸真诚地恳求道："我愿意替她把孩子养大，可以吗？"

　　沈跃看着他，问道："为什么？"

　　尹顺德低垂眼帘，说道："我觉得自己应该这样做。你刚才的话让我忽然想明白了，我以前确实很虚伪，觉得那样做是成人之美，但其实却是伤了她的心。"

　　沈跃朝他点了点头。

05 偷狗人

到了楼下，沈跃忽然一屁股就坐在了小区外边的台阶上。康如心发现他的脸色并无异常，问道："你干吗？"

沈跃朝她摆手道："你别打岔……我忽然感觉自己的思路好像错了。你别说话，让我好好想想。"

康如心朝他嫣然一笑，慢慢走到距离他不远的地方站着。在那棵串满了粉红色花苞的桃树下，沈跃沉寂如水，雕塑般坐在那里。康如心远远地看着他，心里甜蜜地想道：他思考的时候最有魅力。

沈跃在那里呆坐了好一会儿后才站起身来，对着不远处的康如心说道："我们走吧。"

康如心轻快地朝他跑了过去，满怀希望地问道："想明白没有？"

沈跃摇头道："我总觉得好像有什么地方不大对劲，但是一时间又想不起来。走吧，我们回去，还是和大家一起讨论一下。"

康如心道："以前处理阚四通和卢文华的案子，中途时你也一样有过这种感觉，说不定什么时候你就想明白了。"

沈跃却摇头道："这次的感觉完全不一样，我甚至开始怀疑自己的方向错了。刚才我反复在思考，无论是从以前的经验还是从理论上讲，都觉得我这样的方式不应该出现方向性的错误。一个人被谋杀肯定有着他本身的因素，哲学上讲的因果必须要有，除非是凶手毫无目的地杀人。我发现这几起案子里都存在着一个很大的矛盾——受害人的职业、性格特征似乎并不足以让某个人痛恨到非要杀之而后快的程度，可是从凶手对每一起案件都是经过严密策划过的而且非常具有目的性的这一点来看，这样的矛盾又实在是无法解释。"

康如心问道："如果凶手真的是毫无目的的杀人呢？这种可能也不能完全排除吧？"

康如心的话让沈跃顿时烦躁起来，他答道："如果真是那样的话，我的推理方式就对这起连环杀人案毫无作用了。不，不应该是你说的这种情况，这不符合一个人的心理逻辑。"

康如心却依然在问："万一凶手的心理并不正常呢？"

沈跃道："即使是变态心理也一样应该遵循变态者的心理逻辑，可是从这几起案件来看，凶手的心理似乎并不变态，所以我才因此感到十分困惑。"

康如心用一种温柔的目光看着他，轻声鼓励道："我想，你肯定很快就会想明白的。沈跃，这件事情别的任何人都不能帮你，因为你才是真正的心理学家，我们都不是。"

沈跃霍然清醒，这时候他才忽然发现自己在这起连环杀人案上走"群众路线"的方式并不正确。康如心说得对，他才是真正的心理学家，而其他人，无论是侯小君、匡无为、曾英杰、彭庄还是她康如心都不是，所以，就现在的情况而言，最需要的正是他的独立思考，而其他人只能是起协助作用。

曾国藩有句话说得很对：谋可寡而不可众。

沈跃终于想明白了这个道理，对康如心说道："找个地方喝咖啡去，我得把这几起案子的情况理顺一下。"

咖啡厅里面轻音乐缭绕，在一处靠窗的座位前，康如心将六个受害者的家庭地址及受害处一一念出来，同时沈跃正在一张大大的城市地图上标注着。标注完成后，沈跃仔细看了很久，道："六个受害人，住在六个完全不同的地方，这个凶手难道成天都在外边游荡？"

还是发现不了规律，还是想不明白，沈跃拿起电话打给曾英杰："你们那边有什么结果没有？警方有没有发现某个区域丢失狗的情况比较严重？"

曾英杰道："都通知到下面的派出所了，目前还在调查，暂时没有结果。我去了一趟医学院的动物实验中心，还顺带去了他们的解剖教研室，可是都没有发现线索。"

沈跃问道："你还是怀疑凶手是专业人士？"

曾英杰回答道："我觉得专业人士更容易掌握这种特殊的杀人技巧，因为他们对心脏的位置非常熟悉，需要训练的只是力度的掌握而已。当然，这也不一定，我只是想排除这样的可能。"

曾英杰是警察的思维，习惯性去推测凶手最可能的情况，这样的思维方式与沈跃的完全不同，不过沈跃觉得他的这种思路很不错。从不同的角度去寻找事情的真相，就如同彭庄和匡无为特有的方式，这其实是一个殊途同归的过程。

沈跃想了想，道："那你就继续排查吧，你和侯小君一起，你和她有某些共同的天赋。匡无为继续去现场勘查，尽量不要忽略掉任何一个细节。"

曾英杰连声答应着，说道："虽然还没有得到下边派出所的任何消息，但是我也觉得凶手不大可能留下太过明显的线索，现在只能尽力而为了。"

挂断电话后，沈跃沉吟了片刻，忽然对康如心道："我们再去一趟贾冬的被害现场。"

"我来开车吧。"从咖啡馆出来后，沈跃对康如心说道。

康如心瞪了他一眼，道："你开车太吓人了。对了，你有没有国内的驾照？"

沈跃这才意识到自己上次在高速路上是无证驾驶，顿时不说话了。康如心看着他，笑道："去考个驾照吧，不过今后开车的时候千万不要走神。"说着就把车钥匙递给了他。

沈跃摇头道："明知是违法的事情我不能做。上次我是想当然地觉得自己有驾照，却没有意识到自己的驾照不是国内的。"

康如心觉得他有时候很呆板，不过那是因为他是一个很有原则的人，一个有原则的人责任心当然会很强，很值得依靠。康如心朝沈跃粲然一笑后就坐到了驾驶台上。

警车朝着城西方向开去。城市的交通越往中心地带越是拥堵，而此时两个人是逆高峰行驶，经历的是从拥堵到畅通的愉悦过程。其实生活就是这样，走进去和跑出来完全是两种截然不同的体验。

"将车开到边上停下，我们就乘车到这里，然后步行去那个地方。"在经过出城方向的最后一个摄像头之后，沈跃忽然说道。

康如心即刻将车停靠在马路边，她这才明白了沈跃先前说要来这里的真正意图。下车后康如心发现沈跃在东张西望，随即就见他朝着旁边的一条支路走了过去，她快步跟上。

眼前的这条支路看上去非常冷清，许多门面都关了。城市边缘的商业氛围确实糟糕，这其实与这一片居民的消费水平有直接关系。

康如心问道："你在看什么？"

沈跃道："如果凶手使用的是摩托车或者自行车的话……不，还可能是电动车，如果凶手的经济条件不错的话，更可能是山地自行车。可是，像这样的地方往往治安条件较差，随意停靠很可能被盗。难道凶手就住在这里？不大可能啊，其他几起案子的案发现场距离这地方那么远……"说到这里，沈跃即刻拿起电话给曾英杰打过去："你在排查的时候要将凶手可能使用的交通工具作为主要线索。对了，你去查看一下城西出城方向昨天上午十一点到下午一点左右的监控录像，重点留意骑摩托车、电动车和山地自行车的人。"

曾英杰道："对呀，我怎么没有想到？我重新去排查一遍。"

接下来沈跃和康如心走访了附近的一些人，问他们在头天中午的时候是否看见有人将摩托车、电动车或者自行车停靠在某个地方，结果很多人都说这一片随时都有人停放那样的车辆。沈跃问道："难道他们不担心车被人偷走吗？"

一个住户说，以前这地方的摩托车和自行车确实经常被偷，最近一段时间警察整治过，之后就好多了。其实这时候，沈跃也发现路边确实停靠了许多摩托车，但自行车却几乎没有，顿时就否定了刚才的那个猜测。

康如心说："或许凶手乘坐的就是公共汽车或者出租车，每天在这里上下车的人那么多，警察也不可能一一去排查，他为什么要把事情搞得那么复杂？"

沈跃张大着嘴巴看着她，康如心的脸一下子红了，道："你这样看着我干什么？难道我说错了？"

沈跃叹息了一声，摇头说道："不，你说得很对，是我陷入'思维定式'了，总觉得凶手的策划很细致，所以就认为他必定在交通工具上准备得非常充分，再加上前面的分析，于是就想当然了。如果凶手真的是像你所说的那样，乘坐的是公交车或者出租车的话，那这条线索也就变得毫无意义了。没法查清楚的事情啊。"

康如心这才不再忐忑，笑道："都说越是聪明的人往往越容易把简单的事情复杂化，看来还真的是这样。"

不过沈跃并没有再给曾英杰打电话，能够排除那样的可能也算是一种进展。当各种纷乱的线索交织在一起，如果被排除的可能越多，距离真相的距离也就越近了。这是没办法的事情，在没有头绪的时候，笨办法往往很有效。

两个人步行着朝郊外走去，走了不到一百米的时候，康如心忽然问道："你说，如果在这条路上，一个人一直朝郊外的方向走的话，会不会特别引人注目？"

沈跃指着前面一个挑着担子的人说道："如果是像他那样呢？"

康如心问道："难道凶手当时就是像那个人这样？"

沈跃道："不一定。这得看凶手的身份和心理，总之，他会以一种不引人注意的方式去那个地方。这并不重要，重要的是我们要锁定这个人。"

康如心问道："可是，要如何才能锁定呢？"

沈跃道："我始终相信一点，凶手的作案动机还是在受害人身上。其实，像现在这样去寻找凶手那天的作案轨迹，这并不是我的长处，或许曾英杰、侯小君他们更合适做这样的事情，不过我还是希望能够寻找到些什么，而且我相信他们肯定也会来的。"

两个人慢慢朝前面走着，沈跃说道："凶手打扮成菜农的可能性很大，在郊外这种地方，只有像那样的人才不会引人注目。一个长相特别普通的人去杂货店买挑子，也不容易引人注意。还有，凶手也很可能背着背篓，这还是不重要……"说着，他看向远处的那个小山包，道："那个地方选得不错，可以让他的作案过程消失在人们的视线里。很显然，凶手熟悉这个地方。奇怪啊，凶手为什么非得要选择郊外呢？前几起案子可都是在城内下手的，他不可能在城内找不到一个适合杀害贾冬的地方吧？"

康如心问道："会不会是凶手有意要选择不同的地方作案，以此让警方难以找到他？"

沈跃点头说道："是有这样的可能。不过凶手却一直采用同样的作案手法，这说明凶手对那样的作案手法很痴迷，那让他有一种满足感，很享受，甚至如果采用其他作案手法凶手会觉得自己根本就做不了，或者是无法满足他所谓的对完美的追求。这倒是非常符合连环杀人案凶手的普遍心理——一个人在现实中不能被满足，所以才希望在这件事情上做得更完美。"

行走了十几分钟后，二人就到了凶杀现场的外边，沈跃看着面前的这座小山包，叹息道："我们永远不会知道自己今后会死在什么地方……"

康如心顿时觉得心情沉重起来，轻轻地在沈跃的后背上打了几下，道：

"你不要太进入角色了啊，听起来怪瘆人的。"

沈跃笑了笑，快速地从旁边转到了小山包后面，然后就站立在那里，低声说道："就是这里……我还是觉得凶手是提前到达这里的，然后以逸待劳，这样他才能够从容作案，因为他知道受害人在接到电话后会火速赶来。凶手的目的或许并不是为了钱，只是为了让受害人更加相信自己的女儿是真的被绑架了。果然，贾冬很快就来了。嗯，凶手会让她提前下车，然后步行到这个地方，说不定贾冬也是在我们停车的那个地方下的车。贾冬到了小山包外边，凶手四处打量后发现周围没有别的人，这才露面。贾冬到了这里，气喘吁吁，问道，'我女儿呢？'凶手问，'钱呢？'贾冬将钱递给他。就在这一瞬间，凶手将凶器刺入到贾冬的心脏。没有丝毫犹豫，动作快速而准确。凶手看着贾冬的目光瞬间黯淡下去，身体缓缓倒下……"

沈跃轻声的描述让康如心禁不住打了一个寒战，她也低声说道："这个受害人太惨了。"

沈跃却摇头说道："最惨的是孩子。"说着，他转身去看远处的那个村子，说道："我们去那里看看，报案人就是那个村子的人。"

康如心问道："报案人是怎么发现受害者的？"

沈跃道："据龙警官讲，报案人是无意中发现受害者尸体的。报案人是一位女性，警方已经基本上排除了她作案的可能。"

康如心诧异道："那我们去那个地方干什么？"

沈跃笑道："既然来了，那就去看看吧，我很奇怪凶手为什么会选择这个地方作案。"

报案人三十多岁，一听沈跃说是为了那个死去的人而来，她的脸色一下子就变了，道："你们怎么又来问？太吓人了。"

沈跃解释道："这么大的案子，反复来问你情况很正常，你说是吧？刚才我看了一下，发生凶杀案的那个地方距离这里很远，中间隔着田地，虽然靠近马路边，但是在一般情况下很少有人会特意去那里，你是怎么发现那具尸体的？"

报案人的脸一下子就红了，说道："我进城里卖菜回来，忽然觉得肚子有些痛，实在忍不住了，就准备跑到那个地方去方便一下，结果却发现有个人躺在那里，走近一看才发现她已经死了，一下子就吓得我忘记了肚子痛的事儿，急忙就打电话报了警。"

原来是这样。康如心差点忍不住笑出声来。沈跃皱着眉头继续问道："当时你看到那个死去的人是什么样子的？"

报案人说道："就平躺着，就好像睡在那里一样，整个人直直的。"

沈跃即刻又问道："有人像那样睡觉吗？直直地躺在那里，你怎么会觉得她像睡在那里一样？"

报案人顿时慌乱起来，道："当时我就觉得是那样的嘛。我一看有个人直挺挺地躺在那里，还是个女的，急忙跑过去看，这才发现她的脸上没有一丁点血色。死人的脸就是那个样子的，去年我婆婆死了后就是那个样子。"

沈跃朝她微笑着说道："你不用紧张，我只是想把情况问清楚。也就是说，当时你发现她已经死了，然后就马上报了案，根本就不曾动过那具尸体？"

报案人道："我哪里敢动？当时吓得我转身就跑，跑到了外边的公路上才不再感到那么害怕，这才想起来应该报警。"

沈跃点了点头，问道："最近这附近是不是有陌生人出现过？特别是在死人的那个地方。"

报案人道："我们这里离城里很近，周末时有人会到这附近搞篝火晚会什么的，那些人还找我们买过柴火，都是些年轻人。不过死人的那个地方很少有人去，那些人一般会去公路那一面的江边。"

沈跃又问道："这附近有没有在城里的大医院或者医学院上班的人？"

报案人摇头道："没听说过。"

沈跃对报案人道："谢谢你……对了，这附近的狗是不是经常不见？"

报案人惊讶地看着他，道："最近几年这附近的大狗都不见了，小狗倒是没事。有人说是城里人喜欢吃狗肉，那些狗是被人偷去卖了。"

沈跃转身就朝村口走，一边走一边对康如心说："我们马上去龙警官那里。"

在龙华闽的办公室里，沈跃刚刚看完了那些现场照片。他问龙华闽："尸检没有？死者有没有被强奸的迹象？"

龙华闽摇头道："没有在死者的阴道中发现精液。"

沈跃道："死者直直地躺在地上，她的双手规整地放在身体两侧，双腿笔直地闭合，甚至脚尖都是整齐地在朝着上边。还有，死者的头发纹丝不乱，这不应该是死者倒下后的自然状态，而应该是凶手刻意所为。这说明……"说到这里，沈跃开始仰头沉思，"这说明凶手对死者很尊重，或者是充满歉意。"

龙华闽诧异地问道："尊重？歉意？"

沈跃点头道："或许，凶手在杀害贾冬之后忽然就有了一丝后悔之情。可是，在他计划杀害贾冬之前肯定不会有那样的想法，不然的话他就不会去策划这起杀人案了。也就是说，在实施这个杀人计划的时候凶手认为贾冬是有必死的理由的，而且凶手根本就无法控制住那种内心的冲动，而当贾冬真正死在他面前的时候他才忽然感到后悔。由此可见，凶手并不是随意地在选择谋杀对象，凶手必定有着他的……对，是他的杀人动机。啊，我忽然感觉到了什么，我得一个人去想想。"说着，他就匆匆地朝办公室外边走，刚刚才走了几步就忽然想起了什么，又转身对龙华闽说道："对了，凶手一直都是在城外练习那种杀人手法的，你应该让下面的人马上去走访一下，看能不能找到偷狗人的线索。"

他并没有注意到龙华闽和康如心面面相觑的表情，直接就快步离开了办公室。龙华闽慈祥地看着康如心，道："他就是这样的人，你要理解他。"

康如心的脸红了一下，道："龙叔叔，我知道的。"

龙华闽又道："也许你现在对他的性格、处事方式都能够理解，因为你对他动了真感情，但是在你们结婚以后，生活渐渐变得平淡下来，那时候你就不一定能够像现在这样理解和容忍他了。如心，你要记住，他是这个世界上少有的好男人，只要他没有犯下原则性的错误，你都应该理解他，原谅他，明白吗？"

龙华闽的话慎重又恳切，康如心知道，眼前的这位长辈很少会这样认真地去评价一个人，刚才他的话已经是对沈跃最高的赞扬和肯定了。她点头道："龙叔叔，我记住了。"

龙华闽很是欣慰，道："去吧，陪在他身边，我知道他现在压力很大。他的压力是他自己给自己的，现在他最需要的就是你的关心。"

沈跃其实并没有走远，他就在刑警大队办公楼的外边，身体靠在一棵大树上，正在苦苦思索着。康如心本来想给他打电话的，结果一出去就看到了他，她犹豫了一下，但还是朝着他走了过去。

"你说，凶手为什么非杀贾冬不可？贾冬性格很好，与外界几乎没有联系，究竟是什么事情让凶手起了杀心？"沈跃看到康如心到了面前，即刻就问了她这样一句话。

康如心摇头道："我不知道。"

沈跃叹息着说道："是啊，这是为什么？难道是我们的调查还不够深入？嗯，确实也是，这几起案子的调查过程确实粗糙了些。"

康如心柔声对他说道："有些事情一时间想不明白就先放下，隔几天再看，说不定还更容易搞清楚其中的关窍。沈跃，你脑子里面的那根弦绷得太紧了，这反倒容易走入死胡同。你说呢？"

沈跃走过去，揽住她的腰，道："那我们早些回去，看妈妈做了什么好吃的。"

这是在刑警大队办公楼的外边，沈跃的亲热举动让康如心禁不住紧张起来，她低声道："别这样啊，好多熟人呢。"

沈跃却并没有松开手，低声笑着说道："我就是要让大家看见我们在一起。"

这个家伙的想法就是与众不同。康如心如此想道，心里却是满满的甜蜜。

回到家，母亲一见到沈跃就责怪起来："那个小女孩那么乖，你真是的，忽然将人家送到家里来，又忽然把她带走了，简直莫名其妙！"

母亲肯定是知道了贾冬遇害的事情，带那孩子来的警察必定都告诉了她，母亲是一个心善的人，因此她才会对那个孩子怜爱有加。沈跃笑着说道："您喜欢孩子还不简单？到时候让如心给您多生几个就是。"

康如心的脸一下子就红了，道："谁给你生孩子！"母亲正担忧地看着康如心，却见她忽然又笑了起来，道："你说多生几个就多生几个啊，政策允许吗？"

母亲顿时放下心来，笑道："一个就够了。"随即她又看着他俩，问道："你们准备什么时候结婚？"

康如心羞涩地看着沈跃，说道："看他。"

沈跃心里一阵狂喜，不过却依然保持着理智，道："等装修完新房后再说。妈，我想把如心的妈妈从医院接出来，到时候我们一起住。您觉得可以吗？"

母亲早已经知道了康如心父母的事情，此时见沈跃竟然当着康如心的面征求自己的意见，瞪着他说道："我当然没意见了。沈跃，我是你妈，你用不着在我面前耍小心眼儿，我不是那种不通情理的人。"

沈跃确实是不想母亲拒绝这件事情，此时听母亲这样说，顿时愧疚。康如心也道："沈跃，伯母说得对，你的职业病又犯了。"

母亲没想到康如心如此通情达理，更加觉得这个未来的儿媳妇不错，拉着她的手说道："如心，我们别理他，和我一起做饭去。"

康如心朝沈跃嫣然一笑，跟着母亲去了。沈跃苦笑着摇头，随即将自己关进了房间。他躺在床上，脑子里浮现出贾冬遇害现场的那些照片。凶手真的后悔了？他为什么后悔？是觉得她"罪"不致死？还是因为他让那个孩子成了孤儿？应该是前者，很显然，他对死者是尊重的，否则就不会将死者的尸体整理得那么规整了。

可是，既然凶手会出现后悔的情绪，那他在作案之前为什么非要去制定谋杀贾冬的计划呢？唯一的解释就是，因为无法抑制的愤怒所造成的冲动。嗯，很可能是这样。当凶手实施完谋杀之后他的愤怒情绪才得到了充分的发泄，这时候他才开始感到后悔。是的，这才符合一个人的心理逻辑。

那么，凶手在杀害前面几个受害人之后后悔了吗？

第一个受害者——艾滋？第二个受害者——脾气不好？第三个受害者是因为什么？第四个、第五个呢？不知道。如果凶手仅仅是对贾冬的死感到后悔的话，那其中的心理动因是什么？他的心理为什么会发生那样的变化？也许，第一个受害者是必须要死，凶手在实施谋杀后才发现杀人并不是一件困难的事情，而且还因此感受到了前所未有的快感。从心理上讲，还有什么比掌控一个人的生死更有成就感的事情？第二个受害人顺利被谋杀，也就让凶手的这种成就感再一次得到满足，他对自己的策划和实施过程的完美感到自豪。第三次、第四次、第五次谋杀都得到了顺利实施，他会不会是就因此更加内心膨胀，由此觉得杀人是一件非常容易和享受的事情，所以他才随意地接着对贾冬实施了谋杀。也就是说，其实他杀害贾冬仅仅是因为一个比较牵强的理由？

想到这里，他霍然从床上坐了起来，出去后发现母亲和康如心正在厨房里面说说笑笑。他对她们说了一句："我出去一会儿。"

康如心急忙道："我陪你去吧。"

沈跃却忽然犹豫起来，道："还是算了吧……"

康如心误会了他的意思，说道："你不要我陪就算了。没事，你自己去吧。"

沈跃摇头道："不是的……我本来想去问贾冬的孩子一些问题，可是我忽然觉得那样做对孩子太残忍了。算了，我再想想。"

肯定是他刚才忽然想到了什么。康如心看着他，说道："孩子总有一天会长大，有些事情她必须要面对，这是迟早的事情，就好像我以前一样。现在，没有什么事情比尽快找到凶手更重要了，我陪着你去吧，不过你应该注意一下问话的方式，这对你来讲不会有什么问题的，是吧？"

沈跃依然在犹豫，说道："其实不是问话的问题，而是我不忍去面对那个孩子。我以前的孩子……好吧，你说得对，我们一起去一趟吧。"

06 宿命

　　嘟嘟已经六岁了，当警察去接她，把她带回家的时候，她就已经明白了是怎么回事。虽然大人们都说妈妈去了很远的地方，但是大家对她越好就让她越明白究竟发生了什么事。

　　孩子到了尹顺德家里，在数次哭嚷着"要妈妈"之后终于睡着了。

　　沈跃向尹顺德说明了来意，尹顺德直接就拒绝道："这样不行，对孩子的伤害太大了。"

　　康如心道："我们会注意问话的方式的，或许孩子真的知道些什么。"

　　尹顺德依然拒绝，说道："我觉得，孩子今后的快乐比寻找凶手更重要。"

　　沈跃不得不认同他的这个说法，是的，逝者已矣，活着的人能够快乐地生活下去才是最重要的。对这个孩子来讲，能不能找到凶手似乎并不重要，因为她还小，内心干净得像一张白纸，更不应该在她的内心播下仇恨的种子。

　　康如心看着沈跃，眼神里面在问：怎么办？这时候沈跃忽然有了一个想法。他对尹顺德说道："我可以给孩子催眠，这样不但可以问出她所知道的事情，还可以将她妈妈的事情封闭在她的内心世界里，让她完全相信她妈妈就是去了很远的地方，这对孩子的未来也有好处。尹先生，你同意吗？"

尹顺德一直以为沈跃是警察，此时听他这样讲，不禁惊讶地问道："你究竟是什么人？"

康如心这才介绍道："他是从美国回来的心理学博士，专门协助我们警方破案的。你放心，他是真正的心理学家，绝不会给孩子造成任何伤害的。我觉得他说的这个办法不错，孩子还小，不应该让她今后一直生活在痛苦之中，你说是吧？"

尹顺德想了想，道："那好吧，你准备在什么地方给孩子做催眠？"

沈跃道："就在这里，等孩子睡醒后在一个安静的房间就行。那这样吧，等孩子醒了以后你给我打电话，我们马上就过来。"

尹顺德问道："你真的可以让孩子相信她妈妈到远方出差去了？"

沈跃点头说道："当然，你不用怀疑我这方面的能力。"

后来，尹顺德在晚上七点多才给沈跃打电话，他告诉沈跃说孩子醒来后又开始哭了，沈跃道："我们马上过来。"

孩子一见到沈跃和康如心就哭着问道："我妈妈呢？她是不是死了？"

沈跃朝她微笑着说道："没有啊，你妈妈好好的，她到国外学习去了，为了今后能够教更多的小朋友弹好钢琴。"

孩子哭闹着道："你骗我，你就是个大骗子！我知道妈妈已经死了。呜呜……"

康如心的眼睛一下子就红了，背过身去不敢再看眼前的场景。沈跃的心里也非常难受，不过却依然微笑着温言说道："叔叔从来不骗人。"说着，他的手上就出现了一个蓝色的小球，小球用一根白色的金属链拴着，这是一枚催眠球。催眠球通常是蓝色或者绿色的，这两种颜色可以让被催眠者的心情很快得到放松，再加上暗示性的语言，被催眠者很快就会血压降低、呼吸变缓，从而进入睡眠状态。

沈跃手上那枚蓝色的小球有节律地在孩子眼前摆动，他的脸上带着慈祥的微笑，声音和缓动听："嘟嘟，你看着我手上的这个小球，你看它多漂亮。其实你刚才还没有睡醒，你还想继续睡一会儿，是不是？睡吧，妈妈会到你梦里来看你的……"

孩子的眼帘慢慢低垂下去，几秒钟后竟然就真的睡着了。沈跃在孩子睡着的那一瞬间快速将她抱住，然后将她放到里面的床上。康如心和尹顺德想不到沈跃的催眠术如此精妙，顿觉惊讶与神奇。

沈跃站在孩子身旁，声音依然和缓动听："嘟嘟，你看到妈妈没有？她正站在国外的大街上呢。你看，她在给你买漂亮的衣服，多漂亮的裙子啊，妈妈在看着你笑呢。嘟嘟，你看到没有？"

孩子说话了："我看到了，裙子好漂亮。"

"妈妈要在国外学习很多年，等你长大后她就回来了。你听，妈妈在对你说什么？听到没有？妈妈在说，'嘟嘟，你要听尹叔叔的话，好好学习，妈妈爱你。嘟嘟，你听到没有？'"

"听到了。妈妈那边的房子好漂亮。"

"嘟嘟，你是好孩子。我们都知道你是一个既聪明又听话的好孩子，你说是不是？"

"我是好孩子。"

"最近妈妈和别人吵过架没有？"

"妈妈是好人，她不和别人吵架。"

"那么，有没有人来找过你妈妈？"

"尹叔叔经常来找她，可是妈妈不理他。尹叔叔每次离开后妈妈就偷偷哭，我都看到了。"

"除了尹叔叔呢，还有别的人没有？"

"我想起来了。有一天妈妈来接我的时候有个伯伯对我妈妈说，不要每天弹那一首曲子。妈妈说，那些孩子一两次学不会，必须反复练习才可以。那个伯伯生气地走了。"

"那个伯伯长什么样子？"

"……记不得了。好像很瘦，个子高高的。"

"你知道他住在什么地方吗？"

"不知道。我以前没见过他。"

"你再想想，那个伯伯究竟长什么样？"

孩子的脸上露出痛苦的表情，说道："我记不起来了，我真的记不起来了。"

沈跃急忙说道："没事，记不起来就算了，嘟嘟最乖了。你看，妈妈还在朝你笑呢。嘟嘟，朝妈妈笑一个。很好。妈妈忙去了，嘟嘟应该醒来了。嗯，嘟嘟最听话了，我们快起床吃饭啦，明天还要上学呢。"

孩子睁开了眼睛，露出惊喜的表情，道："我梦见妈妈了，原来妈妈真的去了国外。"

此时，尹顺德早已流着泪躲到了客厅，沈跃轻轻抚摸着孩子的头发，温言说道："叔叔不会骗你的，你说是不是？"

孩子欢快地笑着应道："谢谢叔叔！"

从尹顺德的家里出来，沈跃即刻给曾英杰打了个电话："你马上带几个人到贾冬家里来，最好是带着武器。别打开警铃，着便装。"

曾英杰很快就带着两名警察来了，沈跃让那两名警察潜伏在楼梯口处，告诉他们一旦发现情况，马上过来支援；同时让曾英杰守在贾冬家的门口，这样如果有人敲门的话，就能马上打开门，将其擒拿。

钢琴上放着一本练习曲谱，沈跃看了看时间，说道："我的钢琴水平有限，估计和贾冬教的学生水平差不多。已经八点一刻了，但愿这个时间一样会让凶手敏感。如心，你去阳台上看着，一会儿我弹琴的时候看看什么地方有人出来。看见了不要声张，有人问也不要回答。"

钢琴曲响起，曲目不长，沈跃一遍又一遍地弹奏着。开始的时候康如心还觉得不错，可是几遍之后就真的觉得是噪音了。她很快就发现贾冬家两侧的几家住户里开始有人出现在阳台上，在朝她这边看，甚至还有人发出惊叫声。她还注意到，对面平层楼的阳台上闪过一个人影，不过很快就消失了。

大约过了十几分钟，果然就传来了敲门声。曾英杰快速打开门，将手上的枪对着外边，吓道："不准动！"

"别，别开枪，我们都是贾冬的邻居。"几个人同时说道。曾英杰顿时傻了眼。沈跃也停止了弹奏，他这才意识到自己的计划根本就不周密。贾冬被人谋杀的事情早已传开，周围的邻居忽然听到她家里传来钢琴声肯定会感到惊讶，害怕，这才会一起来看个究竟。不过，凶手也很可能就在这几个人当中。一个明明死在自己手上的人，她的家里怎么还会有学生弹钢琴呢？人类的好奇心也是本能之一，因为好奇，坚信也会变成怀疑。

曾英杰和那两个警察前前后后将这几个人堵在那里，沈跃看着这几个人，吩咐曾英杰道："把他们都带进来吧。"

几个人忐忑不安地看着沈跃，沈跃朝他们微微一笑，问道："如果我说贾冬并没有死，你们相不相信？"

几个人面面相觑，其中一个说道："真的吗？可是我听说……"

沈跃点头道："是的，她确实被人谋杀了。你们知道凶手是谁吗？"

他们都在摇头。

沈跃的心里顿觉颓然，他们都不是凶手。他对曾英杰说道："让他们都离开吧。"

几个人快速地跑了，估计都不知道究竟出了什么事。这时候沈跃才想起康如心，冲她问道："你有什么发现没有？"

康如心道："视线范围内的周围的邻居几乎都出现在阳台上了，还有对面也出现了一个人，人影闪了一下就不见了。"

沈跃突然想到了什么，赶紧对曾英杰道："快，去对面，一定要把那个人控制住。"

曾英杰也忽然意识到了什么，带着那两名警察快速赶了过去。

康如心诧异地问沈跃："你为什么会怀疑对面的那个人？"

沈跃解释道："对面是一家单位的家属区，贾冬被谋杀的事情那边的人应该还不知道，只有凶手才知道贾冬已经死了，当他忽然听到熟悉的琴声后肯定会觉得奇怪，当然就会出来看个究竟。可是他很快就意识到这是一个圈套，于是急忙躲了起来。另外，如果对面的人知道贾冬已经死去的事情，他们肯定会和周围的邻居一样感到好奇，必定就会一直站在阳台上观望，而不会马上躲起来。"

康如心恍然大悟，说道："原来是这样。沈跃，你真聪明。"

沈跃却仍旧面带忧色，道："如果我是那个凶手的话，可能马上就逃跑了。"

果然，当曾英杰他们破门而入的时候，发现里面已经是人去楼空了。餐桌上的菜还是热的。

这个人的资料很快就被送到了沈跃面前。宁永生，男，四十一岁，妻子四年前去世，有一个儿子叫宁虎，正是宋维维班上的学生。宁虎去年高考失利，现在就读于一家职业技术学院，毫无疑问，凶手正是此人。

照片上的这个人长相实在是太过普通，普通得在人群里绝不会引人注目。宁永生是一家法医验伤所的副所长，现在的住房是他妻子的单位分配的，家境还算殷实，外边还有一套商品房是几年前买下来留给儿子今后结婚用的。从资料上看，这个人完全符合连环杀人案凶手的心理特征，不过沈跃却依然觉得凶手的杀人动机非常奇怪。

龙华闽对此也感到非常疑惑。

据那家发廊的老板讲，孙红艳确实患有性病，不过诊断书上写的只是梅毒二期，艾滋病检测是阴性。

沈跃询问过吕成团，就问了他一个问题："姜仁杰是不是和某个路人发生过剧烈争执？"

如今的吕成团早已没了曾经的傲气，点头哈腰道："报告政府，好像是有过那样的事情。不过那是两年前的事情了，一个骑自行车的人撞了我们的车，姜仁杰狠狠地揍了他一顿。"

同样的，沈跃也去问了蒲安俊的老伴一个问题："请你实话告诉我，你们家的花盆有没有从楼上掉下去过？"

蒲安俊的老伴摇头道："没有，绝对没有。"

她在撒谎。沈跃看着她，说道："你放心，那个被砸到的人不会找你赔偿的。我可以肯定，你们家的花盆应该是掉下去过，砸到谁了？"

蒲安俊的老伴慌乱了起来，说道："不认识。当时只是砸在了那个人的肩膀上，他跑到家里来找老蒲算账，老蒲不承认，那个人说楼上就只有我们一家的阳台上有花盆，老蒲一下子就生气了，跑到厨房去拿起一把菜刀，把那个人赶走了。"

沈跃问道："后来呢？那个人有没有再来找过你们？"

蒲安俊的老伴摇头道："那个人气呼呼地走了，从那以后就再也没来过。"

沈跃通过对宁虎以前的班主任的询问得知，宁虎正是当年宋维维要求必须每天完成英语试卷的几名学生之一。那天那位英语教学组的组长说了假话，此时沈跃才想明白自己当时没有发现那位教学组组长撒谎的原因，因为他只是把"大多数考上了重点大学"说成了"都考上了重点大学"。其实那也不算是在撒谎，只不过是一种夸大其词罢了，很显然，那位教学组组长是从心里往外敬佩宋维维的执着的。

曹向前的事情也调查清楚了，在沈跃的提醒下，曹向前的妻子回忆起一件事情：有一天曹向前在踢球的时候误伤了一位路人，足球重重地砸在了那个人的脸上，当时曹向前马上就陪着那个人去了医院，还给了那人一些赔偿金。

很显然，这六个受害人唯一的交集就是宁永生这个人。而此时，沈跃再次拿出那张城市地图，这才忽然发现，如果以宁永生的住处为起点，从那部公用电话到宋维维工作的学校，这三点是连成一线的，而且距离非常近。而姜仁杰与宁永生发生冲突的地方、蒲安俊的住处和曹向前踢足球的那个球场正好与宁永生的住处和他的工作单位在一条线上。这一刻，沈跃忽然想起一个成语——瓜熟蒂落。如果不是贾冬的死，这几个点似乎永远都无法串联起来。难道这就是人们所说的宿命？沈跃在心里嗟叹不已。

可是当这些事情调查清楚后，沈跃还是没弄明白凶手的作案动机究竟是什么。即使是心理变态的人也不可能因为那样的一些原因去杀人啊，特别是贾冬的死，更是让人感到匪夷所思。

宁永生在逃，警方动用了大量的警力却依然没有发现他的踪迹，这个人就像是凭空从这个世界消失了似的。警方控制住了宁永生的儿子，不过只是暗中监视而已。沈跃找到了宁虎，希望能够从凶手儿子的口中寻找到一些有用的线索。

让沈跃感到诧异的是，眼前的这个小伙子竟没有一点紧张的样子。沈跃直接就问他："在你的眼里，你父亲是一个什么样的人？"

宁虎淡淡地答道："他就是一个神经病。"

"哦？你为什么会这样认为？"

"他总是说自己记得上辈子的事情，整天神神道道的。特别是在我妈妈去世之后，他就更像神经病了，我知道他迟早要出事。"

"哦？你认为他会出什么事情？"

"你们警察都不止一次来问过我了，他肯定是出大事了。开始的时候我还以为他死了，后来我才发现你们警察在跟踪我。你告诉我，他是不是犯罪了？"

沈跃点头道："他是一起连环杀人案的犯罪嫌疑人，而且他杀害的都是善良本分的人，包括你的那位英语老师。"

宁虎的脸色瞬间就变得苍白，失声道："什么？宋老师是他杀害的？怎么可能？"

沈跃看着他，说道："或许他认为是宋老师害了你，你没考上好大学都是宋老师的责任。"

宁虎的嘴唇颤抖着，喃喃道："这不可能，不可能……"

沈跃盯着他，沉声道："虽然目前给你父亲的定义是犯罪嫌疑人，但那只不过是一个法律名词罢了，我基本上可以确定他就是凶手，只不过到目前为止我还没有搞清楚他真正的作案动机是什么，或许你可以向我提供一些有价值的信息。宁虎，我的意思你明白吗？"

宁虎不说话，他依然处于震惊与悲痛之中。沈跃忽然感觉到他的震惊与悲痛不大正常，宁虎刚才的话已经说明，他对父亲可能做出的任何事情都不会感到有太大意外，所以他的震惊与悲痛应该是针对宋维维的。沈跃心里一动，问道："告诉我，你父亲为什么要杀害你的宋老师？仅仅是因为她非得要让你每天做一份英语试卷以至于你其他科目的成绩下降得太厉害？不对，为什么只有你一个人出现了这么大的变化？你喜欢宋老师？单恋她？我明白了，你父亲认为是你的宋老师毁了你，所以他就必须要毁掉她。"

宁虎忽然从恍惚中清醒过来，问道："你是怎么知道的？"

沈跃指了指宁虎的脸，说道："是你的脸告诉我的。告诉我，是不是这样？"

宁虎哭了，一边抽泣着一边说："为什么会这样？这关宋老师什么事？他为什么要那样做？"

沈跃在心里叹息。高中时代正是一个人青春萌动的阶段，喜欢上年轻漂亮的同学或者老师都是非常正常的事情，那是一种美好的懵懂和情感绽放，也是对爱情的初次表达与体验。那样的感情是纯洁的，甜蜜的。当然，即使是单相思也是早恋的一种，很多孩子因此影响到了学习成绩这并不奇怪。当一个孩子被幻想中的感情所诱惑，哪里还有心思好好学习？所以，对即将参加高考的孩子来讲，早恋是非常残酷的，他们很可能会因此付出一生的代价，因为学习成绩直接影响着高考成败，而高考成败又直接影响着他们的人生发展。

所以，在宁永生的思维逻辑里面，宋维维就是那个毁掉了宁虎前途的人，因此他才不能容忍。

过了好一会儿，当宁虎终于平静下来之后，沈跃才继续问道："告诉我，你父亲是怎么知道你喜欢宋老师的事情的？"

宁虎的眼泪又一次掉落，哽咽着回答道："他看到了我的日记。"

"你的日记呢？"

"被他烧了。"

"他当时是不是非常生气？他打你没有？"

"没有，他只是朝着我大声吼了一句'可恶！'"

"那是什么时候的事情？"

"高考前几个月的时候。老师告诉他说我的成绩越来越差，他就打开了我的抽屉，发现了我的日记本。"

"你说你父亲是神经病，他还有哪些表现？"

开始时沈跃以为宁虎的话或许仅仅是出于一种逆反心理，但是现在他发觉，宁虎可能真的是在实话实说。逆反心理说到底是孩子对父母的挑战，男孩子主要挑战的是父权，其挑战的不仅仅是父亲的思想观念，更是对父权的质疑。不过，再逆反的孩子也不大可能在外人面前表现出对父亲的厌恶感来，除非他是真的厌恶父亲的某些行为。

"我觉得他的精神真的出了问题，除了他老是说知道自己的前世外，他还认为自己有特异功能。"

"哦？他认为自己的特异功能是什么？"

"他觉得自己有着别人没有的预知能力。他说有两次乘坐飞机，他都是在头天晚上梦见飞机出事了，于是第二天就去改了航班，结果原来的航班还真的就出事了。"

"情况真的是那样吗？"

"不知道，都是他自己说的，所以我觉得他是神经病。"

"还有什么情况？"

"就是这些事情，反正他神道道的，可是我想不到他会去伤害宋老师……呜呜！"

康如心觉得不可思议，从学校出来后就问沈跃："他真的能够预感到飞机要出事？前世今生的说法难道是真的？"

沈跃摇头道："不知道。我记得你以前问过我这个问题，我告诉过你，心理学上并不否认这样的说法。我们不知道、不懂得的事情太多了，轻易肯定或者否定都是不理智的，你说是不是？这样吧，你去调查一下宁永生曾经的订票记录，看看究竟是怎么回事。"

康如心问道："为什么要去调查这件事情？我只是随便一问。"

沈跃道："这个人很可能早就预谋好了退路，我估计警方一时半会儿很难找到他，所以只有我们对他了解得越多，找到他的可能性才越大。"这时候他忽然想到了什么，脸色瞬间变得难看起来，急忙问康如心："你确定一下，宁永生究竟看到你没有？当你站在阳台观察情况的时候。"

康如心疑惑地看着他，答道："应该看见了吧。"

沈跃的脸色变得更加惨白，说道："从现在开始，你必须随时随地穿着防弹背心。必须！"

康如心惊愕道："你觉得他会对我动手？不会吧，我可是警察，他真的以为自己是东方不败啊，一根针就可以打遍天下无敌手？"

沈跃已经拿出电话在给龙华闽拨打："你必须命令康如心马上穿上防弹背心，还要派专人保护她。在凶手的心里，是康如心害他暴露了，他很可能因此伤害如心，同时也是向警方挑战。凶手是一个非常危险的人，他很可能患有非常严重的妄想症。"

龙华闽心里一紧，急忙道："我马上安排。还有你，我们也必须给你配发一件。"

沈跃没有反对，这种时候他并不想去冒险。

两个人很快到了刑警总队，两件防弹背心已经被送到了龙华闽的办公室。沈跃脱掉外衣，贴身穿上，同时对康如心说："在抓到凶手之前，即使是在睡觉的时候也不能脱下。"

龙华闽也严肃地嘱咐道："这也是我的命令，康如心，你必须坚决执行。"

康如心知道，无论是沈跃还是龙华闽，他们完全都是出于对自己的关心，亲人般的关心，所以她并没有再说什么，很快就将那件防弹背心穿上了。

龙华闽对沈跃说："我安排了一位女特警贴身保护她，你放心好了。"

沈跃想了想，道："为了万无一失，最好让曾英杰也跟着她。"

龙华闽道："曾英杰就负责保护你，你的安全也非常重要。"

沈跃摇头道："凶手针对我的可能性不大，也许他并不知道我的存在。最危险的是如心。"

龙华闽不容置疑道："这件事情你必须听我的，我不希望有任何意外发生。说说吧，这个凶手究竟是一个什么样的人？"

沈跃没有回答，却问道："宁永生的机票记录查到了没有？"

龙华闽点头道："查到了，他确实有过两次改签机票的记录，一次是在四年前，另一次是三年前，都是出差去外地开会。其中第一次改签前的那次航班真的出事了，不过第二次改签前的航班飞行很正常。"

沈跃问道："这几年他是不是就乘坐过这两次飞机？"

龙华闽点头道："是的。这说明了什么？"

沈跃不想把自己的理论告诉龙华闽，他知道对方接受不了，一个人的世界观是很难改变的，人家可是资深警察、刑警总队队长。不过他还是尽量解释道："第一次也许是巧合，第二次就很可能是幻想了。嗯，很可能是幻想，如果后来他还乘坐过飞机的话，也必定会再次改签。从这件事情上也可以分析出宁永生这个人内心的自我夸大，或许他还真的把自己当成是上天的宠儿了，所以才会如此随意地去决定他人的生死。这不是睚眦必报，在他的心里这是一种理所当然，他把自己当成了神，不容任何人侵犯，包括他的孩子，如果有人胆敢侵犯，这也是绝不能容忍的。不过贾冬是一个例外，所以宁永生在杀害她之后才忽然觉得她'罪'不至死，当然，所谓的'罪'也只是他自己制定的标准。"

龙华闽似乎明白了，问道："从心理学的角度讲，这样的人究竟是出了什么问题？变态？精神病？"

沈跃摇头道："似乎都不是，也许只是一种自我心理暗示。包括他的名字，名字对我们大多数人来讲只不过是一个代号罢了，但是对他这样的人来说却有着非同寻常的意义。当然，他父母当初在给他取'永生'这个名字的时候或许并没有想那么多，那只是一种美好的愿望而已，就如同宁永生给他自己的儿子取名叫'虎'一样，他希望儿子今后能够成为同龄人中的王者，结果却想不到这个孩子最终连普通大学都没有考上，所以他才会如此痛恨那位叫宋维维的女教师。"

说到这里，沈跃忽然隐隐感觉到一丝不安，但是却又一时间不知道这种不安源于何处。是因为担心康如心的安全？好像也不完全是。这时候他听到龙华闽继续问道："那么，其他几个受害人呢？宁永生为什么非要杀他们不可？难道仅仅是因为他真的把自己当成了神？"

沈跃竭力地将心中的那一丝不安抛开，回答道："其实，只要我们仔细分析就会发现，宁永生的心理上有着一个比较明显的变化……哦，不，不仅仅是变化，应该是一个递进的过程。第一起案子正好发生在他妻子去世之后不久，那时候凶手还不到四十岁，正是一个男人精力旺盛的年龄，或许某一天他实在控制不住内心的欲望就去了那家发廊，结果在与孙红艳发生关系不久后，却发现自己染上了性病。凶手是法医验伤所的副所长，懂得一些医学知识，越是这样的人就越容易患上疑病症。可能他最开始怀疑自己染上了艾滋病，于是就策划了杀害孙红艳的第一起案件。结果这起案件在他看来完成得非常完美，他忽然发现杀人其实并不是一件困难的事情，甚至还是一种非常美好的体验，十分享受。时隔不久，凶手与姜仁杰发生冲突，姜仁杰竟然粗暴地殴打了他，这是他无法忍受的，于是，他开始跟踪姜仁杰，后来终于寻找到了机会。也许从他开始策划谋杀孙红艳的时候就已经着手练习那种独特的杀人方式了。凶手在法医验伤所工作多年，熟悉人体结构，他只需要掌握熟练的手法即可。想必他在策划谋杀姜仁杰的过程中也一直在练习，而他练习的地方就是在郊外。在成功刺杀姜仁杰后，凶手自信心倍增，同时也更加不能容忍他人对自己的任何伤害，而且作案时越来越大胆，选择的地方更让人匪夷所思，于是就有了后面几起依然成功而且没有破绽的谋杀案。随着谋杀的一次次成功，凶手似乎迷恋上了这个游戏，以至于贾冬也成了他的谋杀对象。凶手去警告过贾冬，这说明最开始他并没有把目标对准她。当时贾冬解释了，但他却把她的解释当成是一种蔑视，所以，他对贾冬的谋杀不过是他自己寻找到的一个理由，也正是如此，当他在完成了这次谋杀后才会忽然产生后悔的情绪。或许，这就是凶手的心理逻辑。"

龙华闽点了点头，说道："我觉得你的分析是可以成立的。我见过的凶手各种各样，各种杀人动机都有，不过像这样的情况还真是第一次遇到。然而奇怪的是，我们动用了那么多的警力，怎么就寻找不到这个人的任何踪迹呢？"

沈跃道："我得去一趟宁永生的单位，我想只有在充分了解这个人之后，才可能分析出他独特的行为方式。"

旁边的康如心开口道："我要和你一起去。"

沈跃想了想，说道："这样也好，不然我还真是不大放心。"

宁永生所在的法医验伤所是一家纯粹的事业编制机构，所长姓庞，个子不高，胖得让人看上一眼就会留下深刻印象。庞所长见到任何人的时候都是满脸堆笑，一看就是一个八面玲珑之人。他朝着沈跃叹息道："真是没想到啊，他怎么可能是凶手呢？"

沈跃说道："事实已经证明，他就是这起连环杀人案的犯罪嫌疑人。他是法医验伤所的副所长，长期与警方合作，非常熟悉警方的办案方式，这才是最可怕的。现在他已经逃逸了，我们必须尽快把他找出来，否则他说不定还会继续作案。"

庞所长道："需要我们做什么？"

"谈谈宁永生这个人。"

"宁永生其实是很不错的，业务能力强，能吃苦，再苦再累地出现场的活儿他都愿意亲自参加。总之，他各方面都很不错，唯一的缺点就是不大合群。"

"还有呢？"

"他特别喜欢看书，什么福尔摩斯，还有各种文学名著、报纸杂志，没事的时候手上总会拿着一本书。"

"如果我猜测得没错的话，宁永生每次到城外出现场后都会留下来，然后独自一个人最后回来，是吧？"

"你怎么知道的？"庞所长满脸惊讶，"确实是这样，他以前不这样的，这也就是最近几年的事情。"

"那就对了。庞所长，现在宁永生逃逸了，你觉得他最可能会躲在什么地方？"

"他可是活人呢，我怎么知道？沈博士，我知道你为什么这样问我，其实我对他的了解并不深。实话对你讲吧，宁永生一直对我不满，甚至在他的心里根本就瞧不起我，他觉得自己各方面能力都比我强，可是却只能屈居副职，一直心有不甘。"

"你是怎么知道他的这些想法的？"

"他向上级反映过我，不过我假装什么都不知道。我是所长，得注意团结，是吧？当然，我并不是什么圣人，对此肯定心里有疙瘩，所以平日里与他的交往也不多。"

"嗯，我理解。宁永生平日里还有什么特别的喜好没有？"

"他喜欢锻炼身体，长期坚持骑自行车上下班。"

"山地自行车？"

"是的。"

"还有呢？"

"我想想……他很会做菜，红烧狗肉做得特别好。"

"听说他曾经两次改签机票，原因是他预感到飞机会出事。这件事情你知道吗？"

"什么时候的事情？我不知道。"

"他在单位里面一般会和同事们谈些什么事情？"

"他有些愤青，凡是说到国内的事情他都会表达出不满情绪，反正就是国外的月亮都是圆的，国内什么都不好。"

"你们要经常一起讨论案子吧，他一般会说些什么？"

"他总是对警察的能力嗤之以鼻。对，每次他都是那样，觉得发生过的那些案子作案水平太差，经常嘲笑警方的破案能力不行。"

"那么，他说过如果是他作案的话会如何如何，或者是要怎么样才可以逃脱警方追捕之类的话吗？"

"这倒没有。说实话，我们只是配合警方出一些现场，当然需要我们出现场的案子一般都是凶杀案，很多时候尸体都腐烂了，不过那些案子确实很简单，无外乎是情杀或者是图财害命，实在是没有多大挑战性，所以他说那样的话大家也没觉得有什么，只要不当着警察的面说就行。"

随后沈跃又问了庞所长一些问题，发现确实没有更多情况可以了解了，这才告辞离开。庞所长非得留他们吃饭，被沈跃婉拒了，不过沈跃看得出来，这位庞所长确实更适合当一把手。一把手是管理者而不一定非得是专家，为人处世、迎来送往也是一种能力啊！

"我觉得很奇怪，既然宁永生认为是这位庞所长堵住了他上升的路，他为什么没有对庞所长下手呢？"从法医验伤所出来后曾英杰忍不住问道。康如心也觉得奇怪，道："是啊，我也觉得奇怪呢。"

沈跃回答道："我们不能习惯性地将某个罪犯认为是十恶不赦之徒，凶手也是人，任何人都有自己的行为准则和底线，凶手也不例外。特别是像宁永生这样的人，在他心中对自己的能力非常自信，甚至是过分夸大，像这样的人往往自命清高，不大可能通过杀害上级的方式去谋求提升，这其实就是他的准则和底线。此外，庞所长这个人还算是比较宽容，并不十分计较宁永生对他的冒犯，这样就让宁永生更加没有了杀害他的理由。还有就是，对熟人动手的心理压力肯定要大得多，而且更容易被暴露。"

康如心道："我怎么有点替这位庞所长感到不寒而栗呢？天天和一个连环杀人案的凶手在一起，而且这凶手还对他很不满，这太可怕了。"

曾英杰在一旁笑了起来。

沈跃看着她，忧虑地说道："现在我最担心的是你的安全，你还是少去替他人担心吧，多注意一下自己的安全。"

康如心挽着身旁的那位女特警，笑道："有她呢，你不用担心。"

沈跃真挚地对女特警说道："太辛苦你了，谢谢你。"

这位女特警已经知道了沈跃的身份，急忙说道："沈博士，你放心吧，我会二十四小时保护好她的。"

几个人上了车，康如心问道："现在我们去什么地方？"

沈跃却没有回答她，而是转头去问曾英杰："英杰，如果你是宁永生的话，现在你会到什么地方躲起来？"

曾英杰道："宁永生在法医验伤所工作多年，熟悉警方的办案方式，他肯定不会躲藏在城市的出租屋、旅社之类的地方，亲朋好友的家更危险，所以我觉得他最可能会直接跑出城，然后去不为人知的某个地方躲藏起来。"

沈跃却摇头道："这个人对自己非常有信心，而且说不定心里真的有向警方挑战的想法，而且当时他能够在一瞬间就意识到自己可能已经暴露并且马上逃跑，这就说明此人非同寻常。非同寻常之人往往有着非同常人的智慧，那么他的行为方式也应该和常人不一样。而且从作案手法上看，他应该是一个追求完美的人，那么他逃脱警方追捕的方式就应该也是与众不同的。嗯，我完全相信这一点。到目前为止，所有的调查结果都已经证实了我当初对凶手心理、性格的分析，所以我相信他一定还在这座城市里，而且还很可能在寻找机会对如心下手。"说着，他歉意地对康如心说道："对不起，当时我不应该让你去阳台上观察的，是我让你陷入了如此巨大的危险之中。"

其实康如心也很害怕，不过却努力保持淡定，还安慰沈跃道："沈跃，你是关心则乱。你想想，他怎么知道当时在阳台上的那个人就是我？如果他真的能够从某个渠道了解到当时在阳台上的那个人就是我，那么他也应该知道了是你在调查这起案子，而且是你的设计才使得他暴露了，所以你才是最危险的。此外，我并不认为他就一定会针对你我继续作案，那样做的风险实在是太大了。你说是不是？"

沈跃想了想，说道："我同意你前面的分析，不过我觉得凶手一定会针对你我实施下一起谋杀的。凶手现在已经在心里把他自己当成是神了，而我们却挑战了他作为神的尊严，这是他绝对不能容忍的。像这样的人，他的内心世界与我们完全不一样，他的思维模式有着他个人独有的特征，唯有让我们的思维模式进入到他的内心世界才可以理解他的想法。"说着，他看了看时间："我们先去吃饭，我再想想下一步应该做些什么。"

康如心刚刚将车开上主干道，忽然听到沈跃大喊一声："我知道了！停车！"

康如心一脚踩下刹车，警车骤然停住。沈跃指了指车窗外，说道："你们看到那个乞丐没有？"

曾英杰霍然紧张起来，问道："你的意思是说那个人就是他？"

沈跃摇头道："宁永生杀害贾冬的地方是在郊外，我也一直认为他是化装去到那里的。刚才那位庞所长说，宁永生喜欢看书，首先就提到了福尔摩斯，福尔摩斯有一项特别的技能就是化装术……如心，我们马上去宁虎家里一趟，我得问他一个非常重要的问题。"

近一个小时后，当沈跃再次出现在宁虎面前的时候，确实就只问了他一个问题："你父亲是不是有一套旧衣服一直舍不得扔掉？"

宁虎道："是啊，都旧成那样了，他就是舍不得扔掉。"

沈跃问曾英杰："你们当时去他家的时候发现有那样一个人路过没有？"

曾英杰恍然大悟，说道："追捕的那天，在楼下的时候，我们看到一个人正在翻垃圾桶，难道那个人就是他？"

沈跃道："我们马上去刑警总队。"

07 诱饵

当天晚上，警方调动了大量警力搜查城市的每一个角落，包括防空洞、立交桥下，各派出所负责检查管辖区域内的酒店、旅社、发廊、居民住所、出租屋等地方，对外宣称是扫黄打黑的统一行动。可是整整一夜忙活下来，贩毒、嫖娼、卖淫、偷盗人员倒是抓了不少，通缉犯也落网了好几个，可就是没有发现宁永生的踪影。

看着依然淡定的沈跃，龙华闽皱着眉头问道："你还是确定他就在这座城市里面？"

沈跃点头道："如果这样就把他抓到了，我反倒会对他感到失望。很显然，这是一个有着极高智商的人，天才与疯子只有一步之差，他既是天才又是疯子，他做任何事情肯定都不会以常规的方式。你想想，那天晚上他就在阳台上出现了一瞬间，马上就意识到那是一个圈套，然后就快速地换上衣服，到楼下翻垃圾桶，而曾英杰他们从他面前过去的时候竟没有产生丝毫怀疑。曾英杰观察细节的能力你是知道的，连他都没有发现任何异常，这就说明凶手当时是非常镇定的，而且进入角色的能力也是非常了得。在这座城市里，从事各色工作的人那么多，他不一定非得要装扮成乞丐，他会沿着警察的思路去逆向思维，然后以一种我们完全猜想不到的模样出现在这座城市的某个地方。"

龙华闽问道："那，你有什么好的建议？"

沈跃摇头道："我再想想，我总觉得好像有什么地方不大对劲。现在我得去拜访一个人。"

龙华闽好奇地问道："谁？"

沈跃道："云中桑。宁永生对他儿子说他知道自己的前世，这让我怀疑他曾经被云中桑催眠过。当然，我最希望的还是云中桑能够帮帮我们，或许他有更好的办法，毕竟被催眠者和催眠师之间往往有着一种非同寻常的信任关系。"

龙华闽摇头道："我觉得要这个人帮你不大可能，如果云中桑真的催眠过宁永生，他会认为你是再一次去找他的麻烦。"

沈跃道："我尽量解释吧，其实我更希望他能够从对我的怨恨情绪中走出来。"

龙华闽对曾英杰说道："你要保护好你的表哥，如果他出了什么事情，我唯你是问。"

这时候沈跃发现康如心正看着自己，他笑了笑，说道："你也和我一起去吧。"

上车后，康如心忽然想起一件事情，对沈跃说道："我忽然担心起你妈妈来，她会不会出事？"

沈跃感激地看了她一眼，说道："他不会滥杀'无辜'。当然，这个'无辜'只是他个人的评价标准。不过他也有可能去我家找我们，所以我已经提前将我妈妈送到一处安全的地方了。"

康如心似乎明白了，问道："你刚才说云中桑可能有更好的办法，也就是说，其实你已经有了办法，就是让我们两个人作为诱饵？"

沈跃诧异地看了康如心一眼，他发现康如心越来越聪明了。自己心里的这个想法从来没有对人讲过，到目前为止还只是一个想法，想不到她居然能够猜到。他回答道："其实我并不想去冒那样的险，更不愿意让你也跟着我去冒那样的险，如果真的到了万不得已的地步，我会自己去当诱饵。"

康如心道："我不同意你去当诱饵，即使是真的要那样做，也必须是我们两个人一起。"

曾英杰也道："我也不同意，这太危险了。"

沈跃道："其实也没有太大危险，宁永生并不知道我们穿了防弹背心，而他也不大可能改变谋杀的方式。要知道，他对自己的手法非常自信，不然的话他不会对这六个受害人都采用同样的作案手法。不是他不想，而是不能。一方面是他的那种手法已经练习得炉火纯青，另一方面是他的内心有着强大的自信。当然，我说了，不是万不得已我不会那样做的。"

这次云中桑的母亲不再像上次那样热情，她歉意地对沈跃说道："我儿子说了，他不想再见到你。"

沈跃恳求道："阿姨，我们是为了一件非常重要的事情来的，我们需要云博士的帮助。"说着，他指了指康如心、曾英杰和那位女特警，道："他们都是警察，现在警方有一起案子需要云博士帮忙。"

云中桑的母亲毕竟是一位比较传统的老人，此时一听沈跃这样讲，急忙就说："那我去叫他，你们进来坐吧。"

过了好一会儿，云中桑终于出现在沈跃的视线里，不过他的脸色非常难看，而且就站在楼梯上边，根本就没有想要下楼的意思。沈跃知道他心胸狭隘，不过却只能客气地向他解释道："云博士，我知道你不想见我，可是有一起案子确实需要你帮忙，如果你实在不想和我谈也行，我可以先离开。"

云中桑冷冷地说道："他们是警察？我为什么要和他们谈？沈博士，你这个人很没意思，既然明明知道我的态度干吗还要来？对不起，我不想见你们，请你们都离开吧。"

康如心顿时生气了，道："你不愿意见沈博士就算了，可你是公民，配合我们警方办案是你的义务。你还是博士呢，这都不懂？"

云中桑微微一笑，道："这位女警官，你可能搞错了，我可是日本国籍，所以我没有你说的什么义务。"

旁边的曾英杰顿时大怒道："原来是个汉奸！沈博士，我们干吗要来求他？！"

云中桑冷冷道："就凭你刚才的那句话我就可以告你诽谤。我不想见你们，请你们离开，否则我就要报警了。不要以为你们是警察就了不起，要知道，还有管你们的督查在。对了这位警官，请你不要自以为是地站在道德高度去评价他人，你们警察队伍中的败类也不少，至于你是不是其中之一我就不知道了，但是我可以告诉你，本人绝不是你以为的汉奸。现在，请你们离开，马上！"

曾英杰更怒了，正要再说什么，却被沈跃制止住了："算了，我们走吧。"说着，他看着云中桑，问了一句："有个叫宁永生的人，是一家法医验伤所的副所长，你是不是给他做过催眠？"

云中桑没有回答，他转身消失在楼梯口处。沈跃也转身准备离开，却忽然听到云中桑的声音再次响起："沈博士，你也不要以为自己有多高尚。你给谈华德策划的广告我已经看过了，心理暗示的手法确实很高明，不过你那是在强迫消费者接受那几样产品，说得难听一点就是，你是在强奸消费者的潜意识。沈博士，你我都是业内人士，别人不懂我可懂。哈哈！"

沈跃的脸色一下子变得十分苍白，头也不回地快步往外走。

"你没事吧？"康如心追上沈跃，关心地问道。沈跃停住了脚步，转身问她："如心，你觉得云中桑说得对吗？"

康如心道："当然不对了。知识是有价值的，而且你并没有违背自己的原则。电视上的广告不也是在利用对消费者的心理暗示进行宣传吗？只不过那些广告并不像你策划的那么专业罢了。云中桑是为了打击你的自尊心和自信心才那样说的，你根本就不用理会他。"

沈跃叹息着说道："可是……"

康如心即刻道："没有什么可是，只要不违反法律，符合伦理道德观念，那就没有错。"

这时候曾英杰已经来到他们面前，他也说道："你本来就是一个非常有原则的人，别在意这个汉奸对你的污蔑。谈老板的企业发展得好，不但可以解决一些人的就业问题，还增加了国家的税收，你也是凭借自己的知识在获取报酬。至于报酬的多少，那完全是你和谈老板之间的事情，如果你真的在意这个汉奸刚才的话，那你就上了他的当了。"

沈跃叹息着说道："今后还是尽量少去做这样的事情吧，你们能够理解，别人就不一定了。对了英杰，你别老是'汉奸''汉奸'地称呼人家，加入他国国籍是一个人的自由。我还是美国国籍呢，难道我也是汉奸？"

曾英杰急忙道："他怎么能够和你相比呢？你是洋装穿在身，却依然是中国心。"

这下连沈跃都禁不住笑了起来，朝他指了指，道："你呀……其实云中桑只是和我一个人过不去。这个人虽然在专业上不大注意底线，其他方面倒是没有什么大的问题。他很讲孝道，就凭这一点就非常值得尊重。"

虽然沈跃的心情顿时好了很多，但是康如心却忧心忡忡起来，她问沈跃："现在怎么办？难道你真的准备去当诱饵？"

沈跃皱着眉头，说道："这个人一天不落网，我就一天不踏实。再让我好好想想，看还有没有别的办法。"

曾英杰道："你们干脆住到省公安厅的招待所去吧，那里更安全。"

沈跃摇头道："躲避不是办法，我们不能向他示弱，那样的话说不定反而会让他变得疯狂起来。现在他还有着他自认为的最起码的底线，一旦他疯狂起来，受害的就很可能是那些无辜市民了。"

康如心问道："他真的会那样做吗？"

沈跃点头道："如果你把自己想象成是他就知道了。或许现在他还依然沉迷于他自创的那种杀人游戏之中，可一旦他再也享受不了这个游戏的乐趣，其结果将非常可怕。"

康如心道："龙总队不会同意的。"

沈跃道："为什么非得要他同意？昨天晚上警察将省城查了个底朝天，结果呢？对付这样的凶手必须和他斗智斗勇，除此之外没有别的办法。"说着，他看着曾英杰，问道："你怕不怕受处分？"

曾英杰说道："我们必须服从命令，这是原则。"

沈跃笑道："你不用拿原则来和我说事，你以为这是我的软肋？你错了，你说服不了我。英杰，只要抓住了凶手，上边是不会处分你们的，最多也就是功过相抵。你们都还年轻，难道今后还找不到立功的机会？"

曾英杰尴尬地笑了笑，说道："我什么想法都瞒不过你。好吧，那我不再多说了。"

沈跃大喜，对康如心说道："你先回去吧，我这里有英杰就够了。宁永生不是什么武林高手，他就只会那一招。"

康如心看着他，说道：沈跃，你觉得我会让你一个人去冒这个险吗？"

沈跃看着她，满眼的柔情，道："好吧，我们一起。"接着，他又即刻吩咐曾英杰和那位女特警："你们跟紧我们一些，我们先去吃饭，然后逛街，这两天我们就做这一件事情。"

康如心疑惑地问："如果他们两个人跟得太紧的话，会不会让凶手知难而退了？"

沈跃摇头道："越是这样他才越不会怀疑这是个陷阱，而且他肯定会冒这个险，因为他认为自己是神。"

没有再开车，四人步行去到一家餐馆吃饭。吃饭的过程中沈跃不住地提醒康如心、曾英杰和那位女特警一定要放松。一顿饭吃完，什么事情都没有发生，沈跃道："我们回去吧，晚上都在我家里住，明天我们一起去商场。"

康如心提醒道："是不是应该去看看你妈妈？"

沈跃摇头道："不可以。我会随时给她打电话，但是绝对不能去看她。我担心凶手一旦疯狂起来就会动摇他的底线，万一他知道了我妈妈所在的地方就太危险了。而且她现在有乐乐陪着,我们不用担心。你们一定要记住,千万不要低估凶手的智商,他应该非常了解我们大多数人的弱点,从贾冬的事情就可以充分证明这一点。"

四人一起来到沈跃家里,那位女特警惊讶地发现眼前这个家里的陈设居然如此普通,但却又格外清新悦目。沈跃对康如心说:"你陪着这位警官去乐乐的房间休息,英杰可以看会儿书,我要处理一些事情。"

沈跃没有一丁点儿困意,这起连环杀人案调查到现在这样的程度已经足够让他兴奋,而凶手的逃逸更是让他担忧。他反复在想,凶手会不会真的对自己和康如心实施新的一次谋杀?会的,一定会。是康如心和我破坏了他最喜欢甚至是早已沉迷其中的杀人游戏,是我们挑战了他自我意识中作为神的尊严。他不能容忍,也不会容忍。

忽然又想起云中桑来,沈跃禁不住轻声叹息。这个人的心胸实在是太狭隘了,这其实是一种极度骄傲的表现,他骄傲得容不下另一个与他同样优秀的同行。这一刻,沈跃忽然感到有点遗憾:本来今天应该为上次的事情向他道谢的,可惜他却根本就不给我那样的机会。

打开视频聊天工具,很快就联系上了太平洋那一头的导师。导师的头像出现在电脑上,他的头发花白得更厉害了,数天没有刮过胡须的脸看上去有些苍白。沈跃问道:"最近是不是遇到什么棘手的案子了?"

导师回答道:"一起纵火案,死伤数十人,警方送来的嫌疑人都被排除了。沈,你回国后破获的那两起大案我很感兴趣,就想着用你的方法去调查这起案件,可是半个月过去了,却没有发现任何线索。"

沈跃不愿怀疑导师的能力,问道:"会不会是自然起火?"

导师摇头道:"不,警方已经证实是人为纵火。沈,你最近还好吧?"

沈跃顿时明白,导师并没有想要自己替他分析这起案件的意思。这很正常,导师的骄傲更在他沈跃之上。作为这个领域的开创者之一,他的这种骄傲不但是一种必须,更是一种必然。沈跃将正在调查的案子给导师讲述了一遍,最后问道:"老师,你觉得凶手会不会因此将我和康警官作为下一次作案的对象？”

导师回答道："沈，你的分析应该是正确的，凶手这样的人格特征往往比较偏执，他会克制不住地遵循自己的思维和判断去支配其行为。我明白了，你是准备把你自己当作钓饵？不，不能这样，太危险了。沈，人的生命是宝贵的，千万不可以身涉险。"

沈跃又何尝不明白这个道理？他说道："我身上穿有防弹背心，应该危险不大。老师，你觉得除此之外还有别的更好的办法吗？"

导师沉吟着说道："似乎没有。防弹背心？好主意。凶手的偏执会让他只能选择同样的作案方式。这是一个大胆的计划,而且成功的可能性很大。"

听导师这样一讲，沈跃就更加坚定了自己的想法。这时候他忽然想起云中桑的那番话来，其实他自己也知道，刚才康如心和曾英杰的话并没有真正说服他，云中桑的指责已经在他的心里形成了一道不可抹去的阴影。此时，沈跃是如此迫切地想从导师那里知道那个问题的答案。他问道："老师，我给一家企业策划了一个广告片，采用的是心理暗示的方法，对方给了我一笔不菲的报酬……有一个从日本留学回来的同行说我是在强迫消费者接受这个产品，甚至是强奸消费者的潜意识，老师，你认为是这样吗？"

导师耸了耸肩，说道："沈，你可以问问自己的本心，你觉得自己是对的那就坚持下去。心理学应用技术这门科学本来就充满着争议，这并不奇怪。"

沈跃问道："本心？"

导师说道："是的，本心。沈，你是一个有原则的人，你问问你自己，你违背自己的原则了吗？你所做的一切有悖于你的理想吗？多么简单的问题啊，你怎么就想不明白？"

导师的话有如一声惊雷，骤然间拨开了沈跃心中的迷雾，让他释怀。导师的肯定和开导更加坚定了他的信心，驱走了他内心的恐惧。

打开一款知名的、极具人气的游戏，游戏起始的广告就是沈跃策划的画面。广告投放的平台都来自于彭庄的建议，只有他这个年龄的人才真正了解年轻一代人的生活方式。

天蓝色海滩背景下，一对年轻时尚的男女相对而坐，男孩阳光，女孩纯美，这是一对恋人，两人谈笑殷殷。桌上一连变换着几种不同的饮料，在两人幸福的目光下变换着的饮料变得模糊、虚幻。忽然，这一对年轻男女的目光仿佛被什么吸引住了，画面定格在了桌上的某一瓶饮料上，也就在同一时刻，画面的背景变成了橙色，屏幕上出现台词：某某饮品，恋爱的心情。

在录制这段广告片的时候，沈跃给这对年轻男女都写了台词，不过最后在剪辑的时候让他们的台词变成了无声。此外，沈跃还在画面上写入了暗示性的词语：时尚；恋爱成功的保证；每一种味道，不同的心情和感觉。不过，这几组词语的文字人们是无法通过肉眼看见的。

当初，沈跃本来有单独给康如心录制一个镜头的想法，目的是想针对近三十岁这个群体的白领阶层做宣传，可是康如心坚决不同意，后来沈跃也觉得有些画蛇添足，于是就放弃了这个方案。

沈跃一连将这则广告看了几遍，依然感到非常满意。也许真正能够看懂这则广告里面心理学应用内涵的就只有他和云中桑了，因为其中隐藏着的暗示性色彩和语言只有真正的心理学家才能读出来，而对普通人来讲，他们只知道在看了这则广告后会忽然喜欢上这一款饮品，却并不知道其中的真正原因，其实那不过是潜意识对他们发出了指令。

康如心本来想去做饭，可是沈跃却忽然觉得夜晚这个时候或许是一次难得的机会。他说道："我们还是出去吃吧，很久没有吃火锅了，我们去喝点酒轻松轻松。"

现在，大家都已经知道了沈跃的意图，所以也就都没再多说什么。按照最初商量好的方案，沈跃和康如心行走在前面，曾英杰和女特警紧跟其后，而且沈跃要求大家尽量放松，所以下楼后四个人就一路说说笑笑地走出了工厂家属区。前面不远处，去往市中心的方向有一家火锅店，四个人依然说着话朝前走。走了大约五百米的距离，一个抱着襁褓的中年妇女不知道从什么地方冒了出来，突然跑到康如心面前，哀求道："孩子一天没吃东西了，求求好心人给点钱吧。"

康如心心软，正准备掏钱，这时沈跃忽然觉得不大对劲，下意识地推了康如心一下，却想不到这个中年妇女竟瞬间将手上的襁褓抛向了沈跃，并趁康如心目瞪口呆之时骤然将右手伸向了她的左胸，随即赶紧转身，快速朝马路对面跑去。此时马路上车流如织，喇叭声响成一片。

刚才发生的事情前后不过几秒钟的时间，当时沈跃发现那人将孩子抛向自己，急忙伸手去接，但感到襁褓很轻，赶紧看了一眼，发现不对劲，即刻就扔在地上，快速上前扶住康如心，问道："你没事吧？"

那位女特警和曾英杰猛然间反应过来，正准备朝中年妇女包抄过去，却见她已经跑到了马路中央，当二人好不容易追过马路时，那位中年妇女却已经没了踪影。

很显然，那位中年妇女就是凶手装扮的，当他将凶器刺向康如心后，才忽然感觉到异常，于是就毫不犹豫地朝马路对面跑。他利用车流间的间隙快速跑到马路对面，而曾英杰和那位女特警却因为车流的阻隔延误了时间。

女特警很快就回来了，见沈跃正半拥着康如心，赶紧问道："你们没事吧？"

即便是知道康如心穿有防弹背心，沈跃此时依然感到后怕，背上冷汗直流。康如心的脸色也是一片苍白。沈跃指了指地上的那个襁褓，道："孩子是假的。"

康如心的声音有些颤抖，说道："我没事。"

过了好一会儿曾英杰才回来，他满脸颓然地说道："我看见他跑进了地下通道，可追下去的时候却没了他的踪影。"

沈跃叹息道："这下麻烦了，再想抓住他就太困难了。"

经历了这样的事情，几个人再没了吃火锅的兴致，转身回到了沈跃家。康如心脱下外套，只见外套胸前的地方有一个细小的孔洞，几个人都不禁感到骇然，一阵后怕。

康如心依然感到全身发软，但是却强打着精神，问沈跃："你怎么发现那个人不对劲的？"

沈跃道："我发现他的瞳孔瞬间收缩了一下。"

原来如此。也就只有他才能够注意到一个人的瞳孔在瞬间的细微变化，康如心和曾英杰都暗暗这样想着。

08 教堂

龙华闽对沈跃他们的擅自行动非常生气，竟然当着沈跃的面对康如心、曾英杰和那位女特警发作起来："你们这不是胡闹吗？"

沈跃道："这是我的主意，和他们没有关系。"

龙华闽瞪着他，严肃地说道："小沈，虽然你不是我的下属，但我比你年长，我一样可以批评你。你说说，你们这样私自行动有多么危险？！万一呢？万一凶手临时改变主意，忽然刺向小康的眼睛，怎么办？事前你就能够百分之百地保证不会出现那样的情况？你这简直是拿她和你自己的生命安全在开玩笑！"

听他这样一说，沈跃顿时感到后怕起来。如果不是自己当时及时发现情况不对，如果稍微再给凶手一丁点儿多余的时间，说不定那样的情况还真的就会发生。他充满歉意地看了康如心一眼，说道："对不起，是我太鲁莽了。"

康如心却朝他笑了笑，并没有说什么。她当然不会责怪沈跃。

龙华闽不想再批评沈跃，他知道，这家伙难得认错，而且过度打击他的自信对今后的工作也非常不利。不过他却并不想就此放过曾英杰和那位女特警，继续严厉地批评道："你们听从沈博士的意见我可以理解，但你们是警察，这么大的事情你们为什么不向我汇报？"

沈跃觉得自己还是应该替他们解释一下，说道："这件事情真的不能怪他们。是我说即使犯了错误，如果抓住了凶手也不过是功过相抵，反正他们还年轻，今后立功的机会多的是。龙警官，这件事情就到此为止吧，现在我们得拿出新的计划来，必须尽快将凶手捉拿归案。现在我最担心的是凶手可能会因此走向极端，他善于化装术，可以随意混迹于人群之中，如果他因此针对市民随机作案的话，后果将不堪设想。"

龙华闽顿时也觉得现在并不是追究责任的时候，点头道："好吧，你们三个人的事情暂时放在一边，以后再说。小沈，你现在有什么好的建议？"

沈跃回答道："昨天晚上我想了很久，觉得除了让我继续当诱饵之外再也没有别的更好的办法了。"

康如心即刻道："我也愿意再次做诱饵。"

龙华闽十分生气地答道："你们怎么又开始胡闹了？不行！绝对不可以！"

沈跃道："龙警官，你听我把话讲完。在后来的调查过程中我注意到了一个细节，宁永生只是把改签机票和他知道自己前世的事情告诉了他的儿子，但是在单位里面却从来没有对任何人说起过。这说明了什么？这说明他知道这些事自己讲出来后别人根本不会相信，也就是说，他还有着最起码的理智，他对儿子讲这些事情只不过是满足一种倾诉的需要罢了。现在，我们已经锁定了他就是这起连环杀人案的凶手，也就阻断了他试图继续实施'完美'谋杀计划的可能，也正因为如此，他才会将如心作为谋杀的对象，或者，他的谋杀对象还包括我。即便最开始他没有将我列入要谋杀的对象，但从现在起我就一定是了，因为是我再一次让他的计划失败，这是他绝对不能容忍的。我相信，到目前为止，他还依然没有达到疯狂的程度，除非我们彻底阻断了他的谋杀游戏。也就是说，只要我这个他准备谋杀的目标还在，他就不会马上变得疯狂。龙警官，不知道你明白了我的意思没有？"

龙华闽道："既然他已经知道你早就做好了严密的防范，他为什么还会上当？"

沈跃笑道："还是同样的心理使然。他对自己有着绝对信心，在他的心里已经将自己当成是神，所以即使是这次失败了，他也会替自己找出与他自己无关的合理理由。如果我给他一个让他认为是最为放心的机会，他就一定会再次对我下手。"

龙华闽问道："什么意思？"

沈跃道："很简单，就是让他不觉得那是一个圈套。"

龙华闽皱眉道："如何才可以做到？"

沈跃回答道："时间。对，就是时间。虽然到目前为止我们还不知道他是从什么地方了解到如心的真实情况的，但是这几天他一直在跟踪我们，这是肯定的。从现在开始，我会深居简出，即使偶尔外出也会让英杰和其他警察跟着。一周后，你们对我的保护会慢慢减弱，我也开始松懈下来，但是英杰必须一直跟着我，这样一来他就觉得机会来了，说不定就会寻找机会向我动手。"

龙华闽依然摇头道："你这个方案是不错，但是太危险了。"

沈跃道："龙警官，我是搞微表情研究的，无论他化装成什么样子，只要他试图对我动手，我完全可以在他动手前的那一瞬间发现他细微表情的变化并及时躲避。如心说得对，他并不是什么武林高手，而且我依然相信他不会改变自己的作案手法。他自认为是神，刺瞎一个人的眼睛有辱他的自尊。对了，我看到了他使用的凶器，那确实是一根细长的钢针，大约长十五厘米，这与前几起案子中受害人尸体上的伤口完全吻合。这说明凶手对他的这件作案工具使用得非常熟练，不可能改换成别的凶器，而且他已经习惯性采用刺入心脏的方式，也应该不会临时改变作案手法，因为他绝不愿意自己再次经历失败。"

康如心道："我还是要和你一起做诱饵。"

沈跃道："不可以。而且你必须马上离开这座城市，不要给凶手任何机会。这样吧，你带着我母亲去旅游一趟，东南亚国家或者别的国家都行。凶手的身份已经暴露，他想要出国几乎不大可能。"

龙华闽点头道："去香港吧，走警方的渠道。我们查过了，凶手没有去香港的通行证，这样才万无一失。不过小沈，你刚才提出的这个方案我还得考虑一下，也必须要做到万无一失才行。我看这样，既然凶手一直在跟踪你，今后他也很可能会继续跟踪下去，我们可以从这个方面去做方案。"

沈跃摇头道："我不同意这个方案。凶手的模样极其普通，这反倒成了他便于化装成各种角色的优势。说实话，昨天晚上我就根本没有看出那个中年妇女是他化装的。我还是那句话，一旦凶手发现没有了继续游戏的机会，他就很可能会走向极端。"

一贯杀伐决断的龙华闽犹豫了。虽然他不得不承认沈跃已经说服了他，但是如今的沈跃已经是康如心的男朋友、未婚夫，而且现在的他已经声名在外，省里的领导对他这样的人才非常重视，在市民和干警心目中他更是当代福尔摩斯……巨大的压力让龙华闽不敢轻易做出决断，他想了想，说道："让我再想想……"说着，他转身看了看曾英杰和那位女特警，严厉地说："你们记住，没有我的命令，这个方案绝对不可以执行。"

沈跃着急道："这件事情拖不得，最迟明天就要定下来。"

龙华闽道："给我点时间……"说着，他又拿起电话开始拨打："我们有三个人要去香港，两名警察和一位市民，从我们内部的渠道过去。另外，调三名特警过来随时听命。"

省公安厅楚厅长听了龙华闽的汇报后顿时两条眉毛拧在了一起，问道："难道就没有别的办法了？"

龙华闽说道："这个凶手非常特殊，他被一位从日本回来的心理学博士催眠过，其心理与正常人完全不同。而且此人又近乎是一个天才，善于化装，反应敏捷，居然能够从我们的眼皮底下逃脱，甚至从我们布置的大搜捕中漏网。凶手是在沈博士的调查过程中暴露的，沈博士的那一招实在是高明，接下来的诱饵行动也充分说明了沈博士对凶手心理的把握非常精准，可以这样讲，在我所知道的人当中，除了沈博士之外，似乎还没有人是这个凶手的对手。为了不进一步激怒凶手，为了不让更多市民再受到伤害，我个人认为沈博士的方案是可行的。"

厅长沉吟片刻后问道："说说你的具体方案。"

龙华闽道："明面上就按照沈博士的方案去执行，我们再安排几个人作为暗线，二十四小时保护好沈博士，一旦出现情况就马上展开抓捕行动。这次一定不能再让凶手逃脱了。"

厅长站起来，不停地踱步，过了好一会儿才说道："你看，是不是先启用蚂蚁？"

蚂蚁是省厅布置在黑道上的一枚棋子，除非是极其重大的案子，一般很少启用，这个人的真实身份在省厅里面除了厅长和分管刑侦的副厅长之外就只有龙华闽知道。龙华闽想了想，说道："我看这样，给蚂蚁三天时间，看能不能通过他那条线找到凶手的相关线索，如果不行的话就采用沈博士的方案吧。"

厅长点头道："就这样办。沈博士那边你给他做一下思想工作，他是个学者，做事情容易执着和冲动，千万不要让他轻易去冒险。对了，刚才你说的那个从日本回来的博士是不是阚四通那桩案子里面教凶手催眠术的那个人？"

龙华闽点头道："就是他。"

厅长叹息道："都是从国外留学回来的心理学博士，差别怎么就这么大呢？"

回去后，龙华闽对沈跃讲了新的方案，不过并没有告诉他蚂蚁的事情，只是说公安厅准备启用一条暗线先调查凶手的行踪。沈跃在美国的时候长期与警方接触，一听就知道是怎么回事了，摇头道："那样的方式对这个凶手没用，他不是黑道中人，也不是毒贩，暗线根本就不大可能寻找到这个人的线索。我很怀疑他就混迹在普通人群当中，说不定还有另外的某个身份。你想想，他从四年前就开始作案，而且从他能顺利逃脱的情况来看，说明他早就做好了暴露后的预案。这样吧，你们的方式可以试一试，不过我母亲和如心必须马上离开这座城市，我不希望她们发生任何意外。此外，这几天我将继续开展调查，看看这个人究竟是不是还有别的身份。"

龙华闽道："你母亲和小康的事情我已经安排好了，今天下午就出发。从宁永生的个人资料上看，他的身份就只有一个。我觉得他不大可能使用假身份证，那样的话风险太大了。而且我们上次统一行动的时候还专门查了假身份证，也并没有发现他的踪迹。"

沈跃笑道："这就恰恰说明了问题啊。如果我是他的话，完全可以买一张真实的身份证，只要我化装后和身份证上的照片大致相同就可以了，甚至还可以以女人的身份出现在人群中，你说，如果真是这样的情况，你们如何能够找到他呢？"

龙华闽顿感头痛。此时他也意识到沈跃分析的情况很可能就是事实，要知道，这次在全市范围内的统一行动就如同一把梳子将城市的每一处角落梳理了一遍，除非是凶手已经逃离市区，否则不可能让他漏网。由此可见，凶手肯定是以另外的某种身份隐藏在某个地方，而且是化了装。龙华闽问道："你准备如何展开调查？"

沈跃道："去他家里、单位，还有……我得再次找他儿子谈一谈。"

龙华闽疑惑地问："宁虎？"

沈跃点头道："是的。智商是可以遗传的，成绩不好并不就说明他的智商低。马云当年上的什么大学？难道他的智商低吗？同样的道理，我认为宁虎很可能遗传了他父亲的高智商。更何况父子连心，他对某些情况有所保留也是非常正常的。宁永生为了儿子谋杀了宋维维的事情就可以充分说明这对父子的真实关系，其实用真话掩盖谎言正是高智商人士的做法。所以，现在我必须去确定宁虎究竟是不是向我隐瞒了什么，在此之前，我还必须再次去宁永生的家里和他的单位走一趟，看能不能发现一些有用的线索。"

龙华闽点头道："希望你有所发现，最好是不要启动你的那个方案。"

几位特警守候在门外，沈跃和曾英杰进入宁永生的家里，沈跃从来都不相信宁永生还会回到这里。所谓"最危险的地方就最安全的地方"的想法是非常可笑的，灯下也不一定真的就黑。真正聪明的人在一般情况下绝不会轻易去冒险，他们就如同围棋高手一样，总是能够提前想出各种可能的情况，然后预备好应对的措施。宁永生无疑就是这样的人。

进门后，沈跃对曾英杰说："你观察细节的能力较强，好好看看这里面有什么异常情况。"

曾英杰羞愧道："现在我才发现自己很差劲，凶手就在我的面前，我居然没有发现他。昨天晚上也是，竟然就那样让他跑掉了。"

沈跃摇头道："你千万不要妄自菲薄，这个凶手太过与众不同，他的想法绝对出人意料，你不是神仙，怎么可能会想到那个人就是他？英杰，你是有天赋的，千万别丧失信心，明白吗？"

曾英杰点了点头，说道："我知道了。"

沈跃不再多说什么，再一次仔细打量着眼前的客厅。这套房子的装修很简洁，没有吊顶，藤式沙发，日本东芝牌的液晶电视，茶几下面有一张灰色的纯羊毛地毯。这是一个追求简单而且很有生活品位的人，这并不奇怪，理想主义者大多如此。

茶几下面有一本厚厚的书，沈跃将它拿起，这是一本《圣经》。沈跃把曾英杰叫了出来，问道："这本书最开始的时候是不是在沙发上？"

曾英杰想了想，答道："当时我们破门而入的时候好像是看到有一本书在沙发上，那本书有些厚，好像就是这本。"

沈跃点头道："那就对了。当时他正在看这本《圣经》，忽然听到对面传来钢琴声，于是放下书，走到阳台上，当他看到阳台上站着一个女人的时候惊讶了一下，但忽然意识到那很可能是一个圈套，便急忙换上那套破旧的衣服，即刻就离开了。"

说着，他直接走到阳台上，从这个地方正好可以看到对面贾冬的家。看了几眼后，沈跃再次回到沙发上坐下，拿起那本《圣经》开始翻看。沈跃在美国生活了七年，对美国文化当然比较了解，《圣经》更是早就阅读过，他始终认为宗教是一个国家或者民族文化的一部分，甚至是哲学的升级。不过，虽然他认同基督文化却并不意味着对此笃信……难道宁永生是一个基督徒？

沈跃顿时激动起来，再次将曾英杰从里面叫出来，道："马上查查，省城里面有多少座基督教堂，都在什么地方？"说着，忽然看到曾英杰手上拿着一样东西，连忙问："那是什么？"

曾英杰道："香水，正宗的法国香水，还有大半瓶。"

沈跃霍然而起，即刻走到卧室，打开衣橱，发现里面挂着的男式外套中间还有两件女式高领毛衣，一厚一薄。沈跃问曾英杰："你不觉得奇怪？"

曾英杰道："都是旧衣服，应该是他老婆留下的。"

沈跃摇头道："你看这衣服和裙子的型号……英杰，观察事物不能想当然，一定要联系凶手的性格和心理特征进行仔细观察。你马上给那位庞所长打个电话，问他宁永生最近几个月上班的时候是不是经常带着一个背包。"

曾英杰即刻打了电话，之后又向沈跃汇报："庞所长回答说是的。"接着又问，"可为什么是最近几个月？"

沈跃道："宁虎在住校，所以宁永生才会在家里放置几件女式衣服，这是为了可以随时练习化装。他的背包里面肯定还有别的女式衣服，要么是为了暴露后可以随时化装逃跑，要么就是他还有别的住处，而他在那个住处的身份是一个女人。宁永生是当父亲的人，他不会让儿子看到他装扮成女人后的样子。其实，他告诉宁虎他有着与众不同的能力，这依然是为了展示他作为父亲的权威。现实生活中他就是一个副所长，这让他觉得是一种失败，或许……嗯，到时候去询问一下宁虎就知道了。走吧，现在我们可以去找宁虎了。"

在沈跃面前，宁虎依然是一副淡然的表情。沈跃朝他微微一笑，问道："好像你早知道我还会来找你，是吧？"

宁虎道："只要你们还没有抓到他，就一定会来的。他就我这么一个儿子，你们不来找我还能去找谁？"

沈跃笑道："说得对。你好像对你父亲很有信心，是吧？"

宁虎的神色一正，道："你这话是什么意思？"

沈跃又笑了笑，说道："其实，我本不想再来找你的，不过后来我忽然觉得你太镇定了。你才多大啊，这样的镇定完全与你的年龄不相符啊，你说是不是？"

宁虎不说话。

沈跃站了起来，俯视着他，说道："我想，你如此淡然镇定的原因无外乎有两个：其一，你确实认为你父亲不大正常，认为他出事是迟早的；其二，你大致可以猜到你父亲会藏在什么地方，并且坚信警察一定找不到他。嗯，看来我都说对了。那好吧，我猜猜……你父亲或许因为做了那个有预见的梦之后就开始迷信起来，听说他比较愤青，所以最可能迷信的是西方的宗教，于是就经常去教堂，而且他也曾经带你去过，是吧？"

宁虎依然不回答。沈跃笑道："你不回答我的问题没关系，我已经知道答案了。那么我问你，你父亲经常去的教堂是哪一家？市中心的那一家？城北的？都不是？那就是城西的那一家了。"随即他转身对曾英杰说道："马上给龙总队打个电话，即刻搜查这三处教堂，城西那一家是重点。"

曾英杰拿着手机，匆匆出去了。宁虎的脸色已经变了。沈跃依然看着他，说道："宁虎，其实我非常理解你为什么不回答我的这些问题，毕竟父子连心嘛。不过你想过没有，你父亲不是只杀害了一个人，而是六个！其中还包括你的老师宋维维。你们家对面那个小区有一个年轻女人，丈夫因病死了，她没有工作，独自一个人带着孩子，为了养家，她每天晚上和周末全天都在教孩子弹钢琴，可是你父亲却杀害了她，就因为他觉得这个年轻女人天天在制造噪音。现在那个孩子成了孤儿，这就是你父亲所犯下的罪恶。如果我们不尽快抓到他，说不定还会有下一个孤儿出现。所以我恳请你告诉我，把你所知道的关于你父亲的所有情况都告诉我。你告诉我你知道的一切，不是在出卖你父亲，而是在替他赎罪，明白吗？"

听了沈跃这番话，宁虎顿时动容了，说道："你都猜到了，还要我说什么？"

沈跃问道："你父母曾经给你买了一套房子，警察已经去那地方看过了，到目前为止还没有装修，也没人去住。除此之外，你父亲在外边还租了别的房子吗？"

宁虎摇头，道："不知道。他干吗要在外边租房子？"

沈跃看着他，说道："你应该想得到为什么，是吧？"

宁虎道："我真的不知道。"

沈跃点头道："我相信你说的是真话。那么，你父亲以前在家里的时候，有过什么比较特别的举动吗？比如，忽然对某一门学科感兴趣，或者忽然喜欢看某方面的书籍？又或者，他有段时间去参加了什么培训班等等，有这样的情况吗？"

宁虎想了想，说道："他有段时间好像特别喜欢看销售方面的书，我还问过他，他说'活到老学到老，不可以啊？'我也没当成一回事儿，也就没有再问。"

沈跃皱眉道："销售？哪方面的销售？"

宁虎道："我记不起来了，真的记不起来了。"

沈跃又问道："还有呢？"

宁虎摇头，说道："其他真的没有什么了。我就是估计他可能藏在教堂里面，觉得你们不大可能找得到他。他是我父亲，我害怕他被你们抓住，他会被枪毙的。你们不要再来问我了好不好？我真的就只知道这么多。呜呜！我现在也是孤儿了，你们还要怎样？"

沈跃站了起来，看了宁虎一眼，走过去拍了拍他的肩膀，叹息道："对不起，其实你很坚强。"

刑警总队那边很快传来了消息：宁永生最近确实去过城西的那座教堂，还在那地方住过一晚，就是他刚刚暴露、警方全城搜查他的那天晚上。不过据那座教堂的神父说，最近几天就再也没有见到过他了。

"难道他真的有预知能力？"曾英杰问沈跃。

沈跃忽然笑了，说道："你怎么会问这样一个问题？其实这才是真正的高智商犯罪。他杀害了六个人，一旦暴露了，警方必定会全城搜捕他，在那种情况下住在任何地方都不保险，而教堂却是警方最可能，不，是警方必定会忽略的地方。教堂是宗教场所，又是西方的宗教，警方绝对想不到他会躲在那样的地方。但是后来他忽然想到自己留在家里沙发上的那本《圣经》，顿时就觉得教堂也不安全了，只能马上离开。"

曾英杰羞愧道："其实我们还是忽略了那本书，结果你今天才注意到，以至于我们错失了良机。"

这时候沈跃心里忽然一动，说道："也许我以前的分析错了，或者宁永生还真的有必杀贾冬的理由。嗯，肯定是这样。当时宁永生正沉浸在《圣经》的世界里，结果却被对面传来的钢琴声搞得心烦意乱，而且那一段时间都是如此，这才激起了他心中的愤怒。他把自己当成是神，于是就把制造噪音的贾冬视为魔鬼。可是，他为什么要把贾冬的尸体摆放得那么规整呢？很显然，他当时还进行了某种简单的宗教仪式。"

曾英杰想不到在这种情况下他还在分析那件事情，赶忙问道："可是，现在要如何才能抓到这个人呢？"

沈跃道："只能采用我的那个方案了，除此之外我暂时还没有想到别的办法。走吧，我们去龙警官那里。"

沈跃进去的时候龙华闽正在抽烟，前面的烟灰缸里堆满了烟蒂，他一见沈跃就苦笑着说道："看来我们这次是遇到真正的对手了，他把什么情况都预料到了。"

沈跃点头道："是啊，不过我相信肯定能够抓到他的，就在这几天。"

龙华闽的双眼一亮，问道："你真的这么有信心？"

沈跃点头道："如果你们采用我的那个方案的话。"

可是龙华闽却摇头说道："小沈，说实话，现在我有些怀疑你那个方案的可行性了。你看看这个……"说着，他指了指办公桌上的电脑："我们调看了前段时间宁永生每天的活动轨迹，终于发现有一天他从单位出来后中途去了城东。你看，就是这个画面，他没有骑自行车，而是乘坐的公交车，在步行街外边下车后不久就消失了。我们查看了周围的监控录像，根本就没有看到他从那一片出来。后来，我们在他家附近发现了他的踪迹。这里，他从这个地方上的公交车，然后直接回了家。此外，我们还调取了他的通话记录，结果发现除了工作电话和他与儿子的通话之外就没有别的电话记录了。"

沈跃问道："他第一次下车的地方是什么位置？"

龙华闽回答道："城南步行街附近。"

沈跃将录像仔细看完后点头说道："很显然，宁永生进入城南步行街后就去了某处隐秘的场所，化装后去办了什么事情，然后在他家附近的某个地方才变回本来的样子。这个人做事非常小心，熟悉城市摄像头所在的位置，由此可见，先前我认为这个人还有一个身份的分析是正确的。既然他还有一个身份，那就必定有相应的电话号码，要么他使用的是两部手机，要么是双卡双待。不过他已经暴露了，这条线索意义不大，因为我们并不知道他化装后是什么样子。不过我还是相信，上次他刺杀如心失败后肯定不会就此罢休，现在如心去了香港，他接下来的刺杀对象必定是我，所以我的那个方案才是唯一的选择。"

龙华闽思索了片刻，说道："时间才过去一天，等等吧，万一那边有消息呢？"

沈跃看着他笑，说道："我们可以打个赌，我赌你说的'那边'不会有什么消息。不过我的赌注有点大，龙警官敢答应吗？"

其实龙华闽也相信蚂蚁那边不会传来什么有用的信息，不过他还是不想让沈跃去冒那个险。他瞪了沈跃一眼，问道："什么赌注？赌注太大了我可输不起。"

沈跃笑道："如果我赢了你就戒烟，如何？"

龙华闽大笑，说道："这个赌注确实太大了。这样吧，如果你赢了，我每天只抽一包烟，怎么样？"

沈跃摇头道："半包。"

龙华闽咬牙道："好，就这样！"

两天后，蚂蚁那边果然没有能够提供任何有用的消息。龙华闽再次去请示了厅长，厅长只说了一句话："就一个原则，必须百分之百地保证沈跃的安全。"

龙华闽反复思考过，沈跃身上随时穿着防弹背心，生命安全是完全可以保障的，不过会不会受伤就不大好说了。回去后他又调了两个枪法最好的特警让他们身着便装，暗中保护沈跃，这才放心了许多。

"执行你的方案吧，不过要戴上这个。"龙华闽将一副平光眼镜递给沈跃，半开玩笑道，"万一你成了独眼龙，我可没办法向死去的老队长交代，今后你和如心走在一起也太不般配了。"

沈跃却摇头道："戴上这东西反倒会提醒宁永生。如果到时候他刺我的喉咙或者颈动脉怎么办？不会有事的，我可是火眼金睛。"

龙华闽愣了一下，叹息着说道："小沈，其实我是从心里往外反对你这个方案的，不过除此之外我们也没有其他办法了。"

沈跃笑道："我知道。你要相信我，我会保护好自己的。"

在接下来的一周时间里，沈跃深居简出，即使是每天去康德大街的时候也是由数人严密保护着。第二周，保护他的人少了一半，其间沈跃去了一趟谈华德的办公室。

"情况如何？"沈跃坐下后笑着问道，一副信心满满的样子。谈华德的脸上早已堆满了笑，说道："沈博士，我真是服气了。现在很多地方都断货了，让我不得不采取饥饿营销了。"

沈跃摇头道："千万别搞什么饥饿营销。你这是饮品，并不是必需品，消费者的选择很多，他们青睐你们的产品只不过是受到心理暗示的结果。"

谈华德笑道："我和你开玩笑的。我有些奇怪，广告上只出现了我们生产的其中一款产品，为什么其他几款产品的销售也都很不错呢？"

沈跃回答道："因为我在画面中植入了心理暗示性语言，只不过你看不见罢了。"

这时候谈华德的秘书进来了，她在谈华德的耳边低声说了几句。秘书离开后，谈华德诧异地看着沈跃，问道："你请那么多保镖干什么？遇到麻烦了？"

沈跃摇头道："我正在配合警方实施一项计划，这几个人确实是保护我的，不过准确地讲这只是计划的一部分，包括我今天到你这里来。谈老板，你是有保镖的，是吧？最近一段时间让他跟紧一些，虽然你的危险不是很大，但还是小心一些为好。谈老板，对不起啊，你不会因此怪我吧？"

谈华德觉得莫名其妙，问道："等等，究竟是怎么回事？"

沈跃将这起连环杀人案的情况大致对他讲了一遍，说道："现在我正在恢复正常的生活状态，这样才不会让凶手产生怀疑。谈老板，我只能选择来拜访你，因为我知道你有保镖。"

谈华德哈哈大笑，说道："沈博士，你不用对我说对不起，如果我能够因此在这件事情上为你做点什么，我高兴还来不及呢。我实在是太敬佩你了，你可是比好多警察还勇于献身啊。谈某佩服！"

从谈华德的公司出来后，沈跃又分别去了这起连环杀人案中几个受害者的家，都是随意问了一些问题后就离开了。第二天依然如此，不过还抽时间去了一家商场，买了些日用品。

当天晚上吃饭的时候，沈跃对曾英杰说道："我们出去吃饭吧，就我们俩。"随即对其他几个人道："你们就不用跟着了，龙警官安排了暗线，足够了。"

曾英杰担心道："这样太危险了。"

沈跃笑道："同样的时间，同样的地方，说不定凶手会再次出现，这样的游戏不是很刺激吗？说不定凶手也会这样想。"

曾英杰目瞪口呆："不会吧？"

沈跃提醒他道："你想想，凶手把他自己当成是神，难度越大的事情他就越要去做，难道不是吗？不过如果凶手真的要那样做，就一定已经计划好了逃跑方案。你跟那几个暗线讲一下，让他们严密防范。"

十多分钟后，沈跃和曾英杰一起下了楼。开始的时候曾英杰有些紧张，他主要是担心沈跃的安全。沈跃一路上给他讲如何观察细微表情和动作方面的知识，他这才慢慢放松了下来。两人走出厂区家属区，进入主干道后，继续朝前面走。沈跃说话的声音有点大："其实金庸小说里面对细微动作的描写是非常到位的，比如他写的那个大胡子叫什么来着？他以胡子作为武器，专门写了胡子和脑袋之间运动轨迹的关系。还有波斯明教的奇怪武功，也是从身体运动的细节去判断对方真实攻击的方向……"

正说着，一个抱着孩子的三十来岁的女人出现在两人面前，这个女人朝沈跃伸出手去："行行好吧，我和孩子一天都没吃饭了。"

沈跃看了一眼这个女人和她手上的孩子，没发现任何异常，即刻制止住了一旁跃跃欲试的曾英杰，同时也是在给暗线传递信号。他从身上摸出十块钱朝这个女人递了过去，忽然间，这个女人将手上的孩子朝沈跃抛了过去，然后转身就跑。刚才沈跃看得十分真切，孩子绝对不是假的，急忙伸出手去接住，孩子在他的手上哇哇大哭。

而就在刚才那一瞬，当那个女人转身逃跑的时候，曾英杰想也没想就朝那个女人追了过去，周围暗处忽然间出现了十几个人，都一齐出现并很快将那个女人团团围住。沈跃忽然感觉不对，本能地将身体朝旁边挪移了一下，顿时就感觉到臂膀处传来一阵钻心的疼痛。上当了！他急忙转身察看，发现一个背影正向远处移动。

"英杰，凶手不是她！"沈跃大叫了一声。可是，此时那个背影却已经消失得无影无踪了。

被抓到的女人叫谷春梅，下岗工人，丈夫在厂里做销售，长期不在家，她就住在沈跃家所在的家属区里面。据谷春梅讲，两天前一个人找到她，给了她一万块钱和一个孩子，让她到时候听他的安排，说是只需要抱着孩子去找一个人讨钱，当对方不注意的时候就将孩子抛向对方，然后再快速逃跑就行。那人还向她保证，说事后会再给她一万块。

谷春梅当时也觉得事情很古怪，但又经不住金钱的诱惑，不禁问道："你这样做是为了什么？"

那人说道："沈跃，沈博士你认识吧？可是他不认识你。我和别人打了个赌，说是如果将一个孩子抛向他的话，他是会去接住孩子呢，还是直接跑去追你呢？我们的赌金可是十万块钱呢，我赌的是他会来追你，到时候你可要拼命跑啊，不然的话我可就输了。"

工厂不景气，在外跑销售的丈夫不但辛苦而且收入微薄，一个贫困者在金钱面前智商往往也会大打折扣，谷春梅竟然就相信了他的话——反正孩子又不是她的，那一刻，人性的恶瞬间体现得淋漓尽致。

沈跃看着眼前这个可怜又可恨的女人，问道："难道你就一丁点儿都没有想过那个孩子会受伤，甚至有死亡的可能吗？"

谷春梅苍白着脸、颤抖着声音说道："我听说你是个好人……"

这是她给自己找的一个理由，其实是金钱蒙住了她内心最起码的善良。沈跃在心里叹息着，又问道："那个人长什么样子？"

谷春梅道："戴着墨镜，瘦瘦的，看上去像是很有钱的样子。他对我说，'千万不要把这件事情告诉任何人，赌博是犯法的。如果别人问起这个孩子是谁，就说是你的侄女，暂时让你带几天。'"

谷春梅这时候才完全从恐惧中清醒过来，恨不能将自己知道的事情一股脑儿讲出来。可是沈跃却再也没有了继续询问下去的兴趣，摇了摇头离开了审讯室。

龙华闽非常生气，他想不到一个如此完美的计划竟然就这样流产了。他拿起烟盒，见沈跃正看着自己，一下子就将烟盒扔到了地上，指着曾英杰和几个特警怒声道："猪脑子，你们一个个都是猪脑子！"

　　沈跃却淡淡地说道："龙警官，你不能怪他们，如果你在场的话说不定也会犯同样的错误。这个凶手实在是太聪明了，谁会想到他会采用那样的方式去转移大家的注意力呢？虽然我从这个人的心理上分析到他很可能会在同样的地方采取同样的行动，却想不到他会将计就计，制定出这样一个计划。不过这也很正常，否则的话他就不是宁永生了。"

　　龙华闽挥手让曾英杰他们出去，皱着眉问沈跃："怎么办？又让他跑掉了。按照你的分析，如果这次真的激怒了他，后果可能会很严重的，是不是？"

　　沈跃点头道："所以，我们必须尽快抓到他。"

　　龙华闽精神一振，问道："你还有别的方案？"

　　沈跃摇头道："暂时没有。不过我可是一名心理学家，一旦开始专注地研究他的心理，他就一定跑不掉的。你说是不是？"

　　龙华闽哈哈大笑，他喜欢这个骄傲的家伙。

09 神的优雅

　　沈跃一直待在龙华闽的办公室没走，如今他这个诱饵已经不能再起到任何作用了，同样的方案可以一而再地使用，但是却不可能再而三地重复。凶手本已怀疑那是一个圈套，再上当的可能性就很小了。说到底，沈跃的故技重施其实是利用了凶手以为自己是神的幻想，如今凶手在连续经历三次失败后，幻想必定已经破灭了大半，但他的高智商还在，所以怎么说也不会再上同样的当了。

　　龙华闽早已经将地上的烟盒拾起，此时正从里面抽出一支烟，沈跃看着他笑了笑，问道："今天抽了多少？"

　　龙华闽将手上的那支烟放了回去，叹息道："小沈，我可是上了你的当了。"

　　沈跃禁不住笑着说道："身体才是第一位的……我们不说这个了，你想抽就抽吧，我们必须尽快抓住这个人，越快越好。"说着，他指了指自己的肩膀，说道："宁永生没有在凶器上使用毒药，这说明了什么？"

　　龙华闽摇头道："也许他觉得自己志在必得吧。小沈，你的反应够快的，太危险了。"

　　沈跃朝他摆手道："当时我忽然发现谷春梅的瞳孔瞬间散大，这是惊慌的表情，顿时就意识到她肯定不是凶手，同时也想到了宁永生最可能的意图，于是就本能地闪避了一下。我在闪避的时候肩膀向上抬了一下，也就是说，凶手当时的目标是在我的颈后，那可是脑干的部位，如果他真的能够准确地从颈椎上端的缝隙处刺入，我现在就已经牺牲了。很显然，上次他对如心下手后就已经觉察到我们身上穿有防弹背心了，所以才不得不变换了袭击的方位。不过说实话，即使是他当时刺中了我，也不一定真的就能够成功，因为颈椎上端的缝隙很小，而且不同个体间还存在着差异。不过作案手法的改变说明他现在已经是孤注一掷了，可是他却依然没有在凶器上涂抹毒药，这说明他心里的另一个底线还没有完全突破。"

龙华闽问道："什么底线？"

沈跃道："作为神的优雅。偷袭已经是很不光彩的事情了，如果再使用毒药，那就是魔鬼的行为了。由此我就想到宁虎给我提供的一个信息，他说宁永生曾经看过一本销售方面的书，虽然宁虎记不得那是一本什么行业的销售类书，但是从这件事情上可以分析出，宁永生一定有着另外一个不为人知的职业，而且这个职业并不阴暗。"

龙华闽再也忍不住了，终于点上了一支烟，深吸一口后皱眉道："销售行业太广泛了……"

沈跃打断了他的话，道："我基本上知道他从事的另一份工作是什么了。二手房销售，而且是以女人的身份在做那份兼职。"

龙华闽手上的烟一下子掉落在地，惊讶地问："为什么？"

沈跃一边沉思着一边说道："你想想，最近几天他要住在什么地方才最安全？准备出售的二手房难道不是最好的选择吗？如果有人对某套二手房感兴趣的话，只需要给他打一个电话就可以了，他接到电话后可以马上与客户见面，然后带着客户去看房子。而且，为了工作方便，他完全可以随时在身上带着某几套二手房的钥匙，这也就可以解释你给我看的监控录像究竟是怎么回事了。我猜，他兼职的公司应该就在那一带，二手房中介公司的业务也应该是有其大致范围的。像宁永生那样的人，往往多疑、敏感，说不定最近几天他都住在不同的房子里，所以你们找不到他是很正常的。"

龙华闽依然皱着眉，说道："省城里面的二手房中介公司起码有数十家，如果我们一一查过去的话，需要的时间太长了，而且我们根本就不知道他化装后是什么样子。"

沈跃笑道："我有办法可以很快把他找出来。"说着，他拿起电话，打给彭庄："你马上到省刑警总队来一趟，龙警官的办公室，越快越好。"

龙华闽疑惑地看着他，沈跃解释道："化装是一门精细活儿，搞不好反倒容易暴露。宁永生的模样太普通了，普通得没有任何特征。也就是说，如果他戴上假发，装成女人的话，也一样不会引人怀疑。所以，只要他随时将胡须剃得干干净净，遮住喉结，然后稍微描一下眉什么的就可以了。我的心理研究所招聘了一位美院学生，他可是个天才，等会儿他来了你就知道他的厉害了。"

彭庄很快就到了。沈跃将宁永生的照片递给他，说道："你根据这张照片画出他装扮成女人的样子，画成彩色的，稍微描一下眉，口红很淡，淡蓝色高领毛衣，头发的颜色……淡黄吧，像一些中国女人染发后的那种颜色，不要画成西方人的那种金黄。"

彭庄仔细看了看手上的照片，然后就在龙华闽的办公室里开始画起来。龙华闽低声问："为什么是淡黄色的头发？"

沈跃道："这个人是个愤青，崇拜西方，他认为自己是基督教传说中的神。他没出过国，对真正的基督文化了解得并不深入，只是想当然。当然了，这也只是我的揣测。"

因为沈跃的要求是彩色画像，彭庄花费了半个多小时的时间才完成。龙华闽看着眼前的肖像，不大相信地问道："像这个样子？"

画像上的那个人给人以眉清目秀之感，而且看上去竟然年轻了许多。三十岁出头的样子，细眉细眼，惹人怜爱。沈跃看着画像，说道："他画出来是这个样子，那就一定是。龙警官，把这幅画像分发下去，接下来就是你们的事情了。这次千万不能再让他跑掉了。"

龙华闽又看了画像几眼，忽然发现隐约中还真的有宁永生的样子，不禁感慨道："想不到这个长相寻常的家伙竟然更适合做女人。好吧，我马上布置任务。你就待在这里，万一出现了什么问题也好帮我拿拿主意。"

这一次警方的工作做得非常细致，可以说是不急不躁。首先通过工商局确定所有二手房中介公司所在的位置，以宁永生出现过的地方作为重点调查区域，特警一一锁定每一个点，其余的地方则以"摸排"为主。

果然如沈跃分析的那样，当特警将画像出示给一家中介公司经理的时候，他立即说道："这不是秦燕吗？"

特警即刻就问："他在什么地方？"

经理说："不知道，她是兼职，有人看房就带人去。"

特警问道："他手上是不是有客户房子的钥匙？"

经理道："是啊，她手上有三套房子的钥匙。"

特警不敢轻举妄动，即刻请示龙华闽。龙华闽看着沈跃，问道："找到他了，不过他手上有三套房子的钥匙，怎么办？"

沈跃道："他刚刚作案失败，估计心情很糟糕，此时应该就在那三套房子中的某一套里。马上包围那三个地方，从物管那里拿到钥匙后直接去开门。"

当警察打开位于华轩小区的那套房子的房门时，发现宁永生已经翻到了窗台外边。这套房子位于第十五层。

沈跃听闻这个消息后很紧张，急忙嘱咐道："千万不要让他自杀，有些事情还没有搞清楚呢。"

龙华闽道："他随时都可能跳下去。"

沈跃即刻道："不，他在犹豫。让现场的特警告诉他，'主说，自杀是有罪的'。"

刑警总队的审讯室内。

沈跃特地搬了一张椅子坐在宁永生面前。宁永生看了他一眼后目光转移到斜上方，一侧的嘴角微微翘起，满脸轻蔑。沈跃笑了笑，说道："我们讨论一下基督教的教义吧。我知道，你觉得自己是上帝派到人世间的神，所以虽然你已经翻到了窗台外却并没有往下跳，你不是怕死，而是不想违背上帝的旨意。是不是这样？"

宁永生骄傲地说道："不然你们是抓不住我的。"

沈跃摇头道："这个问题我们等会儿再说。宁永生，我觉得你根本就不配当一个基督徒，因为你忘记了上帝的告诫：不可杀人。"

宁永生道："我那是复仇。"

沈跃哂然一笑，道："主说，'申冤在我，我必报应'。复仇是上帝的事情，你的《圣经》读得不怎么样啊。何况，你和那六个受害者之间真的有那么大的仇怨吗？"

宁永生忽然笑了，说道："你什么都不懂，什么都不知道，你只不过是人世间一只迷途的羔羊罢了。"

沈跃道："哦？说来我听听？为什么我是一只迷途的羔羊？"

宁永生道："他们都是我前世的仇人，我的前世是朝廷的大学士，他们害得我生不如死，到了这一世他们又来害我。上一世我懵懂无知，任凭他们来害我，这一世我必须提前动手。"

沈跃很感兴趣，问道："那个发廊'小姐'，孙红艳，她上一世是什么人？"

"我的小妾，与人私奔，让我的名誉受损，害我受到同僚的耻笑。"

"那个司机呢？"

"他是我的同僚，在背后恶意中伤我，皇帝因此贬了我的官职。"

"那个退休干部呢？就是他的花盆差点砸到你的那个人。"

"他是皇帝的妃子，我之所以被贬就是因为她在皇帝身边进了谗言。"

"你儿子的那位老师呢？"

"她是我前世的妻子，在我最落魄的时候离我而去。"

"那位牙医呢？"

"他是郎中，我最终死在他的手里。"

"你家对面的那位钢琴老师呢？"

"……她是魔鬼。"

这是典型的妄想型人格。这是云中桑对他催眠后造成的后遗症。而他的这些幻想都是在相信前世的基础之上产生的，每当有人对他造成伤害后他就会将其幻想出一个相应的前世身份，其目的说穿了就是要给对方找到一个必死的理由。

沈跃笑了笑，说道："近几年你只乘坐过两次飞机，第一次你及时改签而未搭乘的那个航班出事了，不过事故只是在飞机降落时没能打开起落架而已，当时只有几个人受伤；而你第二次改签后未乘坐的那个航班顺利地在机场降落了，飞机很安全，所以你所谓的预知能力不过是你的幻想罢了。你说你的前世是朝廷的大学士，那为什么你这一世的事业反倒没有前世成功？宁永生，你看看这个东西……"

说着，沈跃从口袋里拿出一个小球，让它在宁永生眼前有节律地摆动着，同时用一种柔和的声音对他说："我才是真正的心理学家，我带你去看看你真正的前世。睡吧，睡着了你就可以看到你真正的前世了……"

宁永生的眼帘垂了下去，身体慢慢瘫软在了椅子上。沈跃依然用柔和的声音对他说道："你去了云中桑心理咨询中心，见到了那位从日本回来的博士，他让你睡着了，然后你梦见了什么？"

宁永生呓语般地说道："我看到我的孩子出生了，妻子和我结婚，我上大学，高中，初中，小学，幼儿园，我在妈妈的肚子里，我穿过一条黑暗的通道，我是朝廷的大学士，是驸马爷。"

沈跃问道："是不是有一个声音在引导你进入前世的世界之中？"

宁永生呓语般地说道："是的，是云博士在引导我。"

果然是那样。沈跃问道："你的前世是哪个朝代？皇帝叫什么名字？你前世的妻子是哪位公主？"

宁永生摇头道："我……我不知道。"

沈跃又问道："在你的前世，你的小妾是不是背叛了你？是不是有人中伤你？你最终是不是死于一个郎中的手里？"

宁永生回答道："我不知道。"

沈跃道："你的前世是不存在的，是那位云博士欺骗了你。你想想，如果你是大学士，怎么会连自己身处哪个朝代都不知道呢？如果你是驸马爷，怎么连皇帝和公主的名字都不知道？相信我，你没有前世，只有今生。看，你刚刚从医院出来，你妻子刚刚给你生了个儿子，你很高兴。"

"我很高兴。"

"你在上大学，你是班上成绩最好的学生之一，你对自己的未来充满信心。"

"是的。"

"你在上高中，每天放学后有大量的作业要做，你给自己确定了目标，一定要考上一所好学校。"

"我必须要考上一所好学校。"

"你在上初中，你父母教会你骑自行车。"

"爸爸的自行车被我摔坏了，他给我买了一辆新的。"

"你在上小学，你爸爸每天到学校接你。"

"是我妈妈，爸爸忙。"

"对，是你妈妈每天去接你。你开始上幼儿园，你每天都在学校哭着要回家，你还记得吗？"

"……记不得了。"

"嗯，那时候你太小了，现在你只记得四岁以后的事情，是吧？"

"是的。"

"所以，没有什么前世，你现在只能记起自己四岁之后的事情，你的前世都是那位云博士替你编造的，明白吗？"

"……"

"你对我说，你没有前世，你知道的前世都是别人替你编造的。"

"我的前世是别人替我编造的。"

"很好。醒来吧，你叫宁永生，你是宁虎的爸爸。"

宁永生睁开眼睛，茫然地看着眼前的沈跃。此时沈跃的手上拿着那根钢针，钢针的一头被弯成了圆形。沈跃看着宁永生，问道："这东西是怎么使用的？一头穿在中指上？食指？都不是？我明白了，就捏在手心。"随即，他用食指和中指夹住钢针，问道："这样？"

宁永生不说话，不过眼神中的骇异已经说明了问题。

沈跃又问道："这东西是从什么地方得来的？回答我，你已经杀害了六个人，难道连这样的小问题都不敢回答？"

宁永生却仰着头，似乎在想着什么，并不回答沈跃的这个问题。

沈跃一点没有生气的意思，微笑着问道："你在想什么？是不是觉得自己以前好像做了一个奇怪的梦，梦见你知道自己的前世？那只是一个梦而已。你现在叫宁永生，你杀害了六个无辜的人，你的儿子叫宁虎。宁虎是一个坚强的孩子，他不希望自己的父亲是一个做了坏事却不敢承认的懦夫。"

宁永生的脸色忽然变得苍白起来，他直瞪瞪地看着沈跃，问道："你刚才催眠了我？"

沈跃点头道："是的。我想去你的潜意识里看看你相信的前世究竟是怎么回事，结果你告诉我说，那都是云博士替你编造的内容。"

宁永生猛然间变得歇斯底里起来，大叫道："我被你们害了，你们这些心理学家都是魔鬼！"

沈跃淡淡地答道："我没有害你，我只是把你变回一个正常的人。"

审讯室外，单面透视墙的另一面，省公安厅厅长一直饶有兴趣地在看着沈跃对凶手的询问和催眠。他对龙华闽说："这个沈博士真是少有的人才啊。"说着，他看着龙华闽问道："催眠一个人就这么简单？"

龙华闽摇头道："对沈博士这样的专家来讲或许很简单，不过很少人能达到他的水平。你注意到没有，他一开始就在摧毁宁永生的自信心，让他对自己产生怀疑，在那样的情况下再对其进行催眠。一般的心理学家是很难如此循序渐进的，特别是对那个催眠时间点的把握，尤其不易。"

厅长点了点头。

审讯室里面，沈跃仍在询问宁永生："告诉我，为什么要杀害这六个人？"

宁永生耷拉着头，似在喃喃自语："都过去了，我控制不住非得要让他们死的想法。"

"就因为那个发廊'小姐'让你染上了性病？"

"开始的时候我以为是艾滋病，我大腿的内侧长满了脓包疮。我恨她，我必须杀了她。"

"可是后来你发现自己只是被传染上了梅毒，并没有患上艾滋病，为什么还要继续杀人？"

"明明是那个司机撞了我，我差点死在他手上，结果他却狠狠打了我一顿！所以，他必须死。"

"你杀害你儿子老师的时候是不是装扮成了女人？"

"是的。我儿子的前途毁在了她的手上，她就是一个狐狸精，她也必须死。"

沈跃没有再问蒲安俊和曹向前的事情，那已经不需要问了，刚才宁永生的回答已经说明他之前的分析是正确的。沈跃看着他，又问道："你在杀害了那个钢琴老师之后，为什么要把她的尸体摆放成那个样子？"

"我后悔了，杀了她之后我才忽然觉得她罪不至死。我向她的尸体道了歉。"

"你杀害她的根本原因是不是当时觉得她是一个魔鬼，总是在你虔诚阅读《圣经》的时候给你制造噪音？"

"是的。我去警告过她，可是她不听。我控制不住自己了。"

"你是从什么地方知道了我和我助手身份的？"

"我被她发现后就意识到自己已经暴露了，急忙换了一套衣服跑到楼下，假装去翻捡垃圾。接着果然看见几个警察上了电梯，我马上就跑到小区外边躲起来，不久就看见你们下了楼，然后我就开始跟踪你们。"

沈跃吓了一跳，问道："你当时为什么没有动手？"

宁永生道："我必须事先做好计划，我不能被你们抓住。"

幸好是这样，沈跃暗暗松了一口气，再次拿出那件凶器，问道："这东西是从什么地方来的？"

宁永生的眼神一下子亮了，说道："我被传染上性病后不久，有一天路过一个修鞋的小摊，发现那个皮鞋匠手上补皮鞋的针很有意思，于是就去买了根细钢条，自己做了一个。我知道，这东西快速刺入心脏后马上拔出来，肌肉就会瞬间收缩，周围的人一时间根本就发现不了被刺的人已经死了。"

"你在杀害了那个发廊'小姐'后害怕了很长一段时间，是吧？你觉得从前面刺入太容易被人发现了，于是才开始用狗做试验，发现从后面刺入更不容易被人发现，是不是这样？"

宁永生不回答，不过沈跃已经从他的脸上看到了答案。他站了起来，出了审讯室，走过去对厅长和龙华闽说道："我要问的都问完了，接下来就是你们的事情了。"

厅长不住地夸赞沈跃："沈博士，你帮我们破获了一起大案，我要为你请功。"

沈跃笑道："请功就算了吧，厅长大人今年能不能多给我点钱？我可是把准备购买心理咨询和治疗设备的精力和钱都花在了破案上了。"

厅长不禁苦笑，说道："我们尽量想办法吧。"

龙华闽指了指沈跃，笑道："你呀……我看这样吧，厅长出面替你联系几家企业，你给他们做广告策划，怎么样？"

沈跃急忙道："那就算了吧，广告策划的事情我不想继续做了，除非是服装之类的产品。"

厅长笑道："行，那我就帮你联系一些做服装的企业。小沈啊，我们的经费实在是太紧张了，请你一定理解。"

沈跃禁不住笑了起来，说道："让你这位厅长大人出面去给我拉业务，怪不好意思的。算了吧，今后我们准备与保险公司合作，帮他们调查一些骗保案。这也在我们的业务范围之内，他们也需要我们这样的服务。"

厅长想了想，说道："这样，抽空我帮你把几位保险公司的老总都约出来一起吃顿饭，我请客。怎么样？"

沈跃问道："这样好吗？"

厅长笑着说道："你付账，如何？"

当天晚上龙华闽特地把沈跃约出来，喝了顿酒，就他们两个人。龙华闽笑着对他说道："你又帮我们破了一起大案，谢谢你。咦，你怎么看上去心事重重的？"

沈跃叹息道："案子是破了，凶手也抓到了，可是我的心情却始终好不起来。六条活生生的人命啊，就那样没有了。最近我时常在想，这六个人究竟做错了什么？为什么会死于非命呢？"

龙华闽愣了一下，道："这个世界本来就很残酷，比如那些死于战争中的贫民，他们又做错了什么呢？"

沈跃摇头道："我说的和你讲的不是一回事儿。战争是政治的延续，我们普通人的命运在强大的政治面前是非常渺小的，就如同蝼蚁之于大象。龙警官，你知道我是研究心理学的，即使是在调查案件的过程中，我也是习惯性地去从受害人的身上寻找凶手作案的动因。在前两起案件中，无论是阚四通还是卢文华，我发现他们身上都有着致命的性格缺陷。可是这次的六个人呢，他们有致命的性格缺陷吗？没有。一个从贫困山区出来的女孩子，她为生活所迫去做了发廊'小姐'，她明明知道那是一份非常低贱的工作，但是却不得不继续做下去，你说她是为了什么？她曾经想到过自己会那样死去吗？还有那位驾驶员，他实实在在是一个有梦想的人，仅仅是因为梦想的无法实现而有些脾气暴躁而已。那位牙医，那位英语老师，还有那个独自带着孩子生活的女人，你说，他们哪一个是非要杀之而后快的？这样看来，也就只有那位退了休的老人曾经有过污点了，可是他也罪不至死啊！"

龙华闽的心里一沉，问道："小沈，你究竟想说什么？"

沈跃神情郁郁地说道："虽然这起连环杀人案的根源在云中桑那里，但是我始终不相信这样的结果是他事先能够预料到的。心理学应用技术太可怕了，我实在是担心今后自己也会犯下同样的错误。我们每个人的心里都有一个魔鬼，那个魔鬼就住在我们内心深处的潘多拉魔盒之中，而心理学家是最有可能打开那个潘多拉魔盒的人。"

这个问题让龙华闽无法回答，甚至找不到开导他的方法。想了好一会儿后，龙华闽才说道："警察手上有武器，武器可以用于维护法律的尊严，也可以用于犯罪，所以关键得看武器是在什么人的手里。小沈，你刚才那样的担忧其实已经很说明问题了，因为我完全可以相信一点，云中桑肯定从来就没有思考过这样的问题，这就是你和他最大的不同。"

其实龙华闽并不知道沈跃心里面真正担心的是什么，可以这样讲，自从完成了那部广告片之后，沈跃内心的不安就一直存在着，可是他却始终无法确定自己究竟有没有做错。而且他发现自己越来越能够理解云中桑了，因为他们同样都面临着梦想与现实之间的艰难选择。

母亲和康如心回来了，母亲一见到沈跃就责怪道："你也真是的，天天让我担心。"

沈跃笑道："我这不是好好的吗？"

康如心问道："听说凶手刺伤了你？我看看你的伤口。"

沈跃道："没事，打了破伤风针，消了毒，过几天就好了。"

康如心还是要他脱下衣服，沈跃拗不过她，露出后肩让她看了看，说道："是吧，一点疤痕都没有。"

康如心伸出手去，摸了摸沈跃的后脑勺，说道："如果当时真的从这个地方刺进去，你哪里还有命在？太危险了，今后不准再冒这么大的险了，听到没有？"

沈跃咧嘴笑道："知道了。"

康如心似乎犹豫了一下，说道："沈跃，有件事情我觉得还是应该告诉你，云中桑被拘留了。"

沈跃惊讶道："为什么？"

康如心道："你仔细想想就知道为什么了。"

沈跃顿时明白了。宁永生接连杀害了六个人，其根源却是云中桑对他催眠后造成的后遗症。催眠术是一把双刃剑，它可以用于治疗心理性疾病，但是也容易将一个人内心的恶释放出来。沈跃看着康如心，说道："我想麻烦你一件事，帮我联系一下看守所，我想去看看他。"

康如心道："我知道你是怎么想的，所以才觉得应该把这件事告诉你。不过真的有那个必要吗？"

沈跃道："他的初衷只是为了实现自己的理想，并没有教唆某个人去犯罪。"

康如心道："问题是，由于他的原因，宁永生杀害了六个人，而且还对我和你谋杀未遂，所以他必须要负相应的法律责任。"

沈跃问道："可是法律条款上有这样的规定吗？他只是突破了职业底线，并未构成犯罪。"

康如心摇头道："他能不能定罪，那是法院的事情。好吧，我去想想办法，让你和他见上一面。我知道，如果不见他一面的话，你会一直心里不安的。"

沈跃叹息道："他是当儿子的人，他是他母亲的骄傲，我必须为他做点什么才行。"

在龙华闽的首肯下，沈跃在看守所见到了云中桑。云中桑见到他后即刻就说了一句："我知道你会来的。"

沈跃看着他，真诚地说道："我必须要来。一是向你道歉，因为这样的结果并不是我想看到的；二是向你道谢，为了上次卢文华的案子。"

　　云中桑淡淡地答道："你用不着这样假惺惺的，从你出现在我面前的那一刻起，我的厄运就开始了。沈博士，我们之间的事情才刚刚开始，说不定哪天你也会像我现在这样身陷囹圄，只不过到时候来看你的或许会是我。再见。"

　　说完后他就准备转身离去，沈跃急忙道："你等等！"

　　云中桑转过身来，问道："沈博士，还有什么事情吗？"

　　沈跃依然真诚地对他说道："我会给你请一位最好的律师，请你一定相信我。其实我们应该好好谈谈，我也一直希望能够有那样的机会。你想过没有，其实有些事情完全是可以避免的，难道不是吗？"

　　云中桑冷冷地回道："我自己会请律师，就不劳沈博士费心了。"说完后径直朝里面走去。

　　沈跃在心里叹息着，对着他的背影大声说了一句："我会经常去看你母亲的。"

　　云中桑的后背战栗了一下，快速朝里面走去。

　　从看守所接待室出来，康如心问道："怎么样，他并不领情，是吧？"

　　沈跃叹息着说道："我真是不明白，他为什么对我如此抵触呢？"

　　康如心笑道："亏你还是心理学家，'既生瑜何生亮'这句话你还不明白？他这个人不但心胸狭隘而且过于骄傲，总觉得你是故意在为难他，针对他，说到底其实就是嫉妒你的才华和运气。算了，你别和他一般见识。"

　　沈跃道："走吧，我们去看看他母亲。"

　　康如心看着他，问道："非得要去？"

　　沈跃点头道："尽一份心而已。"

　　康如心摇头道："我建议你不要去。你想想，他母亲看到你后会怎么想？自己的儿子那么优秀，却因为你被拘留，你这不是自讨没趣吗？"

沈跃诧异地问道："他母亲会知道这些事情？"

康如心道："你不要低估老年人的社会经验，很多时候他们什么事情都知道，只不过不愿意说出来罢了。警察从他的家里把他带走，他母亲还不明白是怎么回事？"

沈跃这才发现自己愚笨无比，叹息道："好吧，那就不去了。"

康如心柔声道："沈跃，你没有对不起他，而且你把想要对他说的话都说过了，完全没有必要再愧疚。一个人的善良也应该有个度，你说呢？"

沈跃叹息不已。云中桑是一个非常有天赋的心理学家，如今竟沦落到这种地步，而自己又无力劝他改邪归正，这无论如何都让沈跃难以接受，所以他才会在心里如此自责啊！

10 同行

"沈博士，阚洪想见你。"这天，沈跃忽然接到了谈华德的电话。沈跃觉得有些诧异，问道："有什么事情吗？他为什么不直接给我打电话？"

谈华德道："他听说我最近和你走得比较近，所以就委托我给你打个电话。具体是什么事情我也不知道，不过我想他一定是有非常重要的事情要对你讲。沈博士，如果你有时间的话就见见他吧，好吗？"

或许是他需要做心理治疗。沈跃这样想道，于是问："好吧，什么时间？什么地方？"

谈华德道："就在上次我们见面的那家茶舍，还是那个雅间，我已经预订了，一个小时后。"

阚洪的变化太大了，从前长长的头发剪短了，看上去规整有型。两人一见面，阚洪就朝沈跃伸出了手，微笑着说："沈博士，谢谢你能来。"

他看上去比以前沉稳了许多，不过眼神中多了一些忧郁。沈跃笑道："我们已经是老朋友了，我当然会来。小阚总，今后有什么事情你可以直接给我打电话，不用他人传话。"

阚洪道："对不起。沈博士请坐吧。"

坐下后，沈跃问道："小阚总找我有什么事吗？"

阚洪道："沈博士就直呼我的名字吧，说实话，我不喜欢'小阚总'

173

这个称呼。以前的事情都过去了，我不想继续生活在过去的阴影里。"

沈跃歉意地说道："对不起。阚先生，你能够有这样的状态非常好。听说你最近大多数时间都待在国外？"

阚洪点头道："是的。而且我已经结婚了，我遵从了父亲生前给我安排的那桩婚姻。"

沈跃大感意外，问道："为什么？"

阚洪道："原因很简单，我不能再对不起父亲。沈博士，我们不谈这个了。我听说你开了一家心理研究所，而且你的理想是在国内普及心理咨询和治疗，是吗？"

沈跃点头道："这确实是我的梦想。"

阚洪微微一笑，说道："一个有梦想的人是值得尊敬的。沈博士，这张支票请你拿着，钱不多，我没有别的意思，只是想向你表达一种敬佩之情。"

沈跃并没有伸出手去接那张支票，不过他已经看到了上面的数字，那是一百万。他摇头道："想必阚先生一定有事情找我，你先说出来我听听。"

阚洪真诚地说道："我确实是有事想请你帮忙，不过这张支票与这件事情没有任何关系。父亲生前做过不少善事，而我自己也觉得国民的心理健康很重要，这也就是一笔善款罢了。"

听了这话，沈跃才将那张支票接过来，不过却放到了前面的茶几上，说道："还是先说说你的事情吧。"

阚洪道："那行。其实我只是想向你了解一个人。沈博士，你觉得邱继武是一个什么样的人？"

沈跃很诧异，问道："我认识他的时间并不长，你应该比我更了解他吧？"

阚洪摇头道："说实话，我对他并不了解，以前是没有想过要去了解他，因为他只不过是四通集团的股东之一，我去了解他毫无意义。可是最近我忽然发现这个人很不简单，当我试图去了解他的时候竟发现这个人深不可测。沈博士，你是心理学家，曾经因为我父亲的案子与他有过多次接触，想必你对他的了解比较深入吧。"

沈跃依然很好奇，问道："阚先生为什么现在突然想到要去了解这个人呢？"

阚洪回答道："父亲在世的时候是坚决反对公司上市的，可是自从我大哥成了董事长后，邱继武就开始一再提出要将公司上市，而且还成功游说了大多数股东。我觉得这件事情不大正常。将公司上市是可以圈到不少钱，但风险也很大，一旦股价回到正常价、股民参与分红后，大股东们的利润就摊薄了。以邱继武的精明，他不可能看不到这一点。所以，我很想知道他的真实目的是什么。"

沈跃道："这很正常吧，那么多家上市公司，难道他们都没有想过这样的问题？企业要做大做强，上市后可以获得大量资金，这有什么不正常的？"

阚洪摇头道："可能你对我们四通集团不大了解。父亲在世的时候很注意企业的风险问题，四通集团的资金量十分充足，旗下的每一个子公司的发展都非常稳健，根本就用不着通过上市去获取资金。"

沈跃沉吟道："其实，邱继武的情况你应该知道，说到底他和你现在的情况是一样的，为了事业他可以放弃其他一切，包括爱情。"

阚洪点了点头，问道："沈博士，如果从心理学角度分析，像这样的人会不会因为他所谓的事业宁愿牺牲掉朋友之间的友情呢？"

沈跃反问道："你呢？如果一边是事业，一边是友情，你会如何选择？"

阚洪道："至少我不会把事情做得那么绝。事业失败了可以从头再来，友情一旦失去后就很难弥补了。沈博士，你应该明白我的意思，其实我真正想知道的是邱继武的野心究竟有多大。"

沈跃再一次诧异了，不过他很快就明白了阚洪内心在担忧什么。他想了想，说道："作为一个成功人士，他的内心必定是充满野心的，你也是一样。其实，一个人宁愿牺牲掉自己最喜欢的东西，这本身就是一种野心勃勃的表现。不过，一个人光有野心还远远不够，实力才是第一位的。阚先生，你说对吗？"

阚洪点头道："我明白了。谢谢你，沈博士。"

沈跃叹息道："阚先生，我还是愿意从好的方面去看一个人，四通集团能够发展到今天非常不容易，那是你父亲一辈子的心血。其实，无论是你还是你哥哥做董事长都无所谓，对你来讲，董事长这个称谓不过就是一个虚名罢了，你说是不是？"

阚洪微微一笑，说道："沈博士，你误会我了。其实，我的想法和你刚才说的是一样的，我只是不想眼睁睁地看着父亲一辈子的心血被他人攫取，所以我必须要对可能发生的情况有所防范，未雨绸缪，仅此而已。"

沈跃道："那就好。对了，我也有一件事情想请阚先生帮忙。我记得当时打开保险柜后，看到你父亲病历的就只有你们兄弟二人，阚先生能不能告诉我给你父亲看病的那位心理医生的名字？"

阚洪满脸狐疑，问道："沈博士为什么非得要知道这件事情？"

沈跃道："我的心理研究所需要资深的心理师，我想，你父亲选择的心理医生必定水平不错。阚先生在国外留学过，想必不会对这样的事情心存偏见吧？"

阚洪看着沈跃，道："沈博士的真实目的可能并不是这个吧？"

沈跃反问道："那你觉得我的真实目的是什么？"

阚洪摇头道："父亲和我的观念不一样，既然他生前不想让别人知道自己患有抑郁症，我就必须替他保密。对不起沈博士，这件事情我不能告诉你。我父亲的案子已经了结了，难道不是吗？"

其实一直以来，沈跃都觉得阚四通的案子还存在着一个巨大的疑问，那就是阚四通的自杀和倪小云的策划为什么会刚好同步。他从来不相信这个世界上会有那么多巧合，而这个问题的真正答案最可能就在那位曾经给阚四通看过病的心理医生身上。那是整个案件调查中唯一的漏洞。

沈跃叹息道："好吧，如果某一天阚先生想明白了，请一定告诉我那个心理医生的名字。其实你也想知道自己父亲最真实的一面，是吧？"

阚洪淡淡地说道："父亲在我心中的形象永远都是非常高大的。"

沈跃拿起那张支票，真挚地对阚洪说道："阚先生，谢谢你。其实我知道，这里面也应该有你父亲的一份心意。你不愿意告诉我那位心理医生的名字，这也是你的孝心，我非常理解，不过我是一个很认真的人，如果我坚持要去调查的话，你不会反对吧？"

阚洪的眼神中流露出一种敬佩之情，说道："沈博士，你刚才的这句话我没听见。"

沈跃看着他，道："谢谢！"

从茶舍出来后，沈跃的心情非常好，阚洪的这笔资金总算解决了一部分设备问题。春天的阳光总是明媚的，随着百花的绽放，蜜蜂也勤劳起来，沈跃相信，自己与理想之间的距离已经越来越近了。

"为什么还要去调查阚四通的案子？"康如心不解地问。

沈跃笑着回答道："我是一个追求完美的人，在这个问题上我好像有强迫症。"

康如心也禁不住笑了起来，问道："可是，阚望、阚洪兄弟都不大可能告诉你那个心理医生的名字，你怎么去查？"

沈跃道："阚四通对自己的心理问题如此忌讳，他应该不会就近去看心理医生。你帮我查一下近十年来他乘坐飞机的记录，看能不能找到一些线索。"

康如心摇头道："他是四通集团的董事长，肯定经常坐飞机去往全国各地，要从中找到他看心理医生的线索估计很难。"

沈跃叹息道："是啊。不过还是查查吧，万一有线索呢？"

康如心笑道："好吧，你这个强迫症还真是没救了。"

两人正说着，沈跃忽然接到了曾英杰的电话："出大事了，谈华德的饮料公司出大事情了。"

沈跃心里一沉，问道："究竟怎么回事？快说！"

曾英杰道："从昨天晚上开始，全市很多年轻人同时出现了上吐下泻的症状，疾控中心经过调查后发现，发病的人当中大部分都喝过谈华德那家公司生产的饮料。疾控中心已经去厂里取样调查，结果很快就会出来。"

沈跃的脑子里"嗡"地响了一下：怎么会这样？！

康如心发现沈跃的脸色不对，急忙问道："出什么事情了？"

沈跃没有回答她，即刻拿起电话打给谈华德："什么情况？我不是反复对你讲过吗，你们生产的饮料千万不能出现任何安全问题……"

谈华德苦笑着说道："现在我都不知道究竟是什么地方出了问题！我们是流水线生产，我一直对质量控制得非常严格。等疾控中心的结果出来后再说吧。"

沈跃在屋里焦躁地走来走去，喃喃道："怎么会呢？难道……不，不可能的，他还在看守所里面呢。"

此时康如心也意识到发生的事情非同小可，赶忙问："究竟出了什么事情？是不是和云中桑有关？"

沈跃竭力克制内心的焦躁，说道："谈华德的饮料公司出事了，我得马上过去一趟，把情况了解清楚。"

在车上的时候康如心才知道了大致情况，她问道："你怎么会忽然怀疑起云中桑？"

沈跃摇头道："不是我怀疑他，是那天我去看他的时候他对我说了一句话，他说，'我们之间的事情才开始，说不定有一天你会像我现在一样身陷囹圄，只不过到时候来看你的或许会是我'。所以，我不得不往他身上想。"

康如心想了想，道："他那么聪明的人，怎么可能将把柄递到你手上呢？"

沈跃摇头道："越是高智商的人，做事的风格就越是与常人不同，比如宁永生。但愿这件事情与他无关，不然的话他就真的触犯法律了。"

康如心歪着头看着沈跃，笑道："你的智商也应该很高吧，可是我没有发现你做事的风格特别怪异啊？"

沈跃哭笑不得，道："我又没有把心思用在歪门邪道上，所以不需要刻意去与众不同。不过我懂这一类人，说到底其根源就是骄傲，甚至是傲慢。"

康如心笑得更欢了，道："我说呢，你不也是从来都不知道什么叫谦虚吗？原来是……哈哈！"

康如心的玩笑让沈跃烦躁的心情渐渐平和下来。她确实很聪明，虽然对心理学专业知识的了解相对浅薄，但却比很多人更加懂得人心。沈跃禁不住产生出想要拥抱她的冲动。

谈华德没想到沈跃会来，一见到他就责怪道："沈博士，这时候你来干吗？这是我们公司内部的事情，你别来沾惹这样的麻烦。"

沈跃摇头道："你的产品策划是我做的，我必须调查清楚究竟是怎么回事，不然的话我会睡不着觉的。"

谈华德叹息道："真是书生意气啊……"

沈跃不理会他，问道："你想过最糟糕的结果没有，就是你们的产品确实有质量问题。"

谈华德点头道："想过了，不就是停业整顿和罚款吗，除此之外还有什么更糟糕的结果？这点损失我还承受得起。"

沈跃正色道："我承受不起！这关乎我的荣誉。如果你们的产品质量真的有问题，我必须出面向消费者道歉，并退还你支付给我的策划费。不过我只能分期还给你了，因为我现在确实拿不出这笔钱来。"

谈华德朝他挥手道："沈博士，我们之间有合同，这件事情与你没有一丁点关系，你这是何苦？"

沈跃想了想，道："我知道你也是一个有原则的商人，如果确实是因为你的管理不善造成了产品质量有问题，我希望你能够召回市场上所有产品并接受质检部门的检验，到时候我愿意配合你做好危机公关。不过我还是得把那笔策划费还给你，前提是你必须从电视台和网络媒体上将那则广告撤回。"

谈华德惊讶地问道："这又是为什么？"

沈跃指了指自己的心口，道："良心！不然的话我的良心会过意不去的。"

谈华德摇头道："沈博士，你别急，等疾控中心的结果出来再说吧。你这个人……你太高尚了，在你面前我都感到有些惭愧了。"

因为是重大群体性事件，疾控中心当然不敢懈怠，抽检的结果很快就出来了。当谈华德和沈跃看到抽检结果的时候，顿时半喜半忧：饮料公司生产线和库房的产品抽检结果全部符合标准，可是市场上的产品中却有一部分含有沙门氏杆菌。沙门氏杆菌会引发呕吐、腹泻等症状，常见于皮蛋等食物当中。

谈华德在本省还是有些影响力的，疾控中心的人在得到这样的结果后并未马上提出处理意见，不过就是出具了检测结果并上报给卫生管理部门，而且及时给谈华德通了气。谈华德问沈跃："你觉得这是怎么回事？"

沈跃也觉得奇怪，想了想，道："既然你们的生产线和库房的产品质量都没有问题，那问题就很可能出现在运输或者市场销售的终端上面……"

正说着，谈华德的秘书匆匆进来，神色惊慌地对谈华德说道："有两所高校的学生，一共数百人，出现了同样的症状，据说其中不少人在最近两天购买过我们的饮料。"

谈华德的脸色一下子变得苍白起来，再也无法保持镇定，大声叫嚷了起来："怎么可能?！怎么可能这样?！"

刚才这个人还说这点损失他能够承受得起呢。这一刻沈跃才忽然意识到谈华德的言不由衷。不过这也很好理解，毕竟谈华德是一名商人，而且刚刚收购了这家企业不久，无论是从金钱还是事业发展的角度来看，他都是无法容忍这样的事情发生的。

沈跃一反常态地并没有像谈华德那样表现出惊慌，正皱着眉头思索着什么。此时康如心也禁不住担忧起来，轻轻地拉了一下沈跃的衣袖，道："你没事吧？"

沈跃忽然想起了什么，即刻拿起电话打给龙华闽："龙警官，请你马上跟厅长说一声，现在我正在谈老板的办公室，这起事件有些蹊跷，请你们务必将这起事件暂时压一下，我一会儿就过来，我会给你们一些具体的意见。"

龙华闽为难道："两所大学里面也爆发了同样的情况，省长都被惊动了，这件事情恐怕压不住啊。"

沈跃急忙道："你是相信我的，是不是？给我一点时间，如果需要的话，省长那里我也可以亲自去解释。现在我只能说一句，其他地方还可能会出现这样的情况，尤其是高中学生、玩游戏的年轻人、公司的白领等等，在这样的人群中，出现的概率极高。我怀疑这并不是一起集体性中毒事件，而是一起群体性癔症。一定给我一点时间，请相信我。"

龙华闽当然明白他为什么着急，叹息了一声后说道："好吧，我尽量跟上面讲讲。"

沈跃这才稍微放心一些。他是了解龙华闽的，知道他答应的事一定会尽力去办，毕竟他是刑警总队的队长，说话还是有一定分量的。挂断电话后，沈跃对谈华德说道："谈老板，你别着急，这件事情十分蹊跷，现在只需要调查清楚一件事情就可以验证我的猜测是否正确。我得马上去一趟刑警总队，你这边目前只需要做一件事情，那就是即刻停止这款产品在全国各地所有市场的销售，这件事情得马上去做，不然一旦事态进一步扩大，那就难以收拾了。损失肯定是有的，不过应该还可以控制得住，如果真的是我猜测的那样的话，你一定要相信我，我会把这件事控制住，而且还会尽量将事情引向好的方面。"

说完后，沈跃就和康如心一起急匆匆地离开了。谈华德愣愣地坐在那里：还可以将事情引向好的方面？

　　在路上的时候，沈跃又给龙华闽打了一个电话："现在只需要马上去调查一件事情就可以说通厅长和省长，那就是去问清楚，出现症状的那些大学生是否都是在今天之内购买并喝下过谈华德公司生产的饮料。还有，那些出现症状的大学生是不是以班级为单位集体发病的。我正赶去你那里，等我到的时候应该就有消息了。"

　　一路上车堵得厉害，康如心开着警铃也依然不能畅通行驶。这座城市的交通就如同此时沈跃的心情一样，烦躁而郁结。康如心安慰他道："别着急，谈老板并不是无良商人，我相信你的判断。"

　　沈跃摇头道："即使我的判断是正确的，但是问题的根源出在什么地方呢？"

　　康如心道："现在最重要的是控制住事态的进一步发展，其他的事情最好暂时放一下。你说呢？"

　　其实沈跃并不是特别自信，只不过在事情发生后他尽量劝自己要从好的方向去想问题罢了。这一点他自己也非常清楚，所以心里的惴惴不安始终存在。此外，他觉得康如心也和自己一样是在心存侥幸，这是大多数人心理上的共性。他点头道："等情况搞清楚后再说吧。"

　　沈跃对龙华闽面前满满一烟缸的烟蒂视而不见，急切地问道："情况怎么样？有消息了吗？"

　　龙华闽点头道："确实如你所说，两所大学都是以班级为单位集体发病，其中真正购买和喝了那种饮料的只是少数人。"

　　沈跃顿时松了一口气，身体一下子瘫软在沙发里面，道："果然是群体性癔症，那就好办了。龙警官，请你们把这个情况通报给全市的医院，特别是那些大学生正在接受治疗的医院，医院掌握了这个情况后治疗起来也就容易了。"

龙华闽问道："这样的病怎么治疗？"

沈跃道："心病还得心药医，只需要给病人输生理盐水就行，不过同时还要暗示病人说那是专门治疗腹泻、呕吐的特效药。如果一部分病人能够很快出院，这起群体性癔症也就基本上可以被控制住了。此外，希望新闻媒体也马上从癔症的角度去报道此事，同时普及一下心理暗示的相关知识，这样一来，市民们的紧张情绪也就可以得到有效缓解了。"

康如心问道："真的这样就可以了？"

沈跃点头道："所谓癔症，说到底就是心理被暗示后的结果，像这样的情况也就只能采用心理暗示的疗法。人群中像这样的病例不少，大医院的医生都有这方面的治疗经验，关键是要能够确诊。"

龙华闽当然是相信沈跃的，他即刻拿起电话向厅长汇报情况。通完电话后，他对沈跃说："厅长说，就按照你的意见办。"

沈跃在心里暗暗感激，说道："龙警官，难道你不觉得奇怪吗？那款饮料可是在全国范围内销售的，为什么别的地方没有出现这样的情况？"

龙华闽顿时反应了过来，道："你的意思是说，这起事件是人为的？"

沈跃点头道："这种可能性极大，不过到目前为止我还没有找到任何证据。现在首先要做的事情就是让本地电视台、报纸马上对此事进行报道，户外广告、商场的电视都要锁定在本地电视台的频道，循环播出。报道要以正面疏导、随时公布调查进展为主。还有，一定要控制住省外的媒体，不让他们对此进行具有心理暗示性的报道，不然同样的情况就很可能会在全国范围内蔓延开来，所以政府的宣传越早展开越好。"

龙华闽即刻站了起来，道："我马上去安排。"

沈跃道："还有，这起案子交给我吧，我一定会尽快找到真相的。"

龙华闽点头道："必须交给你。"

从刑警总队出来后，沈跃对康如心说："走，我们去看守所。"

康如心问道："你真的在怀疑他？"

沈跃摇头道："必须要排除他。要制造出这么大范围的群体性癔症，一般人可做不到。"

康如心道："可是，疾控中心明明在一部分饮料中发现了问题，这怎么解释？"

沈跃问她道："你知道多米诺骨牌吗？在产生连锁反应之前需要一个助力，那部分有问题的饮料就是这起群体性癔症的起始点。当一部分人出现了症状，而且将那些症状与某样东西明确地联系在一起之后，人群中的心理暗示就形成了。在这样的情况下，如果人们早就受到过相关的心理暗示，事件就会迅速扩大。如今的媒体这么发达，很容易将这种心理暗示传播出去，所以我特别提醒龙警官要尽快控制住省外的媒体……但愿现在还来得及。"

听了沈跃的解释，康如心一下子紧张起来，问道："万一……"

沈跃摇头道："那不是我们现在应该去考虑的问题，事情已经发生了，那就尽量去控制吧。"说着，他忽然想起一件事情来，即刻拿起电话打给谈华德："谈老板，事情基本上已经清楚了，这确实是一起群体性癔症，不过产生的根源还是你们生产的那款饮料。我相信很快就能够控制住事态的发展，目前你更需要做的是危机公关，这件事情迫在眉睫，做好了不但可以让你渡过难关，而且说不定还会让你因祸得福。"

谈华德问道："怎么做？我都听你的。"

沈跃道："马上联系媒体，最好是央视那样的媒体。千万不要有任何推卸责任的话语出现，就表达出两层意思。第一，愿意承担起所有病人的治疗费用，这个问题你放心，这笔钱不会很多。第二，愿意随时接受警方和卫生主管部门的调查，如果最终的调查结果证明确实是你们公司的问题，你愿意承担起一切法律责任。谈老板，我不得不提醒一句，你应该清楚，如果你不能绝对相信自己公司的管理没有任何问题的话，这样做的后果也是非常严重的。"

谈华德沉吟着说道："我想想……"

沈跃心里一沉，问道："难道问题是出在你们公司内部？"

谈华德急忙道："怎么会呢？不过这么大的事情，我必须得慎重考虑一下才是。"

沈跃依然在怀疑，道："如果你对自己的管理有着绝对的信心，那你还考虑什么？这么大的群体性事件，央视肯定会报道的，与其让他们上门找你，还不如你主动去联系他们。这可是免费广告，其中的利弊你应该清楚。"

这其实是一种变相的试探了。在巨大的利益和风险的选择中，真相很可能就会显现。还好，沈跃即刻就听到谈华德说："好，我马上与他们联系。"

省城有好几处看守所，关押云中桑的这个看守所位于城北靠近郊区的地方。看守所的大门在一处小山坡旁，大门非常不起眼。此时已经是春末，看守所大门外空旷的田野上一片葱绿，生机盎然。沈跃进入看守所，可在里面看到的却是四面高墙围裹起的一片万籁俱寂的狭小天地，心中顿时感到无比压抑。

看守所的警察走出来，对沈跃和康如心说："他说他不想见任何人。"

沈跃看着眼前的这位警察，缓缓说道："我必须见到他，这不是他愿不愿意的事情。"

康如心在旁边说道："我们是为了调查一起重大案件而来，并不是来看望他的。"

警察转身进去了，不一会儿后，云中桑就出现在沈跃和康如心面前。那位警察站在旁边好奇地等待着接下来将要发生的一幕。

云中桑的脸色很平静，他看着沈跃，嘴角处露出一丝讥讽的表情。

沈跃朝他淡淡一笑，问道："其实，你早知道我今天会来找你，是不是？"

云中桑朝他蔑视地一笑，说道："你还真的把自己当成警察了？怎么，传讯我？"

沈跃摇头道："我没有传讯你的权力，是这位康警官传讯你，我只是协助她问你几个问题。不，一个问题就足够了。其实你早已经知道，就在最近几天，你策划的事情就会爆发出来，所以你早就预料到我今天会来找你。是这样吗？"

云中桑的脸上波澜不惊，道："我策划了什么？我自己怎么什么都不知道？"

沈跃忽然笑了，说道："我会找到证据的。不管你把证据隐藏得有多么深，我也一定会找出来的。你相信吗？"

云中桑也笑了起来，不过却是蔑视的笑容，说道："这是你的第几个问题了？"

沈跃站了起来，看着他，说了句："云博士，你太让我太失望了。"

云中桑忽然哈哈大笑起来，道："你是什么人？我让你失望？沈博士，你也太高看自己了吧。"

沈跃转身朝外边走去，却忽然听到身后的云中桑说道："我马上要从这里出去了，让你失望的应该是这件事情。"

沈跃愣了一下，却没有转身，而是快步走出了那个房间。康如心跟了上去，问道："需不需要我再去问问，这究竟是怎么回事？"

沈跃摇头道："不需要了。很显然，检察院方面没有找到他触犯法律的证据。宁永生的事情说到底只不过是他突破了职业底线，但却并没有触犯法律。"

康如心摇头道："这样的人……对了，刚才你从他的脸上看到了什么？他承认了？"

沈跃叹息道："他什么也没有承认。微表情并不能作为证据，难道不是吗？"

康如心顿时明白了，道："可是你已经确定他与这起群体性事件有关系了，是吧？"

沈跃说道："所以，我需要证据。"

两人刚刚从看守所出来就接到了侯小君打来的电话："沈博士，网上出现了对你非常不利的消息，我已经发到你手机上了，你看看。"

手机上有一个链接，沈跃打开后脸色一下子就变了。康如心瞄了一眼，只见那篇文章的题目是，留美心理学博士的做人底线呢？下面的内容是对沈跃基本情况的介绍，然后谈到沈跃在阚四通案件中的作用，最后就说到沈跃与谈华德公司广告合作的事情。整篇文章洋洋洒洒近万字，其中揭示了沈跃将心理学应用于商业广告的实质就是心理暗示，并猜测沈跃从中渔利数百万之巨。

康如心越看越感到心惊胆战，其中真正让她感到恐惧的是，这篇文章中所讲述的大部分内容都是事实，而并非捕风捉影，虽然她也明显感到有什么地方不对劲，但却又一时间说不出来。她满眼担忧地看着沈跃，发现他的脸色一片阴郁，只得无奈地问道："怎么办？"

沈跃长长地叹息了一声，摇头道："不知道。这篇文章的作者绝不是普通人，此人的心理学造诣非常深厚，整篇文章给人以非常客观真实的感觉，但是背后却隐藏着极其厉害的杀着，这完全是要将我置于死地啊！"

康如心也隐隐觉得不安，但却并不明白其中关窍，问道："你为什么这样说？"

沈跃道："其实所有广告的实质都是心理暗示，但我是心理学家，而且运用的确实也是心理学上专业的心理暗示手法，这一点一旦被点明了就会让我成为邪恶的代名词。而这篇文章更厉害的地方还不仅仅在于此，作者还通过我参与阚四通车祸案调查的事情向市民透露出一个关键性的信息，那就是，我与警方的关系非同一般。你想想，现在发生了这么大的事情，如果警方出面袒护我的话，矛盾岂不是会进一步被激化？"说到这里，他忽然想起一件事情来，脸色大变，道："不好，康德28号那地方说不定会受到冲击。"

此时的康如心脑子里面也是一团乱麻，忽如而至的这些事情让她搞不清楚究竟是怎么回事。不过她一听沈跃这话，顿觉心头一惊，急忙道："我这就给龙总队打电话。"

沈跃却摇头道："事情的发展不会这么快，我们直接去他那里好了。"

疾控中心的报告已经摆放在龙华闽面前，眼前的这份报告显示，除了最开始发病的那十几个人确实是因为食品中毒发病外，后面接踵而至的众多病人并未检查出具体的病因。这个结果让龙华闽更加坚信了沈跃的判断，不过他心里十分不解：云中桑为什么要那样做？他可是留日的博士，难道不知道以身试法的严重后果？

当沈跃和康如心进入办公室的时候，龙华闽一下子就从两人凝重的脸色中感觉到了问题的严重性，赶忙问道："你去见过云中桑了？情况怎么样？"

沈跃似乎不大在意他的这个问题，道："应该是他，可是我没有证据。现在最大的麻烦是，可能你们不得不拘捕我了。"

他的话让龙华闽大吃一惊，就连旁边的康如心也被吓了一跳。康如心道："你又没有触犯法律，为什么要拘捕你？"

沈跃叹息道："民意汹汹，为了安抚市民，给市民一个说法，或许只能这样。"

龙华闽感到莫名其妙，抬起手来一阵晃动，道："等等，你们在说什么？"

沈跃将手机递到他面前，道："龙警官，你看看吧。我想，省政府马上就会给你们做出指示的。"

龙华闽接过手机，看着文章，眉头一点点拧了起来。看完后他也感到后背发凉，道："厉害啊。可是，云中桑还在看守所呢，这是谁干的？"

沈跃道："如果这起群体性事件真的是云中桑策划的，即使他人在看守所里，要做到这些也不难。因为他确实是一位非常优秀的心理学家，而且他的催眠术已经达到了炉火纯青的地步。"

龙华闽诧异地问道："如果？什么意思？"

沈跃道："这件事情我也很奇怪，因为我并没有从他脸上看到非常肯定的答案。我想，也许他早就开始策划这件事情了，而且他这起事件策划得非常严密，目的当然是为了保护他自己。这其实也可以解释为什么这起群体性事件只是局限在省城内部，因为他的目的仅仅是为了针对我，这样的范围已经足够了。"

龙华闽忽然道："等等……我不大明白，他为什么只是将这起事件局限在省城？事件越大不是对你造成的影响越大吗？"

沈跃反问道："万一他失败了呢？要知道，他可是知道我在心理学方面的能力的。很显然，他还没有做好面对最坏后果的准备。他自认为能够从这起事件中全身而退，在事前他必定评估过自己的能力。他是一个孝子，而且说实话，无论是云中桑还是我，要想通过心理暗示的方式将一起群体性事件蔓延到全国范围内都是非常困难的。心理暗示的作用就如同一场洪水，开始的时候气势汹汹，经过之处排山倒海，但能量却很容易因为被稀释而衰减，所以在相对较小的范围内造成巨大的影响才是最好的选择。"

沈跃的话里包含着好几种逻辑，虽然他没有一一去解释，不过龙华闽还是听懂了。他问道："好吧，也许你的分析是正确的，那么，作为一个正被关押在看守所的人，他是如何做到这一切的？"

沈跃道："很简单，心理暗示可以预先设置时间。比如，他可以在几个月前通过一篇文章开始传播。他可以在文章里设置心理暗示性词语，告诉人们某个时间点将会爆发食物中毒性事件。这就如同多米诺骨牌的原理一样，只需要一个起始能量源就可以了，而这起事件中的起始能量源就是最开始真正中毒的那十几个人。"说到这里，他看了一眼龙华闽面前的手机，道："至于这篇文章究竟是谁发布的，现在我还不清楚，但这篇文章绝对是专业人士的杰作。龙警官应该也已经发现了，文中的内容对群众心理的把握非常精准，这绝不是普通人能够写得出来的。"

龙华闽皱着眉头，道："也许这篇文章就是突破口……"

沈跃却摇头道："不会那么简单。如果我是云中桑的话，绝不会如此轻易地给对手留下破绽。"

龙华闽忽然笑了起来，说道："但是他有弱点，致命的弱点。比如，他并不了解我们，以为我们会因为他制造的群体性事件而被舆论所左右。他错了，作为公安机关，我们只能依法办事，如果我们真的屈从民意将你抓起来，那就上了他的当了。小沈，你不用担心，即使是面对再大的压力，我们也一定会顶住的。"

可是沈跃却摇头道："不，我必须要进去。无论是为了安抚民众情绪还是为了麻痹云中桑，我都必须进去。对了，云中桑被放出来了没有？如果还没有，那就尽快把他放出去。说实话，我并不认为自己真的就比他高明多少，或许只有在他松懈的状态下我才会有机会赢他。"

龙华闽想了想，道："这样吧，等我向上面请示之后再说。"

沈跃又道："还有一件事情，康德 28 号千万不能因为这件事情受到冲击，里面的设备更不能因此受到一丁点的损坏。"

龙华闽皱眉问道："你的意思是……不会吧？"

沈跃正色道："在失去理智的情况下，民众的情绪是很容易被煽动起来的。这也是心理暗示的力量。"

再次来到谈华德的办公室，看着他满脸疲惫的样子，沈跃问道："都处理好了？"

谈华德点头道："央视在这边有记者站，他们也一并来采访了，还去拍摄了我们的生产线和库房。"

沈跃微微一笑，说道："谈老板，这是好事情，说不定这起严重的群体性事件反而给你们公司带来了一个巨大的发展机会。我一直都讲，这个世界是公平的，只要你们的产品质量有保证，并且公司能够在面对问题的时候勇于担当，那么这次的重大危机说不定也会变成转机。"

谈华德疑惑地问道："真的？"

沈跃点头道："谈老板，你是被眼前的困难遮住了对商业的敏感。你静下来好好想想就明白了，不过前提是你的公司本身没有任何问题。"

谈华德道："这一点现在我已经基本上可以保证了。你给我打过电话后我就一直在分析可能出现问题的环节，也仔细查看过流水线和库房的各类记录，都没有发现任何问题。"

沈跃道："那就好。谈老板，这件事情是因我而起，其实这次我是特地来向你道歉的。"

谈华德很不解，问道："沈博士，你怎么老是把这件事情往自己身上扯？"

沈跃苦笑道："谈老板，实话对你讲吧，现在我完全有理由相信这起事件是针对我有意策划的，这是另一位心理学家的手笔。"

谈华德顿时骇然，道："我就说嘛，怎么可能莫名其妙地发生这样的事情，太可怕了！原来心理学这东西的破坏性这么大。沈博士，有些事情你不用讲了，我明白你的想法。我谈华德不是不良商人，更不会因此责怪你。相反，我应该好好感谢你才是，如果不是你的及时提醒，说不定我真的就做了傻事了。你说得对，在遇到这种事情的时候，我们绝不能推卸责任，我们应该有最起码的担当。"

沈跃道："这件事情你要采取积极的态度去面对，光是勇于担当还不够，你要充分利用政府和媒体的力量。"

谈华德一下子坐直了身体，真诚地说道："沈博士，请你多指教。"

沈跃并没有要谦虚的意思，一边思索着一边说道："这说到底就是危机公关。所谓危机公关就是在危机忽然出现后如何去规避、控制、解决危机，然而我觉得这还远远不够，危机公关的高手应该做到如何将不利因素转化为有利因素，而要做到这一点就必须充分了解危机形成后各方面群众的心理状态。谈老板，你这人很有担当，很有责任感，这给这次的危机公关打下了一个最好的基础。如今央视也已经来采访过了，他们已经看到了你对待这起群体性事件的良好态度，同时也去调查了你们的生产线和产品管理的情况，在这样的情况下，这次危机就反而对你和你的企业有利了。不过这还并不是最关键的……"

谈华德急忙问道："那么，最关键的是什么呢？"

沈跃回答道："目前最关键的是政府的态度。现在我一直在想这样一个问题，这起群体性事件的影响如此之大，无论是从维稳还是从地方经济发展的角度来讲，政府或许更希望背后的真相就是我得出的那个结论。"

谈华德想了想，长长地舒了一口气，说道："你说得没错。"

沈跃朝他摆手，道："你还是没有明白我的意思，我的意思是现在你要做的是去说服政府，让他们引导媒体澄清这起事件，从侧面上说也就是在大力宣传你的企业，这样才能够真正做到将目前的危机转化成对你有利的因素。"

谈华德疑惑道："他们会那样做吗？"

沈跃毫不犹豫地点头道："会的。刚才我已经从政府对待这起群体性事件的心态上为你做了分析，接下来就要看你面对政府的公关能力了。媒体是政府的喉舌，政府的工作做通了，媒体当然就会朝着政府引导的方向报道这起事件。谈老板，以你目前的成就，像这样的公关对你来讲并不难吧？"

谈华德依然心存疑虑，道："可是……"

沈跃淡淡地说道："政府最想看到的无外乎是两个结果。第一，这起群体性事件不是因为他们的失职或者渎职造成的；第二，企业没有推卸责任的言行。到现在为止，这两个方面你们都没有出现任何问题，接下来就是政府行使他们职责的时候了。当然，政府的压力依然是非常大的，不过这个压力已经转移到了警方。谈老板，你还需要我进一步解释吗？"

此时谈华德已经豁然开朗，不禁哈哈大笑起来。

康如心在旁边默默地听着两个人的对话，顿时被他们感动了。自从经历过那次沈跃和谈华德在江边的谈话后，康如心已经习惯在二人面前做配角，不过此刻她的心情和以往已经完全不同，现在她是心甘情愿的。此时，她对沈跃的感情更加强烈了，她能够真切地感觉到，是沈跃的人格魅力影响了这位谈老板。

沈跃也感到很欣慰。由于媒体的及时宣传报道，再加上医院针对性的心理暗示治疗，这起群体性事件很快就平息了下来。谈华德兑现了他的诺言，支付了病人治疗的相关费用，正如沈跃预料的那样，所有费用加起来也不过区区两百多万。病人虽多，不过医生给大多数病人使用的都是生理盐水和葡萄糖，虽然其中有些病人趁机做了全身体检，但谈华德也并没有去斤斤计较。

央视在报道这起群体性事件的时候主要是以正面引导为主，因为这起事件确实不是企业的责任，而且省政府已经知道了这起事件背后的真正缘由，所以也很快与央视方面进行了有效沟通。央视的影响力还是非常巨大的，这起群体性事件最终的受益者反倒成了谈华德的这家企业。

省公安厅厅长亲自接见了沈跃，厅长问他道："沈博士，这次的事件能够很快得到控制，其中最根本的原因是什么？"

沈跃回答道："民众有知道真相的权利，企业应该有最起码的担当。如果政府一味地封锁消息，或者企业从一开始就推卸责任的话，事态反而会很快扩大，变得严重。其实任何一起群体性事件都一样，让民众知道真相，然后进行有效的疏导，这才是解决问题的最好办法。"

厅长叹息道："是啊，这么简单的道理，可惜我们当中有些人却偏偏不懂得。沈博士，进看守所的事情，你真的决定了？"

沈跃点头道："事态虽然初步平息了下来，但民众对谈华德、对我的愤怒情绪却并没得到有效控制。这也是没有办法的办法，除非我们能够尽快寻找到云中桑操控这起事件的证据，否则很难办。但云中桑可不是一般人，要想寻找到有效证据，估计并不容易。"

厅长凝目问道："他真的有那么厉害？"

沈跃点头道："他是我所认识的心理学家中最有天分的一位，而且我完全有理由相信，他策划这起群体性事件完全是为了针对我，并且早已开始了精心预谋。"

厅长即刻问龙华闽："为什么不马上提审这个人？"

龙华闽苦笑着回答："这个问题还是让沈博士回答吧。"

沈跃道："云中桑是一位非常优秀的心理学家，任何形式的审讯对他都是无效的。虽然我在向他提问的过程中能够看出他脸上的微表情，但那并不能作为指控他的证据，这一点二位警官应该明白。所以除非是有足够充分的铁证摆在他面前，否则我们拿他一点办法也没有。"

厅长点头道："那，你准备从什么地方入手调查？"

沈跃想了想，回答道："这起群体性事件的开始是真正的食物中毒，你们知道，小范围的食物中毒是不足以引起这么大范围的群体性事件的，除非其中还有心理暗示的因素存在。所以，调查那些有问题的饮料来源，以及寻找出云中桑是通过什么方式制造出如此广泛又强大的心理暗示源头的，这才是关键。"

厅长皱眉道："可是，你进了看守所，怎么去调查这起案件？"

沈跃摇头道："我说了，云中桑不是普通人，要查找到他留下的线索非常困难。我想，他采用的方式必定非同寻常、出人意料，甚至可能是匪夷所思，所以我们也只能采取让他意想不到的方式了。其实，我只不过是把办公室搬到看守所里罢了。"

厅长思索了片刻，道："好吧，那就委屈你了。对了沈博士，这个云中桑不是也在看守所吗，难道他在里面也可以操纵这起群体性事件？"

沈跃道："他在里面操纵事件的可能性很小，除非是看守所的管理人员有问题，不过我觉得那样的可能性不大。群体性事件一旦发生就很容易暴露，警方要找到证据也相对比较容易，这不是云中桑做事情的方式。我认为最大的可能性就是他早就设置好了心理暗示的时间点，也就是说，市民早就受到了心理暗示。比如，可以在一个月前在报纸上发布一篇文章，在文章中植入心理暗示的内容，心理暗示的内容里面包含某月某日、某种饮料会对人的身体造成什么什么伤害这样的字眼儿，对于一个天才心理学家来讲，要做到这一点并不难。其实，在我给谈华德做产品策划的时候也使用了这样的方式，只不过我是在其中植入了时尚、味道不错之类的心理暗示词语罢了。"

虽然厅长和龙华闽都知道心理暗示的作用，但是却想不到这门学科居然还可以如此应用，不由得就想起这次群体性事件所波及的范围，以及那几款饮料忽然间的异军突起，心中顿时产生出一种毛骨悚然之感。厅长趁机对沈跃说道："沈博士，社会在发展，时代在变迁，如今的犯罪越来越高智商、新型化，其中心理犯罪所占的比例也是逐年在增加，我们特别希望你能够加入到我们公安队伍当中，包括你的心理研究所，这样一来，你也就更加师出有名，调查案件的效率也会更高一些。这件事情你是不是可以考虑一下？"

沈跃笑着问道："如果真是那样的话，心理研究所下面的心理咨询和治疗中心还可以继续存在吗？心理学应用的其他技术还可以正常开展下去吗？"

厅长想了想，回答道："我们可以按照预算给你们拨款。不过心理咨询和治疗是医院的业务，心理学的其他应用技术似乎也没有必要继续开展了。可这样不是更好吗？如此一来你就可以集中精力做好案件的调查工作，这也是我们非常需要的。"

沈跃摇头道："案件的调查主要还是你们警方的工作，说实话，我的能力也非常有限，并不是什么类型的案件都可以解决，毕竟大案要案发生的概率并不大，一旦发生后我肯定会配合你们去调查的，这对你们的工作并不影响。而且我最大的理想就是在民众中普及心理咨询和治疗知识，这是我绝对不愿意放弃的。"

厅长叹息了一声，道："好吧，我尊重你的意见。"

从厅长的办公室出去后，龙华闽拍了拍沈跃的肩膀，道："你呀，居然连厅长的面子都不给。"

沈跃正色道："这不是面子的问题！"

龙华闽知道他是一个什么样的人，也拿他没办法，拍了拍他的肩膀说道："还是让曾英杰随时听你调用吧，他是你用习惯了的人。"

11 催眠术

杜岩是某事业单位的办事员，从大学时代起就喜欢玩游戏，靠年年补考终于拿到了毕业文凭，后来通过父母的关系进了一家单位，如今二十五岁了还没谈恋爱，天天晚上泡在游戏厅里玩得不亦乐乎。也不知道是从哪一天开始，他忽然就喜欢上了那款咖啡饮料，每次喝完后都觉得精神百倍，而且将那样的饮料瓶放在桌上也让他觉得非常有面儿。如今很多年轻人都喜欢上了这款饮料。这天晚上，他习惯性地去买了一瓶咖啡饮料后进入游戏厅，继续玩平时玩的那款闯关游戏，可一个小时后忽然感到肚子里面咕咕作响，于是急忙跑进厕所，呕吐、腹泻竟然同时发作。

当附近一家医院的救护车赶到时，游戏厅里面竟然有十几个人出现了同样症状，其他玩游戏的人很快就发现这些出现相同症状的人桌上都放着同一款饮料。有人将这件事情发到了网上，接下来在当天晚上和第二天上午，医院里就出现了大量呕吐和腹泻的病人。

和杜岩一起被送到医院的那十几个人都被诊断为急性肠炎，并很快就确定为沙门氏杆菌感染。医院在第一时间将此事通报给疾控中心，疾控中心的工作人员在那些饮料瓶中发现了大量的沙门氏杆菌，而且卫生部门已经查清楚了，这家游戏厅里那十几个人喝的那一款饮料全部是假货。

奇怪的是，除了杜岩他们那一批病人之外，后来在各大医院发现的众多病人中，只有极少数病人的粪便检测结果中有沙门氏杆菌感染的迹象，大部分人的检测显示结果均为正常。这也是疾控中心后来赞同沈跃那个判断的根本原因，因为作为群体性事件，少数人的情况是不具备统计学意义的。

不过沈跃却敏锐地发现了这起事件的源头，所以在他进看守所之前就吩咐曾英杰到杜岩发病那晚所在的那家游戏厅去了一趟。游戏厅的老板叫王荣，是一名中年男人，个子不高，精瘦。曾英杰发现这家游戏厅的规模不小，同时还注意到这个叫王荣的老板眼圈有些青乌，估计是长期熬夜的缘故。

曾英杰看了他好几眼，问道："疾控中心的人肯定询问过你饮料来源的问题了，你告诉他们说，饮料是从正规渠道进的货，我说得没错吧？"

王荣没想到他会以这样直接的方式开始询问自己，只能点头道："我说的是实话。"

曾英杰皱眉问道："疾控中心的工作人员在询问你之后又做了些什么？"

王荣道："他们后来去看了我们进的货，然后拿走了一些饮料去化验。"

曾英杰有些诧异，问道："就这样？"

王荣点头。

曾英杰又问："那批货的包装那么粗糙，难道你就没有发现是假的？"

王荣不说话。

此时，曾英杰的目光再次注意到王荣那双青乌的眼，心里一动，问道："你经常熬夜？"

王荣不好意思道："我喜欢玩游戏，玩起来就停不住。"

曾英杰神色一凝，问道："那你这游戏厅究竟是谁在管理？"

王荣这才不得不如实回答："有时候是我，不过大多时候是我老婆在管。"

曾英杰顿时明白了，指着货架问道："这些饮料、方便面呢，是谁负责进货？"

王荣道："都是批发商送过来的，我老婆负责收货。我们进的货都是从正规渠道来的。"

曾英杰看着他，问道："你老婆呢？"

王荣苦笑道："她不也是因为喝了一罐那种饮料，结果上吐下泻，刚刚从医院出来吗？她在家里休息呢。"

曾英杰即刻道："我有几个问题要问她，你带我们去你家吧。"

王荣为难道："那，这里怎么办？"

像游戏厅这样的场所，虽然请了一些人在帮忙服务，但收钱的事却只能是老板亲力亲为。曾英杰说道："那这样吧，你把你家的地址给我，我们自己去找她。"

王荣满脸犹豫地说："这个……"

曾英杰严肃地对他说："你十分清楚我们为什么来找你，这次发生的事情非同小可，而整个事件可是从你们这家游戏厅开始的，你和你妻子必须配合我们的调查，这其中的利害关系不需要我再多说什么了吧。"

王荣满脸惊恐，想了想，道："你们等一会儿，我把门关了和你们一起去我家。"

王荣的家在一处高档小区里面，跃层户型，装修得非常漂亮。曾英杰想不到开游戏厅竟然如此赚钱。王荣的妻子叫程惠，看上去发福得厉害，和矮瘦的丈夫站在一起时显得有些滑稽。

曾英杰直接问她，道："那几款饮料是从什么地方进的货？"

"饮料公司的批发点啊，自从最开始和他们谈好价格后，一直都是他们送的货。"

"难道你就没有发现那些货是假的？每次都是你在进货，这次的包装却那么粗糙，你不会看不出来吧？"

"假的？怎么可能？"

曾英杰愣了一下，再次问道："你真的认为那些货是真的？"

"是啊，都是真的。"

她好像没有说谎，这件事情很奇怪。曾英杰又问道："送货的都是同一个人？"

"前段时间是同一个人，最近这次换了一个。"

"哦？他们最近一次送货是什么时候？你没问他们为什么换人？"

"就前几天。那人来送货，说最近公司生产忙不过来，所以提前送了一批货过来。我们游戏厅每个月进货量比较大，批发点对我们比较照顾，这很正常。我当时倒是问了那个人，我说为什么不是小刘送货了，那个人说批发点最近太忙了，所有人都在外面送货，他是顺路过来的，听他这么说我也就没再多问了。"

"那个人的样子你还记得吗？"

"大致有点印象。"

曾英杰问到这里，也就基本上明白是怎么回事了，又对王荣说道："你给批发点打个电话，问问他们前两天是不是有人来给你们送过货。"

这下王荣夫妻也大致明白问题出在什么地方了，二人同时发问："难道那个人是假冒的？"

曾英杰道："你打个电话问了不就清楚了？"

程惠急忙从手机上找出电话号码，开始拨打，问了两句后脸色马上就变了，喃喃自语道："怎么会这样？"

曾英杰即刻给彭庄打了个电话："你马上过来一趟。"

根据程惠的描述，彭庄很快就画出了画像。曾英杰问道："是这个人吗？"

程惠满脸惊奇地看着彭庄，问道："你见过这个人？怎么画得这么像？"

曾英杰和彭庄很快就到了那家批发点，曾英杰将那张画像拿出来让这个地方的负责人辨认，想不到负责人一看就认出了画像上的人："这不是我们库房的小周吗？"

曾英杰想不到事情这么顺利，急忙就问："他来上班没？"

负责人回答道："在啊，他刚才还在我面前晃悠呢。要不要我马上把他叫来？"

曾英杰突然有一种不太好的预感，不过还是点了点头。

负责人所说的小周不一会儿就出现在曾英杰面前，曾英杰发现他真的和画像上的人十分相像。曾英杰问道："有人指认你在四天前的某个时候去一家游戏厅送过货，对此你不会否认吧。"

小周惊讶地说道："怎么可能？那会儿我正在库房上班，怎么可能去送货？"这时候他忽然想起了什么似的，对负责人道："四天前是星期五，刚才他说的那个时间我不是正在你的办公室里吗？"

负责人想了想，道："对呀，你这样一说我倒是想起来了。"

曾英杰问道："四天前的事情，你们怎么会记得这么清楚？"

小周道："那天发工资啊。当时在他办公室领工资的可不只我一个人，很多人都可以作证的。"

负责人想了想，道："好像还真是这样。警察同志，你们搞错了吧？"

曾英杰顿时觉得头都大了，不过为了慎重起见，他还是打电话把程惠叫了过来。程惠一见到小周就说道："就是他，那天来送货的就是他。"

小周顿时紧张起来，道："大姐，你可得看清楚啊，你说的那个人真的是我吗？"

程惠顿时露出了惊讶的表情，道："咦？声音好像不对。我想起来了，他的个子好像比你要高些。这，这究竟是怎么回事？"

此时，曾英杰基本上可以肯定确实是程惠搞错了，于是就问小周："你有孪生兄弟没有？"

"没有。我父母就我这么一个儿子。"

"你认识的人当中，有和你长得比较像的吗？"

"好像也没有。"

"最近你喝醉过没有？"

"我一杯啤酒就醉，所以从来不喝酒。"

"你认识医学院，或者医院的人吗？"

"认识，不过关系很一般。"

"哦？他们最近与你有过联系吗？"

"我说了，我们只是认识，以前通过朋友的关系去麻烦过他们，人家根本就没有把我当成是朋友，我起码有一两年没去找过人家了。"

这下曾英杰彻底没辙了。他本来怀疑是这个人在喝醉后被人做了脸模，可是对方的回答却让他所有的希望都落了空。难道程惠是撞了鬼了？！

云中桑从看守所出来了，沈跃却在第二天被"抓"了进去。警方在有意无意间将这件事情透露了出去。不过沈跃的母亲并不知道此事，曾英杰告诉她说沈跃去外地出差了。幸好老太太从来不上网。

不过外边的人并不知道的是，沈跃在看守所里面住的是单间，那里成了他临时的办公室，办公家具、电脑等设备一应俱全，还有警察专门照顾他的饮食起居。

沈跃听完了曾英杰讲述的情况后沉思了片刻，说道："我大致明白云中桑的意图了。嗯，这应该才是正确的思路。"

曾英杰觉得莫名其妙，问道："你的意思是？"

沈跃道："云中桑是在给我出题，让我去破解。他是一个非常骄傲自信的人，通过舆论让我名声扫地只是他的第一步，但绝不是他的最终目的。从专业上彻底击败我并让我名声扫地才是他应该采取的方式。嗯，这才完全符合云中桑的性格特征，他要让自己永远躲在背后，同时还试图将警方的视线引向谈华德的公司。当然，他的最终目的还是在针对我。"

曾英杰还是不明白："题目？什么意思？"

沈跃道："云中桑最擅长的是催眠术，我想他的题目必定与此有关。你说，程惠为什么会那么肯定那些货就是真的？还有，她描述出来的人为什么会是那个小周？可是分明又有人证明小周当时正在领工资，这是不是太奇怪了？"

这下曾英杰似乎有些明白了，问道："你的意思是说，程惠是被人催眠了？但是，那时候云中桑可是在看守所里啊，他怎么去催眠她？还有，那家批发点有那么多人，为什么程惠的记忆中认定的偏偏就是那个小周？"

沈跃点头道："你说的这些确实都是需要我们去搞清楚的问题，不过这些都不重要，现在最重要的是必须验证我的猜测究竟对不对。"

曾英杰问道："如何验证？"

沈跃道："你悄悄将程惠送到这里，接下来就是我的事情了。对了，到时候你把彭庄一并叫来。"

按照沈跃的吩咐，侯小君和匡无为这两天一直在网上搜索与谈华德公司有关的所有文章，时间跨度是从沈跃接手谈华德公司的广告策划后到现今为止。他们每天都将搜索到的结果发到沈跃的邮箱，而身处看守所的沈跃这两天都在阅读他们发过来的这些内容。

由于谈华德非常注重产品的宣传，再加上消费者对那几款饮料的追捧，网上的相关内容非常多，其中的工作量有多大是可想而知的。不过沈跃本身是一个能够随时静得下来的人，况且作为心理学家，他更懂得随时调适自己的情绪，因此尽管心头偶尔会涌腾起烦躁感，但他还是能够很快静下心来，认真研究眼前的文章和帖子。

曾英杰离开后不久，一位警察进来对他说道："云中桑来了，他说想要见你。"

沈跃顿时笑了起来，说道："他终于来了。你怎么对他讲的？"

警察回答道："按照你的吩咐，我告诉他说你不一定会见他，因为你进来之后心情就一直不好。"

沈跃点头道："太好了。好吧，那我去见见他。"

这位警察当然知道内情，不解地问道："沈博士，难道你就不假装一下，说拒绝见他？"

沈跃道："那就不是我了，云中桑会怀疑的。"

警察不明白他的意思，不过也没再多问。

在进入看守所之前，龙华闽给沈跃提供了一份云中桑的个人资料。那份资料的内容非常详尽，其中包括了云中桑父母以及云中桑其他主要社会关系的大致情况，甚至还囊括了他的政治倾向、个人情感经历等等。

那是一份非常完整的人生履历，沈跃看完后顿时感到后背发凉。

云中桑的父亲云文龙毕业于日本早稻田大学，是一位经济学博士，回国后在一所大学任教，后来进入政坛，两年后因收受巨额贿赂被调查。云文龙在此期间自杀身亡，当时云中桑正就读于国内某知名大学。

父亲的死亡似乎并没有影响到云中桑的学业，大学毕业后他远赴日本留学，在日本拿到心理学博士学位后曾就职于东京的一家心理学研究机构，并与一位日本女人结婚，一年后与妻子离婚，然后回国。沈跃注意到，在云中桑离婚原因那一栏里面写着：其妻子家族是日本右翼。在云中桑回国原因那一栏写着：母亲不愿移民。

沈跃看完了云中桑的个人资料后抬起头来问龙华闽："你是不是曾经去争取过他？因为他的政治倾向？"

龙华闽点头道："是的。不过这只是其中的一个原因，另外还因为他的孝道。可惜他不愿意见我。"

沈跃问道："什么时候的事情？"

龙华闽回答道："阚四通的案子结案之后。"

沈跃叹息道："现在，我大致明白他反社会人格形成的原因了。"

龙华闽神色一凝，问道："反社会人格？"

沈跃点头道："是的。会策划出这么大的群体性事件，这就已经说明他具有反社会人格了。一般来讲，反社会人格往往与父母自身文化、家庭经济情况，以及家庭婚姻状况息息相关，由此造成其人格特征明显偏离正常。具有反社会人格的人往往在童年或者青少年时期就开始出现问题，并长期持续发展至成年或伴随终生。情绪不稳定、高度利己主义是反社会人格的主要特点，像这样的人往往没有羞惭感，而且具有高度的攻击性。"

龙华闽又问道："那么，你认为云中桑形成反社会人格的主要原因是什么呢？"

沈跃道："因为他父亲的事情。这个问题说起来比较复杂。国家希望官员的素质能够得到普遍提升，于是知识分子也开始热衷于从政，前些年博士、硕士从政的人就不少，即使在一些高校里面，真正搞学问的人也并不多了。这与我们国家的文化传承有关，学而优则仕嘛。可是知识分子从政有一个致命的弱点，那就是他们为人太过纯粹。我在大学的时候学的是医科，有一个老师给我们讲过一个非常经典的病例。一位女医生生下孩子后天天用酒精给孩子擦拭皮肤消毒，她害怕孩子被感染上细菌和病毒，结果那个孩子还不到一岁就死了，因为孩子根本就没有产生出自我免疫力。其实云中桑的父亲也是一样，一个长期生活、工作在高校里面的学者，当他忽然面对各种诱惑的时候，抵御力几乎为零，所以会出事情也就在所难免了。而知识分子骨子里面的自尊又只能让他选择以结束自己生命的方式去逃避耻辱，所以就造成了悲剧。然而云中桑不会那样去思考这个问题，因为那是他的父亲，他只能将所有责任都归咎于这个社会，以及这个社会的体制，他会认为是这个社会的体制害了他的父亲，也正因为如此，他才对警方采取敬而远之的态度，甚至还产生出痛恨社会的心理。其实他并不想回国，虽然他反对日本右翼的言行，但婚姻的失败和对母亲的孝道让他不得不回到这个国家。所以他的内心是矛盾的，而这样的矛盾也就加重了他反社会人格的形成。"

龙华闽看着他，问道："那么，你不愿意进入我们的体制又是因为什么呢？"

沈跃淡淡一笑，道："我可没有反社会人格，我只是崇尚自由，不愿被体制约束。"

"……"

此时，当云中桑出现在沈跃面前时，那份资料上的内容极其自然地在沈跃的脑海中浮现出来。沈跃当然知道他为何而来，这本来也在沈跃的预料之中。

云中桑远远地看着沈跃发笑，当沈跃走近后，他如此说道："我以为你会拒绝来见我呢。"

沈跃也笑了起来，说道："我不是你，所以我不会拒绝你。而且从我进来的那一刻就知道你会来的，一定会来的。"

云中桑的脸色变了一下，不过马上又堆起了笑容，说道："你这样的方式激怒不了我，我知道，你在我面前的优越感都是装出来的。沈博士，我好像对你说过吧，有一天我们还会在这里见面的，只不过到时候是我来看你。你看，我说对了吧？世事无常啊，这才几天，我的预言竟然真的应验了。"

沈跃淡淡地说道："我和你一样，要不了多久就会从这里出去的。不过我们两个人的情况完全不同，我是真的没有触犯法律。"

云中桑看着满脸疲惫的沈跃，笑道："我本以为警方会帮你的，看来你也只不过是他们的工具罢了，随时都可能被舍弃。"

沈跃摇头道："虽然我给谈华德策划广告的事情并未触犯法律，但我当时确实有考虑不周的地方，所以我愿意接受警方的任何调查。"

云中桑的眼神中闪过一丝狐疑，不过脸上依然带着笑容，说道："沈博士，现在我们二人可是同病相怜了，你从这里出去后我们倒是可以合作了。"

他脸上细微的表情变化当然不可能逃过沈跃的眼睛，沈跃笑道："现在我们不可能合作了，因为你在我的眼里已经是一个触犯了法律的人。当然，我们合作的机会也不是完全没有，只要你去向警方自首，当你今后从监狱里面出来时，我倒是可以考虑是否能够与你合作。"

云中桑哈哈大笑，道："沈博士，你错了，我没有触犯法律。今天我只是好心来看你，就如同你当时到这里来的目的一样。其实我知道，警方并没有真正拘留你，这只不过是你和警方演的一出双簧罢了。沈博士，其实你很低能，你这样做的结果只会让你的荣誉受到进一步的损害，这完全没有必要。"

沈跃淡淡地回道："没有谁会拿自己的荣誉开玩笑，你的这个想法很可笑。"

云中桑看着他，道："哦？如此说来我的判断好像错了？对了，网上关于你的那篇文章写得不错，今天我又重新读了一遍。不过我发现那篇文章似乎有意留下了一个漏洞，居然没有将你的心理研究所所在的位置写出来，不知道作者是不是有意而为呢？"

沈跃神色一凝，道："康德28号可是警方的资产，里面的设备有一半也是警方的投入，如果那地方真的遭到了攻击，你的罪过可就大多了。制造群体性事件是你一个人在犯罪，攻击警方可是让更多的人去触犯法律。云博士，你是个孝子，你应该多去想想别人的母亲。"

云中桑的脸色变了一下，转身就朝外边走。沈跃顿时松了一口气。云中桑有那样的反应，这说明自己刚才的话已经触动了他，由此也可以说明，云中桑确实是准备采用心理暗示的方式让民众去攻击康德28号的，只不过他把这件事情放在了下一步。或许，他曾经想过要用那样的方式将沈跃从精神上彻底击垮。

可是当云中桑刚刚走到门口时，却忽然转身对沈跃说："沈博士，你根本就不是我的对手，对此我感到非常遗憾。"

他的话让沈跃更加坚信自己的判断，沈跃淡淡地笑着说道："你不用遗憾，我说了，要不了多久我就可以从这里出去的。你不是已经给我出下了题目吗？你放心，我一定不会让你失望的。"

云中桑快速转身，沈跃听到他说："我不明白你在说什么。"

然而，刚才云中桑那一瞬间的脸色变化已经完全落入沈跃的视线之中，他看着那个匆匆消失在门外的背影，沉思片刻后忽然笑了起来。

回到里面那间临时办公室的时候，沈跃发现龙华闽正坐在那里，顿时明白他早已派人暗中跟踪云中桑。龙华闽笑着问道："他的心情是不是很好？"

沈跃摇头道："他今天来的目的不仅仅是要显示优越感，也不完全是为了来看我的笑话，他或许是因为心存疑虑才来的。"

龙华闽皱眉问道："他已经怀疑我们是在演双簧了？"

沈跃点头道："他肯定会怀疑的，如果换作是我也会像他那么想。这是我和他之间的博弈，他搞不清楚我目前的状况，心里难免会有些不安。其实从心理学上讲，从一开始他就输了，因为我对他的了解要多得多，而他对我却知之甚少。还有就是，他实在是太过狂妄，也太小瞧了我的能力了。现在看来，上次我去请教他并不是什么坏事，反倒让他轻视了我。龙警官，你放心，至少他暂时对我进看守所这件事情还是将信将疑，因为我刚才已经化解了他大部分的疑虑。"

龙华闽担心道："他会不会去催眠曾英杰他们？如果那样的话，我们现在所做的这一切就不再是什么秘密了。"

沈跃笑道："我建议你们马上放他出去的目的就是为了逼他再次出手，只要他再次出手，我们就有了找到他犯案证据的机会。不过他不会轻易行动的，他是一名心理学家，肯定会揣摩我们可能会采用的各种方式。不过我会逼迫他出手的，只要我一步步破解了他出给我的难题，他就没有退路了。"

龙华闽愕然问道："难题？什么难题？"

沈跃回答道："现在还不完全清楚，不过我相信一点，以云中桑的智商，我们想要拿到他犯罪的证据绝非一件简单的事情。我的想法是，那些漂浮在表面的、貌似很容易调查清楚的事情反倒应该暂时放下……不，也不能放下，应该让曾英杰他们去调查，我的主要精力应该放在云中桑给我出的题目上，而不是去寻找那些靠逻辑推理能解决的问题。"

龙华闽不解地问道："没有了逻辑，如何能够将案卷深入调查下去？这好像和你以前的方式截然相反啊？"

沈跃摇头道："不，本质上还是一样的，这说到底还是从云中桑的心理逻辑在考虑问题。我想，云中桑肯定以为我会根据我们已经掌握的线索按照事件发生的逻辑调查下去，如果我真的那样做的话，肯定就会掉入他早已设置好的陷阱里。曾英杰去调查了那个给游戏厅送货的人，结果得到的却是一个诡异的结果。所以，我绝对不能让他牵着鼻子走，必须按照我自己的思路来，难题解开了，其中的逻辑也就自然会变得清晰起来的。"

龙华闽站了起来，对沈跃说道："还是那句话，我完全相信你的能力。对了，你觉得什么时候可以从这里出去了就马上告诉我。还有，你母亲那里我已经派人暗地里保护她了，你不用担心。上次倪小云那样的事情不会再发生了，我向你保证。"

沈跃感激道："谢谢！不过我相信云中桑是不会伤害我母亲的，这个人也并不是完全没有底线。"

龙华闽正色道："我们不能过于相信一个犯罪嫌疑人所谓的底线，云中桑已经触犯了法律，他的底线早已经被他自己突破了。"

是啊，一个已经突破了底线的人，我为什么还要去相信他？想到这里，沈跃禁不住感到一阵后怕。

游戏厅的老板娘程惠被秘密带到了看守所。这个女人并不像沈跃以为的那样懦弱，她一进来就问："这里好像是看守所，我犯什么罪了？你们为什么要把我带到这里来？"

沈跃朝她微微一笑，说道："你没犯罪，我们只是怀疑你被人催眠了，所以需要你配合我们证实一件事情。这也是为了你好，如果你真的被人催眠过的话，那这就好像在你身上埋了一枚定时炸弹一样危险。不知道我这样说你能不能明白？"

程惠惊讶道："我被人催眠了？怎么可能？"

沈跃继续解释道："如果你真的被人催眠了，那么你的记忆也就很可能被人抹去了一部分，所以你觉得这件事很奇怪也就很正常了。这就好像你在做梦一样，醒来后有些梦根本就记不住，催眠的道理也是一样的。"

程惠问道："你是什么人？你要我怎么配合你们？"

自从看到了那篇关于自己的文章之后，沈跃就一直在思考一个问题：如果我是云中桑的话，究竟会采取什么样的方式来对付自己？用一篇文章将对方击垮肯定不是他的最终目的，而且云中桑应该明白，心理学家给一家企业策划广告这并不违法，最多也就是在群体性事件发生后会引发民众的不满情绪，相关部门在万不得已的情况下要暂时处理一下而已，这根本就不可能从根本上击垮对方。既然如此，那云中桑就应该还有更厉害的后着。云中桑这个人对自己的专业极其自信，他不但性格孤傲，而且最精通催眠术，所以他最可能采用的方法应该是在被催眠对象的意识中植入某些可怕的东西。特别是在云中桑来过看守所后，沈跃更加觉得这样的可能性极大。虽然当时沈跃在问云中桑的时候他快速地转过了身，但他脸上一闪而过的表情还是没能逃过沈跃凌厉的目光。

从专业上击败对方。似乎只有这样才更加符合云中桑的身份和性格。也许接下来自己和程惠将不得不一起面对一场惊涛骇浪的冒险了。

沈跃的内心警惕着，他不住地告诫自己，千万不要焦躁、冲动，不过从他的脸上却丝毫看不出这些情绪。只见他轻松地微笑着，柔声对程惠说道："我是一名心理学家，所以你不用担心和害怕什么。你请坐吧，我们随便聊聊，别紧张。"

程惠坐下了，忐忑不安地看着沈跃。被警察莫名其妙地带到了这个地方，她还能敢于去质问，这说明她有着最起码的反抗意识。而此时，她面对的是一位心理学家，或许是因为敬畏，所以心中反而有些忐忑起来。

沈跃能够理解她的心情，所以尽量让自己的表情、语言温和一些。他拿出云中桑的照片递给她，问道："你认识这个人吗？"

程惠将照片接过去，仔细看了看，摇头道："没见过。"

她的回答让沈跃基本上确定了自己的判断，因为她并没有回答说"不认识"。"没见过"，这个答案恰恰是心理暗示性语言留下的烙印。沈跃将照片拿了回来，点头道："好的，我只是随便问问。对了，你们家游戏厅的生意还不错吧？"

程惠点头，回答道："就是太辛苦了。我男人也是个游戏迷，很多时候都是我一个人在那里守着。"

"你对他没有意见？"

"他这个人爱好不多，喜欢玩游戏总比天天出去喝酒、赌博、结交不三不四的人好吧？这么多年了，都习惯了。"

"你们的孩子呢？多大了？"

程惠的脸上瞬间有了神采，提高声音答道："在外地上大学呢。我儿子特别聪明，又懂事……"她一谈起儿子的事情就没完没了，但沈跃并没有打断她，而是一直微笑着、静静地听着。后来，程惠忽然发现自己好像说得太多了，这才抱歉地说道："你看我，平时啰唆惯了。"

沈跃微微一笑，说道："没事，我们不就是在闲聊嘛。我感觉得到，你过得非常幸福，你喜欢自己的家，喜欢你的丈夫和儿子。"

"不都是这样在过嘛，我是觉得挺幸福的，我懂得知足。"

沈跃点头道："是啊，懂得知足可不是一件容易的事儿。"随即他用一种极具磁性的低沉的声音缓缓地对她说道："你是一个好妻子，好母亲。游戏厅里面的一大堆事情忙完后还要回家做饭、洗衣服，这些年来你就是这么辛苦着过来的。也许你觉得最享受的时候就是每天忙完了所有事情后坐在家里柔软的沙发上闭目养神。家里很安静，客厅里面有一束漂亮的鲜花正散发出馨香，窗外孩子们的声音慢慢远去……嗯，你太累了，确实需要好好休息一下，将自己的身体完全放松后靠在沙发上吧，这样的感觉真好，没人打扰，可以美美地做一个梦……"

房间里面除了沈跃那柔和的声音之外一片静谧，曾英杰也禁不住感到双眼发涩，昏昏沉沉地差点睡过去。这时候他忽然惊讶地发现程惠已经斜靠在沙发上睡着了，本来站在一旁的彭庄竟然也已经睡倒在地上，这才意识到刚才沈跃是在对程惠用催眠术，却想不到顺带将彭庄也给催眠了。曾英杰的心里既敬佩又骇然：想不到这样的方式也可以让人进入到催眠状态。

此时沈跃正俯着身在看程惠，先是仔细观察着她那双闭合着的眼睑，一会儿后又侧耳细听着她的呼吸，然后自顾自地点了点头，用柔和的声音问道："你回忆一下，是不是还记得我给你看的照片上的那个人。程惠，你还记得他吗？"

程惠的声音有些含混："好像……没见过。"

沈跃忽然发现程惠的呼吸不再像刚才那样平缓，于是竭力克制着想要继续将这个问题问下去的冲动，又问道："嗯，也许你是忘记了，没关系，你可以慢慢回忆。还有一件事情，那批饮料真的是最近送到游戏厅的吗？"

程惠的呼吸猛然间快速了起来，从她闭合着的眼睑处也能够看到里面的眼球在动，眉头已经皱在一起。这时她忽然发出了痛苦的声音："我，我的头好痛……我，我什么都想不起来了，想不起来了！"

沈跃心头一紧：果然如此……他不敢有丝毫松懈，即刻又用柔和的声音对她说道："没事，想不起来了就别想了。没事了，刚才你不过是在做梦，现在你正在自己的家里呢，你儿子是不是才给你打过电话？"

"是啊。"

"他有女朋友吗？"

"还没有呢，他还小。"

"嗯，不过要不了几年他就会给你带回来一个漂亮的儿媳妇了，你见了一定很高兴。"

"我高兴。"

"他一定是你的骄傲。"

"是的，他是我的骄傲。"

"你老公很爱你，你和他拥有一个温暖的家庭。"

"是的。"

"天要黑了，你听听外边孩子们的笑声。听到了吧？还有客厅的花香，闻到了吧？"

"嗯。"

"所以，你该醒来了，得马上去你们家的游戏厅了。你老公每天晚上都要玩游戏，别耽误他了。"

话音刚落，程惠的眼睛一下子就睁开了。她迷茫地看着周围的一切，疑惑地问道："我，我这是怎么了？"

沈跃朝她微微一笑，说道："没事，你刚才睡着了。"

程惠的脸一下子就红了，羞涩道："真不好意思……"忽然看到地上的彭庄，她又好奇地问道："咦，他这是怎么了？"

沈跃走到彭庄身旁蹲下，在他耳边轻声说了一句："该醒了，同学们都离校啦。"

彭庄的双眼霍然睁开，迷瞪瞪地坐了起来，道："我怎么睡着了？"

沈跃拍了拍他的肩膀，道："最近经常熬夜吧？"

彭庄依然是迷瞪瞪的状态，摸了摸自己的头，道："你怎么知道的？"

当自己的猜测得到了证实之后，沈跃反倒变得轻松起来。与此同时，他暗自庆幸自己事先做好了充分准备，没有急躁，否则的话程惠现在说不定已经出现非常糟糕的状况了。

沈跃吩咐彭庄先回去，告诉他说有事情再叫他。此时彭庄已经完全清醒过来，知道自己刚才是被催眠了，不好意思地说："对不起，我下次一定保持清醒。"

沈跃笑道："没事，这是你第一次亲身经历催眠，心里好奇，精神过于集中在我对程惠的催眠过程上面了。再加上最近你又没有休息好，所以才被催眠了，这很正常。其实还是我太着急了，以为程惠能够说出那个送货人的真实模样，想让你将那个人的样子画出来。现在看来我还是心存侥幸，对云中桑还抱着一丝期望啊。"

彭庄不大明白，问道："沈博士，你为什么会觉得上次我画的画像就不是那个人呢？云中桑虽然狡诈，但还不至于在这件事情上搞得那么复杂吧？"

沈跃愣了一下，问道："你的意思是？"

彭庄不好意思地说道："我也说不清楚。不过我觉得吧，任何一个计划，如果设计得太过复杂反倒容易露破绽，或许云中桑也会想到这一点。而且他是心理学家，计划的细节对他来讲似乎并不是最重要的。"

沈跃心里一动，问道："你的意思是说，他会更偏重于在技术层面给我出难题？"

彭庄道："我是觉得这才更符合云中桑心理学家的身份，他可是在向你挑战，这是两个心理学家的博弈。"

沈跃皱眉想了想，道："嗯，你说得很有道理，可能确实是我把事情想得太复杂了。如果我是他的话，也很可能只会从技术层面上去设置障碍，这是一个学者的自信。对，彭庄，你提醒得太好了，这才符合云中桑的身份。"此时，沈跃的心里很是欣慰，因为他需要的就是彭庄这种有着独立思考能力的人才。他对曾英杰说道："你去调查一下那个小周的情况。这件事情确实有些奇怪，而且透出一种诡异。云中桑为什么会挑选一个长得像小周的人去送货呢？"

曾英杰说道："我倒是并不觉得奇怪，云中桑知道是你给谈华德策划的那个广告，他当然会把警方的视线引向谈华德公司的产品上面。"

沈跃摇头道："我说的不是这个。你想想，那家批发点有二十多个员工，可是他为什么偏偏选择了一个长得像那个小周的人呢？随机选择的？他把小周也催眠了？甚至……不，那样做的话就更复杂了。其实也不复杂，在每一个被催眠对象的意识中植入难题让我去破解，如果其中任何一环不能破解，他作案的证据链就无法建立，这似乎才更符合云中桑的身份和性格……"

听着沈跃一个人在那里自言自语，曾英杰和彭庄二人在旁边面面相觑。这时沈跃也意识到了自己的异样，笑道："我只是猜测而已。英杰，你悄悄去把康如心接到这里来，今天晚上我还要做很多事情，需要她在一旁照顾程惠。"

　　这两天康如心的内心是忐忑的，不是因为沈跃住进了看守所，而是她已经清楚地意识到这一次沈跃所面临着的危险和困境。康如心本身就是学犯罪心理学的，虽然以前对云中桑的能力有些认识不足，但这一次群体性事件的爆发已经充分显示出了这个人巨大的破坏力，即使是她也惊恐于心理学这门学科强大的影响力。而且最为关键的是，云中桑这次是针对沈跃而发起的攻击。

　　俗话说关心则乱，当康如心面对这次汹汹而来的群体性事件时，也难免对沈跃的能力产生怀疑。因为她知道，沈跃是一个善良的人，可对方却是毫无底线而且不择手段的人。

　　当康如心进入到沈跃这间临时办公室的时候禁不住笑了起来，连她也没想到看守所里面居然会有这么温馨的地方。眼前的这间临时办公室布置得确实不错，不但有整套的办公家具，还有一张软床，地上还铺着柔软的地毯。唯一让人感到有所不足的地方就是那个书架，上面只有沈跃自己带来的几本专业书籍。

　　"我还以为你在这里面的日子很清苦呢，原来这么享受。"康如心笑着说道。

　　沈跃摇头道："你还别说，我在这里面的日子过得是真的很清苦。一直对着电脑，不能出去看看外面的阳光，不能呼吸清新的空气。当然，我还是很感谢龙警官为我所做的这一切。如心，你去和程惠说会儿话，让她尽量放松下来，一会儿我还得给她做催眠。侯小君和匡无为给我发来了这么多链接，我得一一将里面的内容看完。"

　　康如心问道："针对你的那篇文章的 IP 地址是在国外的，你觉得这是怎么回事？"

　　沈跃摇头道："现在我暂时不想去查那件事情。我已经把这部分工作交给侯小君和匡无为了，包括最近几个月来云中桑的邮件往来。其实只要仔细分析的话就不会觉得奇怪了，如果我是云中桑的话，也不可能自己亲自去操作那样的事情。这并不重要，重要的是要找到他操纵这起群体性事件的证据。"

康如心道："如果查到了云中桑与那篇文章的关系，证据不就有了？"

沈跃摇头说道："如果真的像那样简单就好了。你想想云中桑是什么人，他会那么轻易让人拿到证据吗？现在我一直在寻找那篇可以让群体受到心理暗示的文章，希望能够从中找到某些证据。不过说实话，对此我并没有抱太大希望。也许要找出那篇文章并不难，但是我想，云中桑一定会将他自己撇得很清的。不过我还是很好奇，希望尽快知道他究竟是如何操作的。"

旁边的房间也是临时布置出来的，是专门给程惠安排的，条件当然要差许多，不过起码的生活起居用具还算齐全。康如心知道这个女人的重要性，进去后就主动开始和她聊天。女人之间的话题无外乎就是穿着打扮之类的，可是康如心却发现眼前的这个女人对那些东西似乎并不感兴趣。两个人没说几句程惠就问道："我真的被人催眠了？"

康如心点头道："沈博士已经证明了这一点，而且那个人还在你的意识中植入了一些东西，所以沈博士准备用催眠的方式帮你去除掉。"

虽然程惠已经被沈跃催眠过一次，但她心里还是懵懵懂懂的，毕竟她对催眠这种东西非常陌生，此时一听康如心如此说，心里顿时感到有些害怕，连忙问道："植入？怎么植入？"

康如心对她解释道："就好像你在做梦的时候有人进入到了你的梦境，然后左右了你做梦的内容。我这样说你能不能听懂？"

程惠听懂了，很生气地问道："谁干的？我自己怎么不知道？"

康如心道："催眠你的那个人会抹去你曾经见过他的记忆，所以你就记不得了。"

程惠惊讶地说："还会有这样的事情？太可怕了。不行，我要离开这里。你们都是些什么人啊？太吓人了！"

康如心急忙道："你听我解释……"

程惠忽然激动起来，大声道："那个警察说是让我来协助你们调查案子的，我并没有犯罪！我不配合你们了，这样下去我会被你们搞成废人的，你们马上放我出去！"

康如心这才意识到自己犯下了大错。她不是这方面的专业人员，本不该去对她解释这样的事情，现在事情变成这样，顿时后悔不已，急忙道："你别急，我看这样，让沈博士来给你解释好不好？如果他解释之后你还是不能接受的话，我们再商量。"

说完后康如心就匆匆去找沈跃，将情况对他说了一遍，然后歉意地说道："沈跃，对不起，我把事情搞砸了。"

沈跃不好责怪她什么，他觉得在这件事情上自己本身也有责任。在给程惠实施过催眠后，沈跃完全证实了自己的猜测，这让他不得不更加小心翼翼，脑子里一直在想着如何去破解难题的事，反倒忽略了这件事情的本体对象。他想了想，对康如心道："没事，我去对她解释。"

二人进入到隔壁房间后，发现程惠已经将里面搞得乱七八糟，这是她刚才愤怒的结果。而此时，程惠一见到沈跃就开始歇斯底里地大叫起来："你们这是干什么？为什么要把我关在这里？！"

沈跃看着她，目光柔和，轻声问道："程惠，你以前也像这样脾气暴躁吗？"

程惠一下子就愣住了，不过呼吸依然急促着，问道："你这是什么意思？"

沈跃柔声道："据我所知，你一直都是一个好妻子、好母亲，你丈夫多年来一直沉湎于游戏你都能够忍受，这说明你并不是一个脾气暴躁的人。可是现在，你明明知道警察把你送到这里来是因为什么，为什么忽然会感觉到没有安全感，乱发脾气呢？"

程惠看着他，道："我……"

沈跃依然看着她，温言说道："所以，这很不正常。为什么会出现这样的异常情况？原因就是有人在你的意识中植入了某些对你危害很大的东西。程惠，你知道我是心理学家，但你对心理学家的概念并不十分清楚，是吧？其实，心理学家就是专门治疗像你这样意识里面出了问题的医生，我催眠你的目的就是要把你意识中的那些对你危害很大的东西去掉。现在你已经感觉到了自己非常容易激动，控制不住自己的情绪，如果继续下去的话，情况还会更加严重。所以，你到这里来不仅仅是为了配合我们调查案件，更是为了帮助你自己。"

程惠的表情平和了下来，呼吸也不再像刚才那样急促，不过依然面带疑色。她问道："可是，我真的什么都不知道啊。催眠术真的有那么厉害？"

沈跃只能苦笑，说道："这个问题你已经问过不止一次了，任何解释其实都是毫无意义的，不过请你一定要相信我，我会用事实来向你证明这个问题的答案。"

程惠道："我凭什么相信你？"

要让一个普通人相信自己确实被催眠过，这是一件非常困难的事情，即使是沈跃也感到解释起来有些困难。他想了想，说道："你还记得你在和我聊天的时候忽然睡着的事情吗？你记不记得自己做了个噩梦，在梦里，我问了你两个问题。也许你记不得梦中的那两个问题是什么了，但是你一定记得我的声音。你仔细想想，那个出现在你梦中的声音是不是我的？你仔细想想……"

程惠仰起头想了一小会儿，道："好像还真是。这究竟是怎么回事？"

沈跃道："你睡着的原因是我催眠了你，也可以说是我进入到了你的梦中。当时在我问你第二个问题的时候你忽然说头痛，也许在你的梦中你是觉得自己生病了，不过真实的情况不是那样的，而是有人在你的意识中植入了某些东西，让你必须拒绝回答我的问题。我这样解释你能够明白吧？"

程惠又想了想，道："你是警察这边的人，我相信你。"

沈跃和康如心都松了一口气，沈跃真挚地对她说道："程姐，谢谢你。"

程惠愣了一下，问道："你叫我什么？"

沈跃笑道："既然你能够信任我，那我就一定要像弟弟一样保护好你。程姐。"

程惠的眼睛一下子湿润了，沈跃的心里很是欣慰。他刚才的话绝不是表演，而是发自内心的。作为心理学家，他深知，要真正进入到一个人的内心，取得对方的信任是最为重要的，而要取得对方的信任就绝不能虚情假意，而应该首先向对方展示出自己的真诚。人心是最为脆弱、敏感的，些许的刻意都可能会让对方产生出抵触情绪。

沈跃又和程惠说了一会儿话，然后才问道："我们现在可以开始了吗？"

程惠还是犹豫了一下，说道："好，我们开始吧。"

这一次沈跃没有再采取上次的催眠方式，而是以常规的形式去催眠她，毕竟她已经被催眠过一次，沈跃担心那样的方式不会再起作用。他从身上取出催眠小球在她眼前有节律地摆动……程惠很快就进入到催眠状态，沈跃按照事先准备好的方案开始询问。

"上一次小周来给你送货是什么时候？"

"每个月的第三天，他都会来。"

"最近的这一次呢？"

"他提前来了，说批发点的货不多了，先照顾我们。"

"你确定他就是小周吗？"

"……好像是。"

"为什么是好像呢？你想想他的样子，究竟是不是小周？还有，这个人送货的时间究竟是不是最近？"

"……我，我记不得了。我的头，我觉得头好痛……你别问我了，我忘记了！"

沈跃的心里一沉，他想不到采用顺时间的方式依然无法触碰到她内心的那个点。不，根本就不是无法触碰，而是她在拒绝触碰！此时程惠的呼吸已经在骤然间变得急促起来，情绪正在发生着剧烈波动。沈跃不敢再有丝毫耽搁，即刻用一种极为柔和的声音对她说道："你又做噩梦了。别怕，那不过是一个梦而已。你看，你儿子回来了，他正看着你呢。"

"儿子回来了？"

"是的，学校放假了，他回来了。你看，他就在你面前，正看着你笑呢。你快醒来吧，睁开眼就可以看见他了。"

程惠缓缓睁开眼，眼神中一片迷茫……

沈跃又一次陷入苦恼之中，而且这一次与他以前所遇到的困难截然不同，他已经发现，云中桑给自己出的题目可能比他想象中的难度要大得多。如果说以前他遇见的困难像一座高山，那么这一次他将要跨越的或许就是珠穆朗玛峰。不是攀登，是要去跨越，沿途有冰雪，有风暴，更有各种不可知的巨大危险，而且他不是一个人去跨越山巅，是要带着程惠一起。

沈跃坐在他的临时办公室里面一直沉默不语，旁边的康如心静静地看着他那张沉静如水的脸庞，她知道，这一次沈跃是真的遇到大麻烦了。时间缓缓流逝，房间里面静谧得可以听见日光灯发出的"嗡嗡"声，偶尔从外边传来的管教警察的呵斥声也变得异常清晰。也不知道过了多久，她终于听到沈跃在问："如心，你觉得为什么会出现那样的情况？"

康如心不解地看着他，说道："我只是一个犯罪心理学专业毕业的本科生，与你比起来在专业上还没入门呢，你干吗问我这样高深的问题？"

可沈跃一点都不像是在和她开玩笑，严肃地说道："旁观者清嘛。你大胆说说你的想法，或许对我会有提示性的作用也说不定啊。"

康如心朝他嫣然一笑，道："那我就说说？"

沈跃也笑，道："快说来听听。"

康如心想了想，说道："我觉得吧，云中桑虽然孤傲狂妄，但他绝对知道你的实力。而且他已经策划并实施了这起群体性事件，如此一来就已经将自己逼到了没有退路的地步，所以他不可能低估你的能力。相反地，他会拿出浑身的本领来与你进行较量，他不但要彻底击败你，而且还要成功逃脱法律的惩罚。我不是心理学家，对催眠术更是知之甚少。沈跃，你想想催眠术中的最高水平是什么？我想，或许你想明白了这个问题，答案也就有了。你说呢？"

她的话让沈跃豁然开朗，他皱着眉头在屋里踱了几步，说道："你说得对，看来不是云中桑轻视了我，而是我轻视了他！催眠术的最高水平？这门学科浩瀚无穷，哪有什么最高的水平？！我不能急，得好好研究一下。如心，这几天你好好陪着程惠，千万不要让她再出现焦躁情绪。如果需要的话，你可以陪她出去旅游几天，只要能够让她放松下来就行。"

康如心问道："那你呢？"

沈跃道："我得去翻看一些资料，然后再好好思考一些问题。这件事情不能急，否则的话就很可能会铸成大错。"

康如心道："我尽量说服她待在这里吧，她的情绪不稳定，去了外边万一出现什么状况的话怎么办？沈跃，我是警察，不得不考虑她的安全问题。"

沈跃这才意识到自己的考虑不周，康如心是警察，她考虑问题的角度确实不一样。这说到底还是职业的责任方向和意识不同。他想了想，道："我看这样吧，先让她回家。你们可以在她身上采取一些措施，如果云中桑接近她的话，最好能够留下录像和录音。虽然云中桑那样做的可能性极小，但我们必须以防万一。"

康如心看着他，道："你一定要有信心，能够赢云中桑的信心。"

沈跃苦笑着说道："信心不是自己口头上说有就有的，必须要以实力为基础。现在对于我来讲，不急不躁就是最大的信心。"

康如心笑道："现在我相信了，心理学确实是从哲学衍生出来的，因为你说的话总是那么有哲理。"

沈跃禁不住地笑了起来，道："什么叫'你相信'？本来就是这样。"

康如心欲言又止了一瞬，沈跃注意到了，赶忙问："你怎么了？"

康如心道："没事。"

沈跃若有所悟，道："对不起，我一直没有问过你现在的状况。你的幻觉完全消失了吗？"

他的话让康如心的内心升腾起满满的幸福感。这个男人就是与众不同，他似乎永远能够猜透一个人的心，只不过他很多时候都假装不知道罢了。她回答道："以后再说吧，我现在好多了。"

沈跃用那柔和而温暖的目光看着她，说道："我知道你的想法。如心，你不需要用催眠的方式去解决那个问题，我也不希望对你采取那样的方式。我们要一起过一辈子呢，除非是万不得已，否则我并不想以那样的方式进入到你的内心世界。我完全相信，你一定会慢慢好起来的。你一定要相信我。"

康如心的心温暖得快融化了，她满含爱意地点头道："嗯。"

当天晚上，康如心带着程惠离开了看守所，当然是在经过龙华闽的同意之后，而且警方也紧跟着对程惠采取了保护措施。程惠离开的时候满脸凄楚地看着沈跃，问道："你不管我了？"

程惠那楚楚可怜的模样让康如心差点吃醋，不过随即想到她的年龄和模样，康如心不禁暗笑自己的小心眼。沈跃真挚地对她说道："我怎么会不管你呢？我是担心你受到伤害，所以必须得花时间研究出一种最为可靠的办法来。你住在这里面生活起居都不方便，而且你家里的人也需要你。你放心吧，过几天我就去找你。"

程惠也不明白是为什么，自己仅仅在这地方待了不到两天的时间，竟然对沈跃产生了一种说不清、道不明的依恋感。沈跃从她的眼神中已经察觉到了这一点，他知道，这其实也是一个人被深度催眠后产生出来的依赖感，更是她内心恐惧的表现，不过这些都是建立在她对沈跃信任的基础之上。也正因为如此，沈跃的心里感受到了一种巨大的压力，他暗暗对自己说道：无论如何我都得消除掉隐藏在她内心深处的那枚定时炸弹，否则的话，不仅仅是不能破获这起案件，更重要的是不能给程惠一个交代。

　　没有人知道这一刻沈跃心里的真正想法。作为一名心理学家，他们往往更看重他人的信任，即使是云中桑，他也必须坚守这个原则，否则他根本就不可能进入到他人的内心世界，不管是以什么样的方式。

　　沈跃发现自己竟然喜欢上了看守所里的环境。这里非常安静，不会有任何人来打搅。住在家里虽然也还算比较清净，母亲也并不会经常去打搅他，但他不可能一个人一直待在房间里面不出去，因为他的内心始终会有一种挂念。陪伴家人也是一种责任。

　　其实人生就是如此，我们不但得随时去考虑他人的感受，更要让自己时时处于心安的状态。所以沈跃一直认为，我们人类与其他动物有别的根本原因在于我们有着丰富而复杂的内心世界。

　　在这个静谧的空间里，沈跃独自一人，这种极度的安静让他一时间无法集中精力去思考更深层次的问题，脑子里总是不时浮现起康如心的样子，她在问："催眠术的最高水平是什么？"

　　沈跃自言自语地嘀咕着：这是一个什么问题啊？如心，你知道吗，催眠是以人为诱导引起的类似睡眠又非睡眠的意识恍惚状态，被催眠者因此而丧失自主判断和意愿，感觉和知觉也因此发生歪曲或丧失。如果真的要说催眠的最高境界，那就是不露痕迹地将对方催眠，除了手法上的差别，结果都是一样的啊。所以，催眠的手段似乎并不重要，重要的是在被催眠者的意识中植入了什么东西。嗯，确实是这样。那么，云中桑究竟在程惠的意识里面植入了什么样的内容呢？为什么每当我刚刚要去触碰的时候她就会出现如此激烈的反应呢？

　　呆呆地在那里想了半天，但是却依然找不到丝毫头绪，许久之后，沈跃终于清晰地认识到了一点：云中桑给程惠意识中植入的东西就如同无线电的加密密码，想要轻易去破解几乎是不大可能的事情。无线电的加密密码可以通过数学运算去解开，而给一个人的意识中加入什么样的密码可是要随机得多，当然要想去破解也就更加不易了。

不过有一点是显而易见的，那就是：云中桑是唯一知道那些个密码的人。所以，破解的办法也就只有一个，那就是必须要进一步去将云中桑这个人研究透。可是，要研究透一个人谈何容易？更何况云中桑还是一位非常出色的心理学家。此外，沈跃能够清晰地感觉得到云中桑也一直在研究他，不然的话就不会发生这起群体性事件了。

沈跃是一个务实的人，作为心理学家，他们往往比常人更容易做到审时度势，也更容易做到放下。当然，刻骨铭心的痛苦除外，因为再出色的心理学家也是人。所以，沈跃并没有在刚才那个问题上纠缠太久，他很快就坐到了电脑前，开始静下心来浏览侯小君和匡无为发过来的那些网页链接。

临时办公室里的灯光并无丝毫变化，而此时屋子外边天空上的月亮却已经抵达天空正中，城市已经开始酣睡，万物俱寂。沈跃感到双眼有些发涩，荧光屏上的文字变得昏花起来，他揉了揉眼睛，脑子顿时清醒了一些……这样不行，这个办法太笨了。他自言自语地对自己说道。说着，他忽然想起了什么，拿起手机就给彭庄打了过去。电话响了好一会儿彭庄都没有接，正当沈跃准备挂断的时候却听到电话里面传来一阵嘈杂声，其中掺杂着彭庄的声音："沈博士，有事吗？需要的话我马上就过来。"

沈跃笑道："这么晚了，还在喝酒？"

彭庄道："同学非得要我请客吃饭，现在我们在歌城唱歌。没事，我可以马上结账过来。"

"年轻真好。"沈跃说道，"你不用过来，你去外边和我说会儿话就可以了。彭庄，我问你一件事情，像你们这个年龄段的人一般最喜欢上哪些网站？"

彭庄道："游戏网站、网络小说网站、微博，还有各大门户网站。"

沈跃皱眉，心想：等于没说。他又问道："如果局限于本省，他们最常去的是什么样的网站？"

彭庄本是一个非常聪明的人，一听沈跃这样问就明白他的意思了，想了想后回答道："本地的论坛、社区，对了，还有本地的贴吧。"

"本地的贴吧？"

"沈博士，也许你不知道，其实我们年轻人更关心家乡的发展。作为年轻人，我们需要寻找到更多的机会，所以本地的论坛、社区和贴吧都是年轻人非常喜欢去的地方。"

"那么，本地的论坛、社区和贴吧，人气最高的是什么地方？"

"应该是贴吧。贴吧相对来讲要自由许多，在一般情况下不会被禁言或者被销号。"

沈跃忽然想起来了，那篇关于他的文章其实就是始发于本地论坛的，后来才被到处转载。也正因为如此，沈跃才把注意力放在了本地论坛上面，结果却一无所获。很显然，这不过是云中桑虚晃的一招。不过沈跃相信，如果要达到群体性心理暗示的作用，暗示源就一定会放置在人气最旺的某个网站。贴吧……沈跃确实忽略了这样的地方，因为他确实对现在的年轻人并不十分了解。曾经有人说过，年龄相差十二岁就是一个代沟，而在现代社会，大家的普遍说法却是'三年一代沟'！时代发展得太快了，人们的观念变化得也太快了。

沈跃不再去看侯小君和匡无为发来的那些链接了，而是直接打开了本地的贴吧。此时他忽然感觉到自己距离那篇暗示性的文章不远了，因为他忽然想到了一点：一些搜索引擎也是有缺陷的，关键词搜索的显示结果里往往也会漏掉贴吧那样的地方。

直接从几个月前的帖子开始看起，很快地，其中的一篇文章引起了沈跃的注意。这篇文章的发布时间是一个月前，其内容从表面上看是对谈华德那几款饮料的赞美，可是他仔细阅读完这篇文章后就发现了其中的异常。那些被植入的暗示性词语——从字里行间跳跃而出：防腐剂，细菌感染，卫生问题，某年某月中毒性事件……

就是它了，我找到它了！沈跃禁不住激动起来，拿住鼠标的手不停地颤抖。这一瞬，他的内心忽然有了一个冲动，拿起电话再次给彭庄拨打了过去："你马上到我这里来一趟。对了，叫上侯小君。"

找到了这篇文章就如同抓住了老鼠的尾巴，沈跃不得不激动。然而当他冷静下来后却又开始怀疑起来：云中桑出的题目不会这么简单吧？

虽然花费了这么多时间才找到了造成这起群体性癔症的源头，但是这里面却并没有多少技术性的含量。准确地讲，这篇文章所在的地方根本就与心理学技术没有多大关系，或者可以这样去思考：云中桑本来就意识到沈跃迟早会找到这个源头的。然而，即使是沈跃意识到了这一点也不得不继续沿着这条线索查下去，这也是没有办法的办法。

"找出这篇文章的 IP 地址。"此时已经是深夜，沈跃却并没有对彭庄和侯小君说什么歉意的话，而是直接吩咐他俩去做事。他认为没有必要，如今他的团队已经比较齐心了，有些话刻意讲出来反倒显得虚伪。

侯小君以前在图书馆工作，彭庄熟悉电脑，这件事情交给他们二人做最合适。不一会儿侯小君就把结果告诉了沈跃："IP 地址是日本东京的，那篇针对你的文章也是。我觉得发布这两篇文章的可能是同一个人。"

沈跃点头道："这就对了。针对我的那篇文章倒也罢了，可这篇被植入了心理暗示性语言的文章可不是一般人能够制造出来的。"

侯小君问道："你的意思是说，这两篇文章都可能是云中桑写的？"

沈跃却摇头道："那倒不一定，不过肯定与他有关系。你们看看贴吧上这篇文章发布的时间，很显然，这是早就预谋好了的。云中桑曾经留学日本并且获得了心理学博士学位，如果我是他的话也很可能会那样做——让一位日本同行将文章发布在中国的网站上，这样中国的法律就无法惩罚他了。云中桑的思虑果然周全。"

侯小君和彭庄却没有想到会是这样的结果，两人担忧地对视了一眼。侯小君问道："接下来我们怎么办？"

沈跃却反问他们道："你们好好想想，如果要想掌握云中桑与发帖人勾结的证据，接下来应该做些什么？"

两人都灵机一动，同时大声说道："电子邮件！"

沈跃点头道："对，电子邮件。云中桑在中国，发帖人在日本，他们之间的沟通最可能的就是通过电子邮件，电话和书信类的东西都是可以查到原始记录的，而电子邮件被彻底删除后却很难恢复。说实话，我对电脑不是那么精通，你们知不知道如何恢复被彻底删除后的邮件内容？"

彭庄摇头道："电子邮件如果被彻底删除的话好像就恢复不了了。"

侯小君想了想，道："从他的电脑上确实无法恢复，黑进去也没办法，不过电子邮件所属公司的数据库里面应该有记录，这件事情得警方出面才行。"

沈跃惊喜地说道："真的？我这就给龙警官打电话。"

侯小君提醒道："这么晚了，不大好吧？"

沈跃不以为然道："我们都还没休息呢，为什么不行？"

其实侯小君和彭庄都不知道，此时沈跃的内心不仅仅是激动，而且还充满烦躁。他是如此迫切地想知道云中桑与那个发帖人之间邮件往来的内容，同时又隐隐感觉到事情并不会那么简单。云中桑不是普通人，他应该想到电子邮件也并不是百分之百的保险。可是既然如今已经找到了这条线索，那么他们没理由不继续寻找下去。沈跃越想越觉得这种可能性极大。这其实是阳谋，这才是一个心理学专家出手的招数。专业领域的专家就如同传说中的武林高手一样，一旦出手就必定会显示出高手气象，也就是人们常说的大家风范。这与一个人的品格没有关系，历史上的大家中人品低劣者也不少，诸如宋之问、蔡京、董其昌等，不一而足。

沈跃打来电话的时候龙华闽还没有睡，作为省公安厅刑警总队队长，手上永远都有破不完的案子。更何况这次的群体性事件刚刚稳定下来，上边下达任务要求他尽快破案，他也是寝食难安。自从沈跃介入警方的案件调查之后，龙华闽都在全力配合他，其间所做的大量工作只有他和下面的干警知道。不过他愿意将光环戴在沈跃头上，毕竟沈跃在前面几起案件的调查过程中起到了决定性作用。

"我马上安排人查清楚云中桑使用的电子邮件属于哪一家公司，然后尽快将结果告诉你。"龙华闽听了沈跃的情况说明后如此说道。

沈跃很着急，问道："那，什么时候才会有结果？"

龙华闽道："起码得明天上午了。小沈，我知道你着急，可是没办法，我们也需要时间。你最近太累了，趁这个时间好好休息一下不是正好吗？你要注意劳逸结合，可不要把身体搞垮了。对了，你把那篇文章发过来我也看看，我很好奇那究竟是一篇什么样的文章，居然有那么大的影响力。"

沈跃在心里暗暗嘀咕："你看得懂吗？"不过他却并没有拒绝。此时沈跃感到很无奈，有些事情着急也没有用，只能等待。

沈跃吩咐彭庄送侯小君回家，侯小君却说道："不用了，我自己打车回去就是。"

沈跃道："太晚了，不安全。"

侯小君忽然变得不大自然起来，道："真的不用了。"

沈跃忽然意识到了什么，问道："你男朋友送你来的？"

侯小君回答道："嗯。"

沈跃分明看到她脸上的表情是在撒谎，但是却不好揭穿，不过他已经明白了一件事情：外边一定有个人在等着她。沈跃是从西方国家回来的人，对他人的隐私从来不会过问，除非是某个人的隐私与他正在调查的案件有关。

这天夜里沈跃再一次失眠了。他本想让自己快速进入睡眠状态，但是脑细胞却一直处于兴奋状态。他可以分析到云中桑可能给程惠的意识中植入了某种东西，但具体内容却不得而知。对于大多数催眠师来讲要在对方的意识中植入东西并不困难，但问题的关键是：为什么自己无法触碰到程惠的内心世界呢？他给程惠植入的东西究竟是什么内容呢？

在床上翻来覆去睡不着，沈跃开始痛恨自己，他发现自己根本就做不到不去思考那些问题。他真的做不到，因为只要一闭上眼睛，各种各样的思绪就不可克制地从脑海里面奔泻而出，如果强行克制的话就会感觉到身体的某些个部位在发出奇痒……皮囊，可恨的皮囊！

无奈之下他只好从床上爬起来，披上外套走到外边。这个临时办公室在看守所里面相对比较独立，外边是一个小小的院子。耳边风声沙沙，初秋的夜依然带着一丝凉意，仰头看着夜空，苍穹中星海一片。云中桑，此时你在干什么？是和我一样在仰望天空？看书？抑或是已酣然入梦？

第二天上午，曾英杰来了，他给沈跃带来了一个恼人的消息：侯小君的未婚夫大闹了康德28号。沈跃顿时想起头天晚上侯小君的那个表情，心里似乎明白了什么，即刻问道："因为侯小君和匡无为的关系？"

曾英杰惊讶地看着他，问道："原来你早就知道了？"

沈跃摇头道："我怎么可能早就知道？只不过我觉得这是最大的可能。侯小君是马上要结婚的人，按理说在一般情况下不会出现什么状况，最近一段时间她有很多时间都是和匡无为在一起，匡无为的情商又极高，所以我略加分析就知道问题出在什么地方了。英杰，事态不严重吧？"

曾英杰道："也就是侯小君的未婚夫跑去将匡无为揍了一顿，然后就离开了。"

沈跃即刻道："等等……英杰，你是一个非常注意细节的人，怎么这么简单就把事情讲完了？告诉我，你究竟想说什么？"

曾英杰犹豫着说道："我觉得这件事情好像并不是那么简单。其实我发现匡无为和侯小君之间的关系不一般已经不是一两天的事情了，侯小君的未婚夫为什么偏偏在这个时候跑来闹腾呢？"

沈跃的眉毛动了一下，问道："你觉得这件事情与云中桑有关系？你是不是太草木皆兵了？"

曾英杰道："云中桑本来就怀疑你不是真的被抓到了这里面来，上次他来看你，你因为这段时间常常熬夜，满脸疲惫的样子骗过了他，但是那不代表他就一定会完全相信，毕竟你和警方的关系非同寻常。万一他是在利用侯小君的未婚夫引你出去呢？侯小君的未婚夫差点砸了康德28号里面的东西，幸好龙总队安排了人在时刻保护着，这才及时制止了他。康德28号对你有多重要，这一点云中桑可是非常清楚的。"

沈跃忽然想到，利用一切可以利用的节点进行试探恰恰符合云中桑的思维。自己现在身处这个地方，云中桑安排人盯住这里，这很正常。头天晚上侯小君正好来过这里，盯梢的人发现了情况后云中桑便谋定而动，这也是很有可能的。盯住这里的人或许是乞丐，或许就是住在附近的某位居民，这件事只需要给钱就可以办到，即使是被警方知道了也无所谓。

他沉吟着说道："听你这样一讲，我觉得倒是不能排除那样的可能了。我看这样，你让侯小君……不，这种情况下她去不合适，你去吧，你去找她的未婚夫了解一下情况。"

曾英杰为难道："问题是，侯小君和匡无为之间的关系好像已经……在这种情况下，她的未婚夫不一定会告诉我真实情况啊。"

沈跃愕然问道："他们两人的关系真的到了那一步？你是怎么知道的？"

曾英杰道："他们两个人相互看对方的眼神和以前完全不一样了。当然，我也只是猜测。"

虽然沈跃并无八卦的兴趣，不过这件事情毕竟事关重大，于是说道："你把今天上午的情况详细给我讲一遍。"

曾英杰道："事情发生得很快，侯小君的未婚夫直接跑进去，提起一张椅子就朝匡无为砸了过去，大骂他和侯小君是奸夫淫妇。匡无为根本就没有还手，侯小君脸色苍白地在一旁看着，这时候我和几个警察就赶紧将侯小君的未婚夫制止住了。侯小君的未婚夫离开前指着侯小君吼了一句'淫妇'，然后就离开了。情况就是这样。"

沈跃并没有询问接下来侯小君和匡无为的反应是什么，就目前的情况而言，那已经不再重要。此时，他忽然想起自己与侯小君第一次见面的情形，后来据侯小君讲，当时她是去那家医院做人流手术的，而她的未婚夫并没有陪同，这至少说明她的未婚夫并不是特别关心她，或者是性格很粗糙。既然如此，昨天晚上的事情他怎么就知道了呢？沈跃越想越觉得这件事情不大对劲，猛然间他就想到了另外一种可能，急忙对曾英杰道："你暂时不要去找侯小君的未婚夫调查这件事情了，你马上去找龙警官，让他增派警力，保护好康德28号，内紧外松，以防不测。"

曾英杰惊愕道："你怀疑云中桑的目标是康德28号？"

沈跃道："不是没有那样的可能，这很可能是他的一箭双雕之计。如果云中桑真的发现了小君和彭庄出现在这里，他就肯定会怀疑我究竟是不是真的被警方关进了看守所，看能不能借这件事情把我从这个地方钓出去；另一方面，他很可能也是为了试探康德28号的警力布置情况。上次他到这里来的时候我也试探过他，他确实有过采用心理暗示的方式鼓动民众去冲击康德28号的打算。但愿他还没有到丧心病狂的程度，不过我们必须要做好防范。"

曾英杰不解地问道："为什么他只是怀疑？如果他真的知道小君和彭庄同时在这里出现过，那就完全可以判断出你住进这里只是一个假象啊！"

沈跃摇头道："越是聪明的人往往越是多疑，因为他们的想法太多，总是会习惯性地去分析各种各样的可能性。你想过没有，即使是我真的被警方关了进来，也依然是可以安排你们去调查这起案子的，毕竟我和警方的关系比较特殊，这也是符合逻辑的，所以他依然只是怀疑……嗯，由此看来，小君未婚夫的事情很可能就是云中桑在背后搞的鬼，现在我基本上可以肯定了。这一次的试探之后，说不定接下来真的会有大事情发生。"

曾英杰神色一凝，急忙站起来道："我马上去向龙总队汇报。"

沈跃笑道："用不着这么急。如果今天上午的事情真的是云中桑在试探的话，他要重新策划一起群体性事件还需要时间。心理暗示的作用有一个积累的过程，即使是真的要发生那样的事情，最快也得是在今天晚上。你就待在这里，说不定龙警官一会儿就会给我打电话或者直接到这里来呢。"

曾英杰诧异道："这是为什么？"

沈跃微微一笑，说道："一会儿你就知道了。"

龙华闽果然来了，而且给沈跃带来了一个U盘，U盘里面是云中桑最近一段时间的电子邮件记录和具体的邮件内容。虽然电子邮件是公民的隐私，可是一旦涉及犯罪，警方自然就有了秘密调查的权力。旁边的曾英杰一看就明白是怎么回事了，随即就将刚才在康德28号发生的事情对龙华闽讲述了一遍。龙华闽道："这件事情你们不用担心，我早已安排好了。小沈，你先看看U盘里面的内容。"

曾英杰和沈跃顿时明白了，康德28号周围早就被警方监控。警方在这方面当然是行家里手，其实这才是真正的内紧外松。沈跃将U盘插进电脑里面，发现除了一些常规的邮件之外还有好几封日文的，皱眉说道："我看不懂日文啊。"

龙华闽道："我已经找人翻译了，在最后面。"

沈跃直接将电脑版面的内容朝后面拉，果然就看到了已经翻译好的内容，阅读了几封邮件后竟然只发现一封邮件与这起案件有关系，就是那篇关于沈跃情况的文章。接收人名叫星野男。再看完后面的邮件，却都是一些与这起案件毫不相关的内容，大多是心理学问题的探讨，或者学术论文，而且收件人也是别的人。沈跃问道："还有别的没有？"

龙华闽摇头道："没有了，他几乎不使用聊天软件。"

沈跃叹息道："高明啊……就这一篇文章根本就不能给他定罪，他完全可以狡辩说是向同行介绍我这个人。不过现在我基本上可以猜测出他的方式了。"

龙华闽道："你的意思是，他们之间是通过电话沟通的？"

沈跃点头道："电话沟通是最安全的，在没有监控的情况下最终留下的只有一个电话号码和通话时间，通话的内容却是无法知晓的。而且我可以断定，这个叫星野男的日本人一定也是一位心理学专家，此人的性格应该和云中桑一样，孤傲而且心胸狭隘，云中桑非常了解此人，所以才选择了他。当然，云中桑和这个人的关系也应该非常不错。"

龙华闽感到有些糊涂，问道："你为什么如此肯定？这其中的逻辑是什么？"

沈跃道："逻辑很简单，就是那篇被植入了心理暗示性语言的文章。既然在恢复后的邮件中没有发现这篇文章，那就说明这篇文章很可能就是这个叫星野男的日本人写的，他写好后找一个人翻译成中文然后发布到我们省城的贴吧上，或者这个日本人本来就懂中文，因为这样一篇文章通过电话口述的可能性不大。"

龙华闽还是不明白，问道："可是这又说明了什么呢？"

沈跃道："我想，云中桑最可能的采用方式就是给星野男讲我沈跃是如何如何的狂妄，总之就是想尽一切办法去挑动星野男向我发起攻击。要做到这一点或许并不难……也许云中桑和星野男都是师从同一个导师，嗯，很可能是这样，上次我准备送云中桑一本我导师的亲笔签名书，他很可能拿这件事情做文章。难道他当时把我们两个人的谈话录了音，经过剪辑后放给星野男听了？这么说来星野男很可能听得懂汉语，这样的话逻辑上就完全成立了。"

旁边的曾英杰怀疑地问道："难道星野男就那么容易被说通？"

沈跃仰头看着天花板，叹息道："很多人都在说'科学无国界'这句话，可其实搞学术的人大多性格狭隘，最不能容忍的就是他人对自己研究成果的否定，更不要说是攻击了。牛顿是大科学家吧？他还不是也一样。日本这个民族的特性很特别，坚韧、自强、敏感、自卑，民族的特性往往会影响其国民的性格，如果你认真去研究日本的历史和文化就明白其中的道理了。"

龙华闽同意沈跃的分析，不过却很沮丧，他说道："可是，我们现在根本就没有云中桑犯罪的证据。"

沈跃郁郁地说道："是啊，对此我早已有所预料。云中桑可不是一般人，我们想要拿到他犯罪的证据并不容易。不过到目前为止我们至少搞清楚了这起群体性事件的根源，我的清白也基本上可以得到证明了。"说到这里，他问曾英杰道："小周那里的情况怎么样？有什么新的发现吗？"

曾英杰惭愧道："我走访了他身边不少人，可是他们都没有提供出有用的线索。这件事情太奇怪了，奇怪得让人感到有些诡异。"

龙华闽摇晃着手说道："因为我们对其中的真相不了解，所以才会觉得诡异。这其中肯定是有逻辑的，我们不能仅凭现象去分析。我认为，要理顺其中的逻辑关系就必须要回答以下这几个问题：第一，程惠描述出来的那个人为什么与小周那么相像？第二，小周会不会就是那个送货的人？有没有可能批发点的那几个人都被催眠了？第三，如果第二种情况不成立，云中桑又是如何做到让程惠描述出那个人的模样像小周的？或者是另外一种情况，就是有人化装成了小周的样子。如此的话，那么就出现了第四个问题，要将一个人化装成另外一个人的样子，这可能吗？"

这是标准的警察思维，不过思路非常清晰。沈跃点头道："我也想过这几个问题，不过我无法从逻辑推理的层面去解答它们。从心理学专业的角度上讲，第一个问题虽然可以通过催眠实现，但难度较大，除非是程惠本来就熟悉小周这个人，但从我们目前掌握的情况来看好像并非如此。当然，也许还可以通过小周的照片去对程惠进行催眠，可是这只是理论上的东西，我怀疑云中桑究竟能不能做到。反正我是做不到的，毕竟照片是平面图像，太过抽象。不过有一件事情现在我基本上可以肯定了，那就是送货的时间很可能不是最近，而是在云中桑进看守所之前。云中桑催眠了程惠，他在程惠的记忆中植入了另外一个送货的时间，正因为如此，第二个问题也就不存在了。至于第三和第四个问题，那我就不懂了。"

龙华闽愕然地问道："植入了一个送货的时间？"

沈跃点头道："是的。一开始我就有一种感觉，那就是程惠被人催眠过。没有任何依据，只是感觉，因为只有在那种情况下程惠才会把另外一个人认成是小周，虽然我还是觉得云中桑要做到那一点很难，但这似乎是唯一的解释。当然，现在已经证明我当时的想法是错误的，不过我始终认为，如果云中桑想要与我博弈的话，那么他必定会亲自出题，绝不会请人代劳，而我在催眠程惠的时候所遇到的情况正好就证明了这一点，因为我采用了两种方式都无法进入到她的内心世界，而且只要稍微去触碰就会引起她强烈的反应，这可不是普通催眠师就能够做得到的。可是，按照程惠所说的送货时间，当时云中桑正被关在看守所里，这又如何解释呢？唯一的解释就是他在催眠程惠的时候把时间修改了，他在程惠的意识中植入了一个虚幻的时间记忆。与此同时，他还可以暗示程惠在什么时候将那批有问题的饮料摆放到柜台上，以此控制事件发生的时间。"

龙华闽满脸惊讶，道："这样的事情也能够做到？"

沈跃点头道："从催眠术的角度来讲，要做到这一点其实并不难，因为一个人在被催眠的状态下意识和行为都是不能自主的，就如同一具木偶。催眠不但可以修改一个人的记忆，还可以将一个人痛苦的回忆隐藏起来。我想，或许云中桑并不曾预料到他会被警方送进看守所，他那样做只不过是为了制造出他当时不在场的证据罢了。如果你们去调查一下程惠所说的那个送货时间段里云中桑的情况的话，就肯定会发现端倪的。"

曾英杰也是满脸惊异，道："确实是这样。我去看了云中桑所住小区的监控录像，发现在那个时间段，他和他母亲一起从家里出来，然后去了小区对面的超市，在买了很多东西后又和他母亲一起回了家。"

沈跃看着他，问道："你干吗不把这个情况告诉我？"

曾英杰有些害怕他的眼神，躲避开后抱歉地回答道："我觉得那就已经排除了云中桑亲自作案的可能，所以……"

沈跃严肃地对他说："排除有时候也是一种线索，明白吗？"

虽然龙华闽也认为沈跃的话是对的，但曾英杰毕竟年轻，而且从警察的思维方式来讲，他那样做似乎也没有什么过错，被排除了似乎就没有了继续调查下去的必要了。龙华闽道："这件事情已经过去了，小曾今后注意就是，我们继续讨论第三个和第四个问题吧。"

曾英杰心里很是惭愧，道："我去拜访过一位电影化妆师，他告诉我说，要将一个人化妆成另外一个完全不同的人，这从理论上讲是可能的，比如好莱坞的电影里面就有过非常完美的展示，不过一个人的声音却很难模仿。"

沈跃心里一动，问道："你的意思是说，高级化妆师可以做到这一点？那么，我们这座城市里有那种水平的化妆师吗？"

曾英杰摇头道："我问过那位化妆师了，他说顶尖的化妆师其实很少，而且像那种顶尖的化妆师大多都在北京、上海那样的地方，而且很难请到。"

沈跃叹息道："也许我的想法还是太简单了……我不能像这样再走到歧路上去。英杰，你那边继续调查下去，我暂时还得待在这里面。就目前来讲，我们已经占了上风，毕竟我们已经了解了这么多情况，而云中桑对我们的想法却是一无所知，所以他只能采用试探的方式。"

龙华闽道："我准备派人去找云中桑的母亲谈谈。小沈，你觉得可以吗？"

沈跃并没有意识到龙华闽其实是在放低姿态，摇头道："这样不好。云中桑是个孝子，那样做很可能会激怒他的，即使他因此伏法，但激怒他的后果究竟是什么我们根本就无法预料。"

龙华闽愣了一下，道："会出现那样的情况吗？"

沈跃反问道："你能够保证不会出现那样的情况吗？"

曾英杰想不到沈跃会这么直接，不住地朝他递眼色，可是沈跃却似乎根本没有注意到，就那样一直看着龙华闽。说实话，龙华闽开始的时候确实是有些恼怒了，不过他在转念间忽然觉得沈跃的担忧确实有道理，便摇了摇头，道："好吧，我放弃这个想法。"

曾英杰瞪大了眼睛看着他们二人，心里暗道：龙总队在沈跃面前居然一点脾气也没有，这太奇怪了！

12 赎罪

龙华闽和曾英杰离开后沈跃一直在思考着龙华闽提到的那四个问题，这让他有些迷茫起来：自己的切入点是不是错了？想了很久，他最后对自己说：或许应该去证实一下小周是否被催眠过，如果小周没有被催眠，那么批发点的其他几个人应该也没有问题，这样一来的话，龙华闽的那个假设也就不成立了。

开始时沈跃只是怀疑过那种情况，不过他总觉得可能性不大。那样做的难度太大了，他不大相信云中桑的催眠术会比自己高深许多。不过排除一下也是必需的。至于切入点的问题……研究云中桑才是重点，难道不是吗？

小周被秘密送到了看守所。无论是龙华闽还是沈跃都相信，看守所里的警察会泄露消息的可能性极小，云中桑还没有那么大的能力，而且他具有反社会人格，一直以来对警察都敬而远之。

"你听说过催眠术吗？"沈跃问小周。

小周并不清楚警察为什么会将自己送到这样的地方来，此时听了沈跃的问话后更是疑惑，回答道："听说过。可是，我真的没有去给那个游戏厅送过货，你们为什么要把我送到这里来？"

沈跃朝他温和地笑了笑，说道："你别紧张，我们只是请你来协助调查而已。这里很安全，不是吗？"

小周这才注意到眼前所处的特别环境，也就一下子放下心来，说道："我把自己知道的都告诉你们了啊，真的。"

沈跃却依然在说催眠术的事情，道："既然你听说过催眠术，那你回想一下，最近一段时间有没有过莫名其妙就睡着的情况？"

小周急忙申明："上班的时间我可是从来没有偷懒睡觉，最多也就是中午吃完饭后在库房里面打会盹儿。那不应该是被人催眠了吧，被人催眠了我自己还不知道？"

沈跃发现他在撒谎，不过这也很正常，毕竟看管库房的工作比较清闲，于是点头道："我并没有说你偷懒睡懒觉的事情，不过我要排除你曾经被人催眠过的可能，请你一定要配合我，好吗？"

小周觉得莫名其妙，问道："怎么配合？"

沈跃真挚地对他说道："相信我，相信我不会伤害你。这样就可以了。"

小周犹豫了一下，说道："你是警察，我当然相信你不会伤害我了。"

其实沈跃一直以来都是反对随便给人施行催眠术的，因为催眠术是要侵入到他人的潜意识里面，去窥探别人最为隐秘的领地。对特殊的病人而言，这种行为是必需的而且合情合理，但是对普通人来讲，这就是侵犯了。不过沈跃有自己的原则，当时他给嘟嘟实施催眠是为了帮她将恐惧紧锁在内心深处，对宁永生催眠是为了寻找其犯罪的根源；催眠程惠是为了拿到云中桑作案的证据，同时也是为了解除她意识中的那颗定时炸弹。准确地讲，除了宁永生之外，对于嘟嘟和程惠，沈跃都没有丝毫要偷窥她们内心世界的想法，也正因为如此，他才一直没有因此而产生道德上的愧疚感。

任何一门学科可能都存在着一些伦理方面的问题，自然科学对人类文明进步的贡献与杀人武器的制造、安乐死与拯救生命的矛盾等等，这里面无不充满着科学与伦理的巨大冲突。心理学也是如此。沈跃觉得导师的话确实很有道理，一个有良心的学者必须要遵从自己的本心，这才是最重要的。

对眼前的这个人来讲，沈跃只是想去触碰一下他的内心世界，以此排除龙华闽谈到的那种可能。

沈跃吩咐小周彻底放松，先是将云中桑的照片放到他面前，问道："你认识他吗？"

小周仔细看了看，摇头道："不认识。"

他的回答和程惠的不一样。意思虽然差不多，但从心理学的角度来讲却很可能是两种完全不同的意思。难道他没有被催眠？或者是，催眠他的人不是云中桑？沈跃点了点头，将照片放到一边后开始用传统的方式快速将他催眠。因为沈跃只是想搞清楚小周究竟会不会是在被催眠的状态下被人做了脸模，所以在对小周进行了一些常规的简单询问后就直接进入主题："最近你是不是在和某个人说着话的时候忽然就睡着了？"

"……记不得了。"

"那个说话的人声音非常好听。那个人只说了几句话你就睡着了，有没有？"

"表妹的声音很好听。"

表妹？沈跃心里骤然激动起来，不过依然保持着声音的柔和，继续问道："你表妹对你说了什么？"

"她说想去东湖划船。湖面的水很绿，有微风，湖面上就我和她两个人，小船在湖水的中央。她说，你睡会儿吧，我来划船……"

"你表妹叫什么名字？她现在在什么地方？"

"她叫夏雨青，一个月前去了日本。"

"你表妹认识一个叫云中桑的人吗？"

"不知道。"

"她在什么地方对你说的那些话？"

"在我住处。"

"你是不是梦见她在抚摸你的脸？"

"是的。她的手有些冰凉，我觉得很舒服。"

"你醒来后呢？她对你说过什么？"

"那时候她已经走了。"

原来是这样。沈跃又一次感到无比颓丧。情况已经非常清楚了，是小周的表妹，那个叫夏雨青的女孩将小周的脸模交给了云中桑。随后不久，云中桑安排夏雨青去了日本。沈跃记得程惠说过，那个送货的人比小周高一些，声音也不一样，从身高的特征上看，云中桑似乎比较符合，而且只有他才拥有如此高明的催眠技术。

云中桑虽然戴了小周的脸模，但他依然担心被程惠看出端倪，所以才会抹去她的那段记忆。要抹去那段记忆，云中桑在催眠程惠的时候必定会对她说"我从来没有出现过""你要忘记我来过"之类的暗示性语言，这也就解释了为什么当程惠和小周同时被催眠过，但面对同一个问题时答案却不同。因为夏雨青的催眠术非常低级，她并没有抹去小周的记忆。

这件事情貌似云中桑做得比较粗糙，但仔细一想却又无懈可击。警方不可能因为这样一件小事情远去日本将夏雨青引渡回国，即使是将她引渡回来，那样的事情也不一定能够成为证据，因为夏雨青完全可以辩解说根本就没有那回事儿，或者干脆说是在表哥身上做试验，这也无可厚非。

此时沈跃忽然意识到，云中桑在策划这起事件的过程中所考虑的似乎不仅仅是如何不让警方寻找到他犯案的证据，或许更主要的是在设计植入到程惠意识中的内容。他不禁想到，如果自己真的破解了云中桑施加在程惠意识中的密码，就一定能够拿到他作案的证据吗？

很显然，这个问题的答案是不明确的，甚至很可能是否定的。但是他必须要解开那个密码，除此之外没有别的选择。现在看来，几天前彭庄的那句话是对的，云中桑采用的方式确实并不复杂，但是却无懈可击。可惜了，这么一个有着极高智商的天才心理学家竟然走上了犯罪的道路，沈跃在深感痛苦的同时也不禁扼腕叹息。

时间又过去了两天，康德28号并没有再出现任何异常状况。据秘密监视云中桑的警察报告，这几天云中桑一直待在家里，什么地方也没有去过。这是他自信的表现，还是他在观望？对此沈跃实在是无法做出明确判断。不过沈跃终于因此决定了一件事情：从现在的情况看来，自己继续待在看守所里面已经变得毫无意义，是时候该离开这个地方了。

开始的时候沈跃这么做只是为了迷惑云中桑，所以才将计就计住到了看守所。到目前为止，虽然依然没有掌握到云中桑犯罪的证据，但他的整个策划过程已经十分清楚了。其实云中桑的策划并不复杂，他一方面利用他人在网上发布被植入了心理暗示性语言的文章诋毁沈跃，另一方面制造出一起中毒性事件去引发了这起群体性癔症事件。不过这些都不是重点，他真正留给沈跃的难题其实在程惠的意识里。可惜即便是天才如沈跃，这道难题仍是一时间难以解开。不过既然事情的来龙去脉已经理清，沈跃也没有必要再玩那些虚虚实实，如今他必须站在阳光下去破解这道难题，否则的话，即使他最终能够将云中桑绳之以法也会被他瞧不起。

这是两个心理学家的博弈，首先就不能输在气度上。从这里走出去，光明正大地去解决问题，这才是他唯一的选择。沈跃轻声对自己说：我不会再逃避，绝不会！

省公安厅刑警总队，总队长龙华闽的办公室。窗户开着，一缕阳光从外面飘洒进来，落在沙发的一角。初夏的阳光给人以柔和温暖的感觉，办公室里面多了几盆绿色植物，空气中依然带着一丝淡淡的烟草味。龙华闽已经提前给沈跃泡上了茶，沈跃正口渴，端起来喝了一口，顿觉清香满颊。放下茶杯，再次环顾四周，沈跃笑道："龙警官现在的办公室不错，烟还是要尽量少抽，不然你这几盆植物可养不活。"

龙华闽苦笑着说道："如心非要给我弄几盆来，也说让我要少抽烟，不然这几盆植物死了要我照价赔偿。你们两个啊，我真是拿你们没办法。"

沈跃禁不住笑了起来，道："好办法。"

龙华闽苦笑着说："现在康如心变得越来越像你了，以前她在我面前可从来不像这样。都说女生向外，果然如此啊。"

沈跃又笑，问道："你希望她一直像以前那样呢，还是像现在这样？其实她在心里一直把你当成是她的父亲，难道不是吗？"

这下龙华闽开心地笑了，点头道："是啊，其实我有两个女儿。"

沈跃这才想起这件事情，问道："一直都知道你有个女儿，我还从来没见过呢。"

龙华闽笑了笑，说道："也许你早就见过了。好了，我们不说这件事情了，云中桑的事情，接下来你准备怎么办？"

沈跃正好奇于他刚才的那个回答，不过马上就被他接下来的话打断了思路，又言归正传道："接下来我必须要想办法破解掉他在程惠的潜意识中设置的那道密码，即使我破解了那个密码也可能一样拿不到云中桑作案的证据，但是我必须要那样做，因为这是云中桑给我出的题目。"

龙华闽皱着眉头道："这样的话，你岂不是被他牵着鼻子走了？"

沈跃正色道："这涉及我的荣誉，我不能回避，更不可以逃避。其实到目前为止我一直都在输给他，所以我必须首先从专业上打败他，或许那样才会有机会将他绳之以法。"

龙华闽的眉毛一扬，惊讶地问道："你一直在输给他？为什么要这样说呢？"

沈跃苦笑着摇了摇头，叹息了一声，道："我说的是实情。在阚四通的案子里，是他成功帮助倪小云躲过我的微表情观察，并且还为自己摆脱了教唆倪小云的嫌疑；在卢文华的案子上，他比我棋高一着，如果没有他的提示，我不可能那么快找到真相。而这一次，他又成功地制造了一起群体性癔症，而且击中了我的要害，让我毫无还手之力。这倒也罢了，他还借此机会让我灰溜溜地躲进了看守所，现在我才明白，其实我一直都是被他牵着鼻子走。"

龙华闽更不明白了，问道："怎么能说是灰溜溜躲进了看守所呢？那不是为了迷惑他吗？"

沈跃摇头道："那只不过是我最开始经过分析后做出的错误决定罢了。不过现在看来我可能从一开始就中了他的圈套，因为我觉得云中桑根本就不害怕我们去查找他的那些作案证据。难道不是吗？龙警官，你发现没有，如今我们找到的线索虽然都与云中桑有关，但却根本不能成为真正的证据，这实在是让人感到沮丧。而这恰恰就是云中桑的高明之处。所以，我不得不怀疑他是故意让我选择了躲进看守所这条路。包括他去看守所看我，说不定也是他有意引导我继续将错误犯下去，如此一来，他就已经完成了对我的第一次攻击。"

"第一次攻击？"龙华闽愕然地说道。

沈跃点头："是的。他先利用那篇针对我的文章让我名誉扫地，然后让我跟着他的思路躲进看守所，由此在外人的眼里我就成了缩头乌龟，而他却是站在明处的谦谦君子。如果我最终明白了他的这个意图，也必定会因此而感到颓丧、自卑，于是我首先就在气度上输给了他，而在那样的情况下，我也就很难继续调查下去，即使是继续调查下去也难以取得大的进展。确实是如此啊，现在我的内心真的很沮丧，甚至有些丧失信心了，这或许正是云中桑最真实的用意。"

龙华闽道："可是，侯小君的未婚夫又是怎么回事？"

沈跃回答道："开始的时候我以为那是云中桑为了证实我究竟是不是真的被你们抓了才故意策划的，可后来我才想明白，其实他更主要的目的是为了对康德28号进行试探性攻击。或许他是在告诉我，如果有一天我真的抓住了他犯罪的证据，那么康德28号就会受到更大规模的攻击。"

龙华闽摇头道："小沈，我觉得你可能想得太多了。好吧，即使你的分析都是正确的，但你也绝对不会因此就放弃对这起案件的调查啊，是吧？"

沈跃苦笑道："可是我的自信心已经受到了极大的打击。云中桑是一位很有才华的心理学家，他肯定仔细研究过我的过去，包括我的性格。很显然，他的目的已经达到了，现在我已经有些心浮气躁，因为我实在找不到进入程惠内心的办法。"

龙华闽看着他，严肃地说道："既然你已经分析到了他的用意，那就说明你已经占了先机，而且你的专业水平并不输于云中桑，即使他再狡猾你也一定能找出破绽的。其实我不会像你那样去想问题，无论是阚四通还是卢文华的案子，最终都是你破获的。他云中桑算什么？以前我也对你说过，他只不过是对人的阴暗面了解得比你多罢了，如果没有你前面的调查，他也不可能给出那样的建议啊。小沈啊，你才是真正的心理学专家，千万不要把你自己看低了。"说到这里，他忽然发现沈跃好像有些神不守舍，担忧地问道："你不会就真的因此失去信心了吧？"

沈跃一下子清醒了过来，苦笑道："不会的，我当然会继续调查下去。没事，刚才我好像忽然想到了什么，可是……龙警官，就这样吧，我得去一趟康德28号，等我这边有了新的进展再向你汇报。"

说着，他直接起身，朝办公室外走去，连声再见都没对龙华闽说。龙华闽倒是不觉得有什么，看着他的背影很快消失在门口处，摇头苦笑道："他不是体制内的人也好，不然的话我还真的管不住他。"

康德大街平时就比较清静，这里不是商业区，二十世纪三四十年代风格的建筑群让这一片散发着人文气息，即使是路人走到这里也会不自觉地放慢脚步，降低声音。环境与人之间的关系常常就是如此，能够相互影响，这也是当初沈跃同意选择将这里作为心理研究所的原因之一。

可是今天，当沈跃站在康德28号下面的时候却忽然感到一阵压抑，他知道这是自己的心理作用造成的，因为他知道此时周围不知道有多少双警察的眼睛正在盯着这里。

底楼和二楼一直空着。卢文华的案件调查完结后，当他正准备开始物色心理咨询和治疗中心人选的时候，这起群体性癔症就忽然发生了。几家保险公司送来的案件也暂时被搁置下来。

侯小君没在，匡无为正在电脑上玩游戏。沈跃发现自己的办公室里面多了几盆绿色植物，康如心正在给它们浇水。沈跃笑着问她："你怎么忽然喜欢起植物来了？"

康如心笑道："这里面死气沉沉的，有了这几盆植物，你会随时感到心情愉快的。"

沈跃道："再去买些吧，每间办公室都摆上，过道上也放几盆。"

康如心道："过道上不行，今后随时会有犯罪嫌疑人被警察押送过来，那样的话过道就太狭窄了。"

沈跃笑道："这我倒是没有想到。对了，今天侯小君来过没有？"

康如心低声对他说道："出了那样的事情后，她这两天都没来。我给她打过电话，她说想一个人清净一下。"

沈跃点了点头，直接来到匡无为的办公室，拍了拍他的肩膀，道："你没事吧？"

匡无为神情落寞，低声答道："还好。"

沈跃斟酌着说道："无为，我绝没有想要打听你个人隐私的意思，不过我还是想问你一个问题，你是真的喜欢侯小君吗？"

匡无为叹息了一声，说道："这两天我也一直在问自己这个问题，可是我不知道答案。"

真是一个浪子啊……沈跃在心里苦笑，又拍了拍他的肩膀，道："那，你自己去把这件事情处理好吧。"

匡无为很是惊讶，他没想到沈跃对这件事情的反应如此淡然，竟然只问了这样一个问题。当他看到沈跃已经走到门口的时候忽然说了一句："沈博士，我和她真的没有发生过那样的事情，我们只是……"

沈跃转身朝他笑了笑，说道："我说了，那是你和她之间的事情，你们自己处理好就行。"

也不知道是怎的，匡无为的心里忽然有些感动。他感激地说道："你放心吧，我会的。"说着他就站起身来，又道："我这就去和她谈谈。"

沈跃看着他笑，说道："两个人之间的事情只有你们自己心里最明白，如果你是真的喜欢她，她也喜欢你，这就足够了。"

匡无为道："我再想想……"说着，他就匆匆离开了。

看着匡无为远去的背影，沈跃苦笑着摇头，却忽然发现康如心正站在前面，古怪地看着自己笑。沈跃问道："你都听见了？"

康如心撇了撇嘴，说道："沈跃，你怎么不批评他？"

沈跃看着她，正色道："这是他们两个人之间的事情，我有什么权利去批评人家？侯小君并没有结婚，匡无为也是单身，他们都有追求对方的自由。即使侯小君已经结婚了，她也有重新选择的权利。"

康如心怔了一下，说道："好吧，我同意你前面的说法，不过假如侯小君已经结婚了，她和匡无为那样做就太不应该了。沈跃，我怎么觉得你的'三观'有问题呢？"

沈跃不以为然道："这不是什么'三观'有问题，我们每个人有选择婚姻的权利，同时也有选择离婚的自由，你不要动不动就站在道德的高度去看问题好不好？"

康如心有些生气了，道："你呀，今后他们会被你纵容坏的。"

沈跃忽然笑了起来，说道："如心，我觉得你的某些观念才应该改变一下。首先，我不是这里的领导，我和他们都是合作关系，或者说是雇佣关系，除了工作上的事情需要向我汇报，此外他们都是自由的。其次，他们都是成年人，懂得为自己的行为负责，不需要我在一旁指手画脚，即使作为朋友，我最多也就是向他们提出我的某些真实想法，仅此而已。"

康如心觉得他的话好像有些道理，但同时又觉得似乎有什么地方不对劲，可是却根本找不出理由去反驳他，只好撇嘴道："反正你总是有理。"

沈跃笑道："我说的本来就有道理，而且匡无为对我说了，他和侯小君并没有发生过什么。也就是说，他们两个人到目前为止可能只是相互有了好感而已。所以，这件事情最终还是需要他们自己去处理。"

康如心瞪大了眼睛，道："真的？我还以为……看来确实是我的内心太阴暗了。跟着你一起调查了好几起案子，看到的都是人性的阴暗面，我都受到了影响……"

她的话刚刚说到这里，却一下子被沈跃打断了："你等等。阴暗……我明白了，很可能是这样！走，我们马上去程惠那里！"

康如心惊讶地看着他，问道："你在说什么？"

沈跃拉着她就朝外边跑，嘴里说着："我们去见了程惠就知道了。"

在距离游戏厅五十米远的地方，康如心将车停了下来。她打了个电话，不一会儿一个便衣警察就上了车。康如心问道："有什么情况吗？"

便衣警察回答道："没发现任何情况。程惠在里面，她男人在家里睡觉。"

康如心看着沈跃，沈跃看了看时间，说道："算了，我们等着吧，等他们两口子换班再说。"

康如心诧异地问道："你不是要问她问题吗？"

沈跃摇头道："不，我不仅要问她问题，还要再次催眠她。"

康如心似乎明白了，惊喜地问道："你找到破解密码的办法了？"

沈跃道："只是忽然想到了一种可能，但必须要去证实。"说着，他又对便衣警察说道："辛苦你了。"

便衣警察早已知道沈跃的大名，刚才上车的时候还有些紧张，此时见他对自己如此客气，心里十分感动，说道："应该是我们感谢你才对，这是我们的本职工作。"

便衣警察下车后，康如心笑着对沈跃说道："你这人蛮讨人喜欢的。"

沈跃似乎有些漫不经心，道："他们是最辛苦、最值得我们去尊重的人……嗯，我觉得自己好像真的找到破解难题的办法了。"

康如心看着他，道："哦？你说来听听。"

沈跃思索着说道："一直以来我都认为，要解开一件事情的真相就必须尽量深入地去了解制造事端的那个人的性格特征，以及他的内心世界。其实我对云中桑应该算是比较了解了，可惜的是我一直没有朝那个方面去想。如心，你说说，云中桑究竟是一个什么样的人？"

"这个问题我们以前就谈过啊。"说着，康如心忽然想起刚才在康德28号里面与沈跃的对话，瞬间有点开窍了，"你的意思是说，云中桑最了解他人内心的阴暗面？"

沈跃用赞赏的目光看着她，点头道："如心，你越来越能够抓住问题的关键点了。其实先前我在龙警官办公室的时候，他也说起过云中桑对人的阴暗面比较有研究的事情，当时就触动了我一下，后来你又在我面前说到了'阴暗'这两个字，这就让我忽然想到了一种可能。我想，云中桑很有可能是利用了程惠隐藏在内心深处的一件隐私，以此作为密码，所以当我去触碰程惠潜意识的时候才会引起她内心深处强烈的抵抗。这似乎才是最大的可能。"

康如心有些明白了，问道："你的意思是说，当你催眠程惠之后，一旦问及到与送货人有关的情况，她就会想起这件隐私，从而就会让她产生出过激情绪？"

沈跃点头道："是的。不过不是过激情绪，而是一种本能的抵御，或者说是反抗。你想想，假如你有一件不能为他人所知的极度隐秘的事情，一旦被人知道了就会被人鄙视，甚至会被人羞辱，你会不会不顾一切地想要去保守住自己的那个秘密？"

康如心的眼神一下子变得明亮起来，道："啊，我懂了。想不到云中桑这个人真的这么厉害。可是，他是怎么知道程惠的那个隐私的？"

沈跃道："很简单，在催眠了程惠之后一问就知道了。一个人在被催眠的状态下几乎是没有任何防范的，除非是被植入了暗示性的语言。比如，云中桑就可能在程惠的意识中植入这样的东西——如果有人问到你送货人和送货时间的问题，他就会知道你的隐私，你必须要保护好自己的隐私，否则的话你就会失去你的丈夫和儿子。像这样的暗示性语言就是密码。"

康如心皱眉思索着，问道："可是，你能够肯定云中桑暗示程惠的语言就是这样的吗？"

沈跃说道："暗示性的语言并不是最重要的，重要的是云中桑究竟是不是采用了这样的方式，所以我必须要证实这件事情。如果真的是那样的话，事情就好办多了。"

这下康如心反倒比沈跃更急切地想知道答案了，急忙道："那我们现在就去把程惠叫出来吧，不要再等了。"

沈跃却摇头道："等她换班回家后再说吧。我觉得已经很打扰人家了，反正这件事情也不是太着急。"

康如心瞪了他一眼，忽然又笑了，说道："明明是你急匆匆将我拉到这里来的……对了沈跃，这几天你在看守所里面想我没有？"

她的话刚刚问完，脸一下子就红了。沈跃忽然想起自己和她最近几天来几乎没有过任何形式的感情交流，基本上也就保持着工作上的关系，于是充满歉意地说道："对不起，最近一段时间我……"

康如心看着他，柔声说道："我没有责怪你的意思，我知道你面临着什么。其实你完全可以说假话骗我的，那样会让我更高兴。"说着，她伸出手去抚摸他的脸颊，轻声道："沈跃，你都瘦了，胡子也长出来了。看着你这个样子，我感到有些心痛。"

沈跃的眼睛一下子就湿润了，伸出手去将她的手握住，道："没事。等这件事情过去就好了，到时候我们去一趟北京或上海吧，看能不能聘用到今年要毕业的心理学专业的人才。"

康如心忽然笑了，说道："你的要求太高了，一般人恐怕很难入得了沈博士的法眼。"

沈跃叹息道："没办法，本省的心理医生都不愿跳槽，他们习惯了吃大锅饭，觉得到了我这里没有保障。其实我的要求并不高，有一定的天赋、好学就行，今后我可以培训他们。"

康如心笑道："这还要求不高？这个世界上的天才本来就不多，更何况还要局限于心理学专业。"

沈跃道："心理咨询和治疗与案件的调查不一样，必须要有专业基础才行，这和医学专业一样，他们今后面对的是人，可不是动物。”

康如心不住地笑，说道："你这种说法很奇特，不过很有道理。"

两个人在车里说说笑笑，温情脉脉，大约一个小时后，沈跃忽然看到那个叫王荣的游戏厅老板过来了，即刻对康如心道："把车开过去吧，我们去接程惠。"

康德大街28号，一楼，心理治疗室。

橙黄色的地毯，简洁的书架上五颜六色的书籍琳琅满目，大大的书案上有一盏漂亮的台灯和一个白色老式电话，蓝色的碎花沙发看上去温馨柔软，沙发后面的墙上挂着一台手风琴。外边的阳光穿过纱窗照射进来，暖意满屋。房间里面就只有沈跃和程惠两个人，沈跃没有同意让康如心在场，因为接下来沈跃要问程惠一些非常隐私的问题。

程惠坐在沙发上看了看周围，说道："这地方真好。"

沈跃朝她微微一笑，说道："你喜欢就好。这里没有茶，只有果汁。你喜欢喝什么味道的？"

程惠想了想，道："猕猴桃味的，有吗？"

沈跃笑道："还真有。为什么喜欢喝猕猴桃味道的呢？"

程惠道："听说猕猴桃里面含维生素多。"

沈跃笑着点头道："确实是这样。"说着，他去拿了一盒猕猴桃果汁给她倒上，趁她正在喝的时候缓缓地问了一句："程姐，你以前是不是做过一件最不该做的事情？"

程惠的手猛然间抖动了一下，杯子里面的果汁洒在了地上。她的脸上满是惊愕，嘴里却说着："怎么可能呢？"

沈跃将一张纸巾朝她递了过去，温言道："程姐，请你相信我，如果你真的有过那样的事情，请你一定告诉我，好吗？这件事情非常重要。我这样对你讲吧，刚才我问你的那件事情的答案很可能就是解开你内心那把锁的钥匙。我这样说你能够明白吗？"

程惠猛地将手上的杯子搁在前面的茶几上，决然道："没有那样的事情，绝对没有！"

沈跃依然用柔和的目光看着她，说道："你好好想想，可以吗？"

程惠一下子就站了起来，说道："沈博士，既然你不相信我，那我就回去了。现在我才明白，其实我什么问题都没有，原来你一直在骗我。"

这一刻，沈跃心里很后悔：早知道是这样就不应该直接问她了。他也急忙站起来，说道："程姐，我真的没有骗你。刚才我也就是随便问问而已，请你千万不要生气。程姐，坐下吧，请你一定相信我，我是真心为了你好。"

程惠依然有些激动，不过还是缓缓地坐下了。沈跃顿时松了一口气，这说明程惠还是信任他的，同时也更加证明了刚才他的那个问题对程惠而言确实非常敏感。在这样的情况下，沈跃也就再也没有了别的选择。

沈跃温和地和她说了一会儿话，待她的情绪完全稳定下来，才说道："程姐，我必须继续对你进行催眠，那个问题不解决的话对你始终是一个威胁。"

程惠犹豫了一下，问道："我一直没有问你，如果情况真的像你说的那样的话，可能会出现什么状况？"

沈跃严肃地对她说道："一旦你遇到了某种特别状况，存在于你内心的那颗炸弹就可能会被引爆，很可能会导致你精神分裂。程姐，现在我可以把具体的情况告诉你。你想想，为什么这次省城有那么多人忽然发病，可是真正食物中毒的却只有你们家游戏厅里面的那几个人？你知道这是为什么吗？这是因为有人催眠了你，故意将有毒的饮料送到你们那里。如果是在正常的情况下，你一定会认出那些饮料是假的，可是你却偏偏没有发现，这说明了什么？"

程惠的脸色一下子就变了，问道："说明了什么？"

沈跃道："说明你的思想被他人控制了。现在我们必须要找出那个人，同时还要把你受到控制的那部分思想消除掉。程姐，我这样说你能够理解吧？"

这当然不是专业性的说法，不过只有这样说她才能够听得懂。果然，程惠在点头，而且她的脸色已经变得苍白起来，哆嗦着嘴说道："我大概懂了。我好害怕……"

沈跃朝她微微一笑，说道："你不用害怕。我说过，我绝不会让你受到伤害。你看，我们已经进行过两次催眠了，你不是一点事儿都没有吗？"

程惠伸出手去紧紧抓住沈跃的衣袖，恳切地说道："沈博士，求求你帮帮我，好吗？"

沈跃点头，他心里在暗自叹息：其实我们当中的大多数人都很单纯，他们的要求也很简单，不过就是希望自己能够健康、平安，仅此而已。他拿出了那个绿色的催眠球，对程惠说道："当你听到电话铃声的时候就醒来，好吗？"

程惠点头："我记住了。"

是的，沈跃必须预估到这一次催眠可能会遇到的凶险，所以他只能采取这种最传统同时也是最保险的方式。电话铃声清脆响亮，更容易将一个人从深睡眠中唤醒。

然而，当沈跃在看着已经进入催眠状态的程惠的时候却忽然间紧张了起来。这是实施催眠术过程中的大忌。他快速地深呼吸了几次，终于在平静中完成了最开始常规性的简单对话，随后就问道："程惠，你以前是不是做过一件最不应该做的事情？"

他必须要问这个问题，这个问题很可能就是那把解锁的钥匙。虽然在询问之后沈跃忽然感到有些愧疚，但他还是满怀希望地看着程惠的嘴唇。

程惠在皱眉，不过却终于回答了："我们，我们杀害了我们的第一个孩子……"

这一瞬，沈跃一下子被震惊住了，不过他即刻就意识到自己不应该出现这样的情绪，急忙稳住心神，缓缓问道："为什么？"

程惠回答道："因为，因为那个孩子难产，生下来的头一个月里除了能够吃东西之外根本就没有别的反应。医生说孩子会变成傻子，还可能一直瘫痪在床。"

沈跃的内心再一次被震惊了，问道："孩子是怎么死的？"

"几天没给他喂东西和水。"

在目瞪口呆之余，沈跃猛然间看到程惠的眼角处有泪水流出……他暗暗叹息了一声，拿起手机拨打了书案上的那部电话。

"怎么？还是不对？"当康如心看到沈跃那张苍白的脸时关心地问道。可是沈跃却在摇头，什么也没说。

这下康如心就困惑了，同时更加想知道刚才究竟发生了什么。她来到沈跃面前，双手攀住沈跃的肩膀，柔声道："沈跃，你应该把所有的事情都告诉我，因为这个世界上我是最关心你的人，你说是吗？"

沈跃不敢看她的眼睛，脸上带着痛苦的表情，摇头说道："如心，我不知道应不应该告诉你这件事情，你让我好好想想再说，好吗？"

康如心将双手从他的肩膀上放了下来，跺了一下脚，道："真是急死人了！沈跃，究竟发生了什么事啊？我求求你告诉我好不好？我早就说过，无论遇到什么问题我们都应该一起去解决，难道你忘了？或者是你不相信我？"

没有人知道此刻沈跃内心的矛盾和痛苦，他万万没有想到程惠内心深处最阴暗的地方竟然会藏着那样一件事。

王荣和程惠的第一个孩子，因为难产招致脑部严重受损，医生告诉他们，孩子长大后很可能会变成傻子，甚至会永远瘫痪在床。沈跃完全可以想象得到当时这对夫妻的两难处境：把孩子养大，孩子和他们都会在痛苦中度过一生；要么就是让孩子离开这个世界。多么残酷的事情，而且是犯罪！

刚才，进入到催眠状态中的程惠流下了眼泪，这说明她内心深处的痛苦与愧疚以及罪恶感一直在缠绕着她，而她把对第一个孩子的愧疚全部以爱的方式给予了她的第二个孩子。

而此时，这样的结果也让沈跃陷入到了极度痛苦的两难之境当中。要解开程惠的心锁已经不再是难事，可是接下来呢？是将这件事情隐瞒下来还是向警方举报？他信誓旦旦地向程惠保证过一定要保护她的安全，绝不会做出任何伤害她的事情，可是知情不报也是犯罪啊。该死的职业伦理！为什么这个世界上会存在着这样的东西？！

康如心是沈跃最心爱的人，他本应该将这件事情告诉她，或许她可以替自己做出完美的选择，但她是警察，如果告诉了她，她也会和自己一起陷入职业伦理的两难之中。此时，沈跃在心中反复问自己：我能够这样做吗？我可以这样做吗？

如果有一位可以说知心话的朋友就好了。是啊，直到这一刻沈跃才真切地感受到自己的孤独，他发现自己竟然没有一位真正的朋友。没有一位，真正的朋友！

"麻烦你去陪着程惠，让我一个人待一会儿，好吗？"沈跃对康如心如此说道。康如心发现他的眼神中充满着孤寂，还有哀求，她的内心瞬间柔软了，不满和哀怨在刹那间消散。她知道，眼前的这个男人必定是遇到了他生平中最大的难处。

就这样静静地坐了许久，沈跃忽然想起了导师，他急不可耐地拿起电话拨打过去："老师，我是沈跃。"

电话里面传来了导师疲惫的声音："说吧，你遭遇到了什么？"

导师是心理大师，这个时间点沈跃从太平洋的这一端打去电话就已经说明了一切。太平洋的那一端此时已经是深夜。沈跃的心里温暖了一下，在美国数年的生活让他与导师形成了亦师亦友的关系，他是这个世界上唯一一个可以与之分享这个秘密的人。

"老师，如果你面对这种情况的话会怎么办？"沈跃克制着激动，在慢慢讲述完整个过程后问道。

威尔逊先生却激动了起来，大声说道："沈，你说的那个人一定是朝冈太郎的学生！朝冈太郎是日本最有成就的催眠大师，此人性格孤傲，目空一切，是一个非常令人讨厌的家伙！老师如此，他的学生当然也会像那样。你们中国话是怎么说的？"

沈跃道："Like father, like son。老师，我不想评价这个人，现在我面临着这样的困境，老师可以给我一个完美的建议吗？"

威尔逊道："这个世界上从来就没有完美的东西！沈，我给你的建议就是，先解决问题，然后把那件事情告诉警方。这对夫妇需要的不是隐瞒，而是赎罪。赎罪可以让一个人的心灵得到慰藉，他们目前的逃避只能将罪恶、痛苦深埋在灵魂深处，自我饱受折磨，所以你那样做其实是在帮助他们。"

这是标准的西方人的思想和思维。不过导师说得好像很对，程惠在催眠状态下流下的眼泪，王荣对游戏的沉湎，这何尝不是他们长期被痛苦缠绕和逃避现实的表现呢？也许，法律才是解决这个问题的最好办法，同时更是王荣夫妇最终得以赎罪的机会。人生中充满着无数的痛苦，唯有让心灵得以慰藉才是最重要的。可是，要解开云中桑封锁在程惠意识中的那道密码就必须采取欺骗的方式……沈跃再一次犹豫了，不过他没有再去问导师，导师的毕生精力都花费在微表情研究上，在催眠术方面的造诣反倒不如自己的学生。

善意的谎言也是一种悲悯，沈跃如此对自己说。

康如心没有想到事情会是这样，她也因此明白了为什么刚才沈跃会如此犹豫和痛苦。她轻轻将沈跃抱住，柔声说道："沈跃，对不起，刚才是我错怪了你。"

沈跃紧紧揽住她的纤腰，禁不住亲吻了她的额头，然后温言道："我已经处于两难的境地了，所以不想让你和我一样为难。选择是一件十分痛苦的事情，很容易让人背上沉重的心理包袱。你的心理并不完全健康，我不能那样做。"

康如心向他靠得更紧了，轻声说道："我知道了。沈跃，我现在的情况好多了。"

沈跃轻轻拍了拍她的后背，道："我相信你会完全好起来的。如心，我们开始工作吧，这次需要你陪着我。对了，马上把彭庄叫来。"

程惠再一次被催眠。这一次，沈跃更加小心翼翼，他的心里充满期待，等待着听见密码锁被打开那一瞬"咔嚓"的轻响声。

但是他不住地告诫着自己：一定要冷静，一定要有耐心，绝对不能漏掉任何一个环节，细节上也不能出现丝毫差错。他开始询问："你看到了什么？"

"儿子回来了。他长胖了。"

"你们曾经还有过一个孩子，他还活着。"

"他，他在哪里？"

"他就是你面前的这个孩子。你仔细看看，他长得是不是很像你们的第一个孩子？"

"真的，好像还真是。"

"你们的第一个孩子，他转世成了你们现在的儿子。你们的儿子聪明、孝顺，因为他感激你们，是你们让他摆脱了上一次轮回的痛苦，让他变成了如今健康的模样。你听，他在对你说，'妈妈，我永远都是你的孩子，上一辈子是，现在是，今后也一直都是'。你听到没有？"

程惠的脸上绽放出笑容，眼角流出泪水，她说道："我听到了。这是真的？"

沈跃发出柔和的声音："当然是真的。所以你不用愧疚，你是对的，孩子根本没有怪罪于你。所以，他又回到了你的身边。"

"是他，果然是他。谢谢老天，谢谢菩萨……"

"孩子累了，他要去休息一会儿。程惠，你的电话来了，有个人给你们的游戏厅送货来了。"

"不是前几天才送过货吗？"

"公司的货源很紧，你们是老客户，所以首先要照顾你们。"

"这样啊，太感谢了。"

"送货的人看到了吗？他长什么样子？"

"以前没见过。喂！这次送货的人怎么是你？小刘呢？"

沈跃全身的紧张在这一瞬间骤然消除了，仿佛真的听到了那一声"咔嚓"的轻响。冷静，千万别激动，关键的节点终于来了。

"那个人怎么回答的？"

"他说，小刘天天在外面送货，太忙了。"

"然后呢？"

"我发觉这些货好像不大对劲。那个人说：'以前的货不都是这样的吗？'我又仔细去看了看，好像没问题了。"

"然后呢？"

"我签字后付了钱。他问我，'今天是几月几号？'我说了时间，他说不对，我听到他说了另外一个时间，我这才发现是自己把时间记错了。最近太忙了，忙得日子都记不住了。"

"告诉我那个人的模样。"

"个子高高的，眼睛有点小……"

彭庄看了沈跃一眼，不过还是继续按照程惠的描述在纸上作画。程惠的描述结束后，画面上出现的依然是小周的模样。

沈跃再一次感到沮丧。果然和预料的情况一样。证实了前面的猜测又有什么用处？可是沈跃还是不甘心，问道："送货的人戴手套了吗？"

"戴了。白色的棉线手套，好像是新的。"

连指纹也没有留下。沈跃彻底失望了。不过程惠的心锁已经解开，云中桑设置的那个敏感点已经不再有任何作用，这也算是最近一段时间以来最大的收获吧。

沈跃拨打了书案上的电话，随着清脆的铃声响起，程惠缓缓睁开了眼睛，眼前是沈跃那张微笑着的脸。她听见沈跃在对自己说："程姐，没事了，你的问题解决了。"

程惠不敢相信，道："真的？我怎么什么都不知道？"

沈跃看着她，道："曾经有一件事情让你一直很痛苦，甚至心中存有罪恶感。但是现在呢？痛苦好像减轻了许多，是吧？"

程惠瞪大了眼睛看着他，脸色大变之余禁不住点了点头，不过仍然在往下掉眼泪。她哽咽着说道："那件事情是我们做错了。"

"做错了就应该去承担。其实你并不希望你丈夫永远堕落下去，你知道他天天玩游戏的根本原因是什么，难道你不希望你们都能够彻底从过去的痛苦中解脱出来吗？"

"我们应该怎么办？沈博士，请你告诉我，好吗？"

"我说了，做错了就应该去承担，而不是一直逃避下去。你说呢？"

"可是……"

"你们的儿子不会责怪你们，更不会因此轻视你们。如果没有你们当初的那个决定，这个世界上就不会有他的存在。是你们给了他生命，给了他一个幸福的家，难道不是吗？"

"你说得好像很对……刚才我就梦见我们的第一个孩子了，他告诉我说，他就是我们现在的儿子。"

沈跃微微一笑，说道："看来那个孩子已经原谅了你们，可是你们自己呢？是不是也应该为曾经的那个错误决定承担起相应的责任？"

说到这里，沈跃从程惠的脸上看到了决绝的神情，只见她点头说道："我知道该怎么做了。谢谢你，沈博士。"

13 窃听器

龙华闽到了康德 28 号,他发现眼前的沈跃似乎情绪很不错,诧异地问道:"你不是说还是没有拿到云中桑的任何证据吗?"

沈跃笑了笑,答道:"龙警官,至少我解决了程惠的问题,从某种意义上讲,这比云中桑的案子更重要,难道你不这样认为?"

这个家伙永远都是西方自由主义的思想,他怎么就不能理解我现在所承受着的巨大压力呢?这起群体性事件影响如此之大,上边可是当成一项政治性任务在分配给我们的啊。唉,可是这件事情好像除了他还真的没人能解决,这可是两个顶尖心理学家之间的博弈啊!他指了指沈跃,苦笑着说道:"你呀……"

沈跃却似乎并不在意龙华闽在想些什么,转而问道:"龙警官,我向你咨询一个问题,按照我们国家的法律,像王荣、程惠夫妇这种情况可能会判多少年?"

龙华闽唯有苦笑,他发现自己真的很难跟上眼前这个家伙的跳跃性思维。他想了想后回答道:"根据我国刑法规定,出于无力抚养、顾及脸面等不太恶劣的主观动机而将亲生婴儿杀害的,如果有自首情节,以故意杀人罪的较轻情况论处,一般判处三到十年有期徒刑。不过王荣、程惠夫妇的情况确实特殊,法院应该会酌情轻判的。小沈,我不明白你为什么会同情他们，毕竟虎毒不食子啊！"

沈跃叹息着说道："你说的只是一个方面的道理，剥夺他人的生命当然是犯罪，即使他们杀死的是自己的孩子也是一样。但我们都不曾亲自面对过那样的情况，如果那个孩子是你的或者是我的，也难免不会产生出那样的想法。更何况，他们夫妇已经为此痛苦了这么多年，其实他们一直在忏悔，难道这还不值得同情吗？"

龙华闽不住地朝他摆手，道："好吧，我说不过你。现在我们谈谈云中桑的事情，接下来你准备怎么办？"

沈跃摇头道："我不知道。不过有两件事情需要你们警方去查清楚。第一件事情就是小周的表妹夏雨青与云中桑究竟是什么关系。我怀疑这个夏雨青和倪小云一样，很可能也是云中桑的学生。如果能够证实夏雨青还有其他问题，从她身上找到突破口也是有可能的。第二件事情就是，你们能不能通过日本警方调查一下那个发布文章的日本人？虽然日本方面不一定真的会拘捕他，但若能以此离间他和云中桑的关系，或许还会额外有所收获呢。"

龙华闽道："你说的这两个方面我们都已经着手在办了。目前已经查明，夏雨青确实是在上大学的时候参加过云中桑的心理学培训班，而且她最大的愿望就是出国，很显然是云中桑和她做了一笔交易，不过我们没有调查到她还存在其他问题。星野男的情况我们也向日本警方通报了，但是到目前为止他们还没有任何回复。小沈，你也知道中日之间的关系比较复杂，像这样的情况估计他们不会理会。"

沈跃郁郁地说道："是啊，云中桑早就应该想到了这样的可能，他甚至可以明目张胆地说这起群体性事件就是他策划的。可是我们手上却偏偏拿不出他作案的证据，我们又能奈他何？"

龙华闽道："要真是那样的话就好了，犯罪嫌疑人的口供是可以作为证据的。"

沈跃忽然笑了，说道："那样的话，到了法庭上他一定会翻供。所以，最终还必须得用证据说话。"

龙华闽瞠目结舌地看着他，道："小沈，我怎么觉得你把这个人说得太厉害了呢？我就不相信他真的能够做到毫无破绽。"

沈跃正色道："他就是有这么厉害。破绽肯定有，但很难找出来，所以就更不能轻视他的智慧，我们一定要站在他的角度去思考问题。"

龙华闽道："按照我的想法，还是先传讯云中桑的母亲，说不定云中桑因此就急了，会不顾一切地跳出来，我们也可以就此拿住他的证据。方式虽然卑鄙了些，但总比像现在这样束手无策的好。"

沈跃即刻道："不可以！你们警方代表的是正义，怎么可以使用阴谋诡计？更何况云中桑是什么人？如果因此激怒了他，他的破坏力有多大可能你根本就无法想象。这次的事情算是他有所保留，所以才并没有把事情搞得特别大，如果他再制造一起全国性事件，来个鱼死网破，那样就不好收场了。"

龙华闽被沈跃的话吓住了，皱眉问道："那你说说，下一步你准备怎么做？"

沈跃想了想，说道："我想去和他当面谈谈。既然他已经把自己摆在了明面上，那我就应该去和他面对面。就目前而言我已经胜了他一筹，他出的题目已经被我解开，下一步就应该轮到我出招了。"

龙华闽一听，顿时大笑，道："原来你早就想好了办法……"

可是沈跃却摇头道："我还没有想到办法，但是我一定会出招的。这一次绝不能再让他牵着我的鼻子走了。绝不能！"

虽然康如心再三劝阻，但沈跃还是坚持要独自一人去云中桑家。沈跃说道："这是我和他两个人之间的事情，我们都是心理学家，不会用武力去解决问题。我只是想和他好好谈谈，你是警察身份，会影响到我们之间的谈话质量。"

虽然康如心并不明白他所说的"谈话质量"是什么，却也没有再多说什么，因为她已经认识到自己的担心有些多余。确实如同沈跃所说的那样，云中桑和沈跃之间是两个心理学家的博弈，使用武力只会让人笑话和鄙视。

沈跃在下午三点多的时候来到云中桑家，这是沈跃刻意选择的时间。现在正是初夏时节，下午三点过后的阳光不再带有清冷之气，他依然希望自己与云中桑的这次谈话中可以多一些温暖。而且这个时间云中桑已经午睡结束了，他的心情应该还不错。在去往云中桑家的路上，沈跃低声嘀咕着：但愿他能够理解我的这一片苦心。

是的，即使是云中桑走到了这一步，沈跃也依然希望他仅仅是一时冲动。不管怎么说，在这一次的群体性事件中，真正受到伤害的人并不多，云中桑也还并没有到达丧心病狂的地步，所以沈跃依然对他抱着一丝幻想，希望他能够迷途知返，改邪归正，不然的话就实在是太浪费他的才华了。

在云中桑家外边不远处，一个清洁工模样的人忽然出现在沈跃面前，低声对他说道："沈博士，他在家。"

原来这是一名便衣警察。沈跃朝他点了点头。清洁工模样的人伸出手在他身上拍打了几下，道："沈博士，你这衣服怎么粘上灰了？"

沈跃愣了一下，点头向他表达着谢意，心里却在想：他这样不是很容易暴露吗？嗯，暴露了也无所谓，云中桑应该能够想到自己已经被警方监控了。

让沈跃感到些许意外的是，这一次云中桑的母亲竟然没有将他拒之门外。老太太对他说了一句："中桑说你一定会来的。我这就去叫他。"

沈跃愣了一下，不过很快就明白了其中因由。云中桑也一直在研究他，了解他的性格，能够预料到他很可能会再次登门拜访这并不奇怪。这一刻，沈跃的心里忽然有了一种惺惺相惜之感，随即又不禁叹息：可惜，这个人从一开始就把我放在了他的对立面。

云中桑出现在楼梯口处，表情和目光都是淡淡的，道："请上来吧。"

沈跃指了指外边，道："今天的阳光不错，我们还是到外边坐坐吧。"

云中桑道："我不喜欢阳光，太刺眼。来我的书房，我们之间的谈话应该在那样的地方。"

说完后他直接就转身上楼了。沈跃苦笑了一下，心想：这是他的家，那就客随主便吧。

到了楼上，沈跃发现这一层整体的装修风格完全是日式的。进入书房后，眼前是一张榻榻米，一排高高的书架靠墙而立，不过云中桑的身上穿的是睡衣而不是和服。云中桑席地而坐，指了指对面，对沈跃道："请坐吧。"

沈跃点了点头，走过去席地而坐，面前的矮几上摆着一壶茶，两个茶杯。沈跃并不认为他的那只茶杯是云中桑早就准备好的，最大的可能是他刚才摆放上去的。他觉得这很可笑：云中桑还真的把自己扮成诸葛亮了。

云中桑看了一眼沈跃的坐姿，淡淡地问道："沈博士也去过日本？"

沈跃摇头道："从来没有去过。"说着，他看了一眼四周的陈设，道："日本人继承的是我们国家唐代的文化，这种席地而坐的方式、榻榻米、和服……这些都是我们老祖宗留下的。不过中国人后来抛弃了'席子'选择了椅子，所以换句话说，日本的很多习俗只不过是保留了一些在我们这已经过时的东西罢了。席地而坐的姿势在很多电视剧里面都有，要学会这样的坐姿其实很简单。"

云中桑不以为然道："你错了，中国人不是抛弃了自己的传统文化，而是流失了，所以中国文化的精髓早已经不在。"

沈跃哑然而笑，道："这种说法很可笑。中国文化的精髓可不是什么形式上的席地而坐、宽袍大袖，而是'孝悌忠信、礼义廉耻、仁爱和平'这十二个字。几千年来，中国老百姓对这十二个字的坚守从来没有失去过。云博士，你说是不是？"

这时候云中桑的母亲进来了，端着一盘水果，说道："这是我今天才去超市买的，很新鲜。"

沈跃起身道谢，云中桑将水果接了过来，对母亲说道："妈，我说了好多次了，要请个保姆，您就是不同意。这些事情不该您去做。"

老太太道:"我可不喜欢被人服侍。"说着,她慈祥地朝沈跃笑了笑,说道:"你们聊。"

沈跃再次道谢。待老太太离开后,沈跃对云中桑说道:"云博士,我觉得老人家说得对。"

云中桑却并没有看他,端起茶杯喝了一口,道:"哦?"

沈跃道:"老人不愿意请保姆其实并不是因为真的不喜欢被人服侍,也不是不愿意享福,而是不想让别人分去这个家的温暖。我母亲也是一样,只要是我在家的时候她总是会反复来问我喜欢吃什么,饿不饿,要不要换一壶茶?她这不是琐碎,而是一个母亲对孩子最真实的爱的表达。所以,我从来都不认为母亲给我做那些事情是不应该的,因为接受她所做的那一切才会让她真正地感到高兴,这也是孝道的一种表现方式。云博士,你可是研究心理学的专家,怎么就不理解当母亲的心呢?"

云中桑怔了一下,将手上的茶杯放在前面的矮几上,道:"沈博士,说吧,你今天来的目的究竟是什么?"

沈跃淡淡一笑,说道:"云博士今天对待我的态度和以前相比大不一样啊,这说明你应该知道我的来意。云博士,有些事情你我心里都明白,其实我们用不着兜圈子。"

云中桑这才去看沈跃,假惺惺地问道:"难道沈博士又遇到了难以解决的案子?"

沈跃点头道:"是的。只不过这次的案子是你做下的,遗憾的是我没有任何证据。"

云中桑冷冷地回应道:"没有证据就不要轻言说是我做下的,否则我会控告你诬陷。"

沈跃没有理会他的这句话,笑着说道:"其实真正受到诬陷的人是我,一篇起底我的文章让我差点被群起而攻,一场群体性癔症也是针对我而来。云博士,你不要跟我说你什么都不知道。"

云中桑冷冷道:"我还真的不知道你在说什么。"

沈跃道："其实，我们继续这个话题已经没有什么意义了。不过云博士，你出给我的题目我已经解开了，你确实是一位造诣很深的催眠师，居然将一个人内心深处最阴暗的东西作为解锁的密码，开始的时候我还真的没有想到。说实话，我十分敬佩你的才华，不过你这样的方式让我非常鄙视。你想过没有，那些食物中毒的人，还有那个游戏厅的老板娘，他们何罪之有？他们为什么要受到那样的伤害？特别是那个游戏厅的老板娘，如果我一直不能替她解开你植入的那个密码，那么她随时都可能会患上精神分裂，这可不是一个心理学家应该做的事情啊。心理学家和医生一样，我们的出发点都是治病救人，而不是去害人。云博士，我真的希望你只是一时糊涂，做了错事。也许以前是我对某些事情的考虑欠缺造成了我们之间的误会，如果真是那样的话，我愿意向你道歉，可是这次的事情你确实越界太多了，更是在拿你自己的前途赌博。云博士，难道你从来都没考虑过后果吗？"

沈跃在说这番话的过程中一直在注意着云中桑的表情变化，他发现面前这个人的神情虽然一直保持着冷漠，但眼神中还是出现了一闪即逝的惊讶，但紧随而至的则是怨毒。云中桑嗤之以鼻，道："沈博士太自以为是了吧，我云某人还轮不到你来教训。你刚才的话我可是一句都没听懂，至于你说的什么后果，沈博士，你用不着替他人担忧，还是多想想你自己吧，你我之间的事情才开始呢。"

沈跃心里一沉：他果然还有后着！他急忙问道："你还想干什么？"

云中桑冷冷地答道："我就知道警方会保护你。沈博士，你想过没有，一旦有人把法律作为幌子的话，会是一种什么样的结果？"

沈跃神色严肃地看着他，道："你错了。我没有犯法，所以无论你接下来要对我做什么我都不会害怕。"

云中桑乜了他一眼，道："是吗？"

沈跃笑道："是的。我相信法律，也一直在遵守着法律，所以我的心里很坦然。即使是谣言让我的理想无法实现我也能够承受。我已经做好了最坏的打算，即使我的心理研究所会因此而被迫关门，我也可以静下心来著书立学，这没有什么大不了的。云博士，你也把我想得太脆弱了。"

云中桑的脸色瞬间变了一下，不过很快又变回了冷漠的表情，道："这样的话我也会说。沈博士，你真虚伪。"

沈跃摇头道："你又错了。恰恰相反，我这个人从来都不懂得什么是虚伪。从美国回来后我本来只是想开一家小小的心理诊所，但这并不是我最主要的目的，我最主要的目的是好好陪伴我的母亲。母亲老了，我希望自己能够一直陪伴在她身边，让她有一个幸福祥和的晚年，仅此而已。而且这样的想法我一直没有改变过。后来是警方找上门来，让我不得不对自己今后的人生规划做出了一些改变。云博士，如果你觉得我是一个依附权势、贪图金钱的人，那你就完全错了。有句话叫作'无欲则刚'，所以如果你认为用那样的方式可以击垮我，那你就真的错了，完全错了。"

云中桑的脸色又是一变，道："原来你今天来的目的是为了向我展示你的清心寡欲？一个人越是害怕失去什么反倒会告诉他人说自己根本就不在乎什么。沈博士，你把我当成是两三岁的小孩吗？"

沈跃真挚地看着他，说道："云博士，你还是错了。在我眼里，你是这个世界上最优秀的心理学家之一，我从来都没有轻看过你。就如同你以前在我面前采取的方式一样，我也从来不会在你面前说假话，因为我知道，任何假话在一位优秀的心理学家面前都是毫无用处的。"

云中桑道："你那……很不错。"

沈跃忽然感觉到他的声音有些飘忽，让自己有些听不大清楚，问道："你……在说什么？"

云中桑道："也许吧。那么，你的真话还有哪些呢？"

沈跃看着他，道："还有一句，那就是希望你去自首。这次的事情虽然影响较大，但你刻意控制了疾病传播范围，而且真正受到伤害的人并不多，而对于我个人来讲，我是不会计较这件事的，所以如果你去自首的话，法院肯定会酌情轻判的。"

云中桑顿时笑了起来，道："沈博士，你在和我开玩笑吧？我做了什么？为什么要去自首？沈博士，这句话我也可以对你讲，你去自首吧，法院会轻判你的。哈哈！"

沈跃站了起来，不过还是不忍放弃最后的机会，说道："云博士，我的话是真诚的，希望你能够好好考虑一下。"

云中桑冷冷地说道："沈跃，你是我见过的最让人恶心的人！如果不是你，我不会失去曾经拥有的一切，可现在你却在我面前惺惺作态，还把我当成傻瓜一样，你以为我云中桑是什么人？被你随意拿捏的蠢材？你又以为你自己是谁？高人一等的卫道士？岂有此理！沈跃，你等着吧，你对我造成的所有伤害，我必定会让你加倍偿还！"

沈跃叹息了一声，说道："云博士，我不想再做任何解释了，不过我还是想友善地告诫你一句，别玩火。想想你的母亲，你是她这辈子最大的骄傲，千万不要让她失望。"

云中桑忽然笑了，沈跃发现他笑得有些古怪，同时听到他说道："谢谢你的告诫。沈博士，我也要告诫你一句话，从今往后如果没有我的邀请，请你不要再到我家里来了。你是一个不受欢迎的人。"

这个人就是如此心胸狭隘，待人刻薄。沈跃朝他点了点头，道："我也谢谢你的告诫。"

到了楼下的时候沈跃看到云中桑的母亲正坐在那里织着一件男式毛衣，白色的。沈跃朝老太太鞠了一躬，客气道："打搅您了。"

老太太一激灵，急忙起身道："怎么这么客气？"随即她又朝上边看了一眼，然后低声道："你们谈得还好吧？"

沈跃不想让她知道实情，笑着说道："还行。老人家，打搅您了。"

老太太一直将他送到门外，沈跃走出去数步后转身回头看的时候，发现老太太还在朝自己慈祥地微笑着。

那件正在织着的白色毛衣，或许正代表着云中桑在老太太心目中的形象。她是一位好母亲，可惜她并不知道自己儿子所做的一切。沈跃不忍再多看老太太一眼，急匆匆地转身离去。

刚刚出了小区就看到了康如心，她倚靠在警车旁，正在朝着沈跃笑。沈跃快步跑了过去，问道："你怎么在这里？"

康如心道："来接你啊。在这里等了你很久了，怎么样，你和他谈得如何？"

沈跃怔了一下，问道："很久吗？"说着，抬起手腕看了一眼时间，却忽然想到了什么，顿时脸色大变。

康如心不明所以，问道："你怎么了？"

沈跃愣愣地站在那里，仿佛没有听到她的问话，喃喃自语道："时间怎么会过了这么久？我怎么感觉只进去了不到半小时？难道……"

康如心见他的脸色越来越难看，嘴里说出的话也是莫名其妙，急忙过去晃动他的胳膊，问道："喂！你这是怎么了？"

沈跃清醒了些，脸色却已经变得铁青，声音也有些嘶哑了："可能……我刚才可能被他催眠了。我印象中就和他谈了不到半小时，可现在的时间已经四点过了，另外那半个小时的时间到哪里去了呢？"

康如心惊讶地问道："你是心理学家，也非常精通催眠术，有没有被催眠你自己都不知道？"

沈跃满脸痛苦、颓丧的表情，说道："我不可能知道。一个人在被催眠的情况下，看到的、听到的都不一定是真的，没看到、没听到的也不一定就没发生过。"

康如心满脸骇异，道："我不相信他真的那么厉害。"说着，她调皮地撇了撇嘴，道："幸好我提前预备了一手。沈跃，你还记得那个清洁工吧？在你来这里的路上我通知他悄悄在你身上放了一个微型监听器，究竟你有没有被催眠，去听一下录音不就知道了？"

沈跃一下子想起那个便衣警察给他拍打身上灰尘的事情来了，心道："我说呢，当时我就觉得有些奇怪。"其实他也知道当时没有过多去想那件事情的原因，说到底那是因为他不可能去怀疑一名便衣警察。不过沈跃知道，康如心之所以会那样做还主要是因为她担心自己的安全。

沈跃问道："你干吗不直接把这件事告诉我？"

康如心瞪了他一眼，道："你这倔脾气，如果我告诉了你，你会答应吗？"

沈跃想了想，苦笑着说道："可能还真的不会答应。我是想光明正大地去见他，肯定不会同意你们采用那样的手段。"

康如心道："所以，你的想法也不一定都是对的。沈博士，今后你可要虚心接受他人的建议才是。"她一边不住地笑，一边拉着他的手道："走吧，我们去听听你和云中桑的谈话录音。"

沈跃问道："去什么地方？"

康如心回答道："就在这个小区的后边。微型监听器的功率太小，监听的人不能距离云中桑的家太远。"

在小区后面的院墙外停放着一辆极其普通的面包车，沈跃上车后看到里面有一套监听设备，还有两个穿着便服的警察，其中一个就是先前他见到的那个清洁工模样的人。两个警察看着沈跃的眼神中充满着敬意，那个清洁工模样的警察说道："沈博士，你们的谈话我们听过了，云中桑就是一个阴险小人，他根本就无法和你相比。"

沈跃摇了摇头，叹息着说道："不管怎么说，他都是一位很有天赋的心理学家。辛苦你们了，麻烦把刚才的录音放出来让我听听。"

这两个警察惊讶地看了沈跃一眼，他们不明白沈跃为什么还要专程来听他自己刚才的谈话内容。不过这两个警察都没有说什么，职业的特点让他们习惯于服从。

录音被倒回到两个人开始谈话的地方，沈跃仔细地听着。这些对话发生在十多分钟前，从录音中，沈跃的脑海里清晰地浮现出当时云中桑表情中的每一个细节，让沈跃唯一感到陌生的是他自己的声音。这并不奇怪，因为我们说话的时候，声音的一部分是通过颅骨传递到大脑里面的听觉中枢的，而此时的声音完全是通过空气传播进入到耳蜗的，所以录音上自己的声音会让人感到有些陌生。

一直听了很久沈跃都没有发现任何异常。一个人被催眠后所说出来的话是不会存留在显性记忆中的，那一段记忆只可能储存在如同电脑硬盘般的人类的潜意识里。可是录音中两个人谈话的内容和过程沈跃都记得，这就说明其间他并没有受到云中桑的催眠。

无论是云中桑对沈跃的了解还是谈话过程中沈跃的语气、神情，像云中桑这种级别的心理学家应该能够判断出沈跃没有携带监听设备，他在谈话过程中的防范只不过是一种自我保护的本能。其实，如果认真去分析的话就会发现，云中桑的话语中并不曾对他自己作案的事情有过任何强烈的否认。也就是说，如果云中桑真的有过想要催眠沈跃的意图的话，他完全可以肆无忌惮地实施。

可是沈跃的这个想法错了。

录音继续朝后面播放着，里面传来的是云中桑冷冷的声音："原来你今天来的目的是为了向我展示你的清心寡欲？一个人越是害怕失去什么反倒会告诉他人说自己根本就不在乎什么。沈博士，你把我当成是两三岁的小孩吗？"

然后是沈跃的声音："云博士，你还是错了。在我眼里，你是这个世界上最优秀的心理学家之一，我从来都没有轻看过你。就如同你以前在我面前采取的方式一样，我也从来不会在你面前说假话，因为我知道，任何假话在一位优秀的心理学家面前都是毫无用处的。"

接下来是短暂的空白。

云中桑的声音："你那女朋友很不错。"

沈跃的声音："你……在说什么？"

沈跃的心里一沉，脑子里瞬间浮现起自己和云中桑谈话结束前他脸上那个古怪的笑容。果然……

云中桑的声音："沈跃，你对我说实话，你心里是不是很瞧不起我？"

"我敬佩你的才能，但是对你的人品很不齿……你随意给他人实施催眠术，利用他们对自己前世的好奇，从中敛财去实现你那所谓的理想，这已经超出了一个心理学家的职业底线……宁永生最终会成为连环杀人案的凶手，这其中你有着不可推卸的责任……虽然你逃脱了法律的制裁，但并不意味着你就没有犯罪……特别是这一次，你为了报复我，竟然如此不择手段地制造出一起影响极为恶劣的群体性事件，甚至还去给那些无辜的人下毒……云博士，不是我瞧不起你，而是你自己作恶在先。"

沈跃听得清清楚楚，这是他自己的声音，不过语速非常缓慢，还有些含混不清，可是在沈跃的记忆中却根本就没有这样的内容。他不可能这么快就忘记了自己与云中桑的谈话内容，唯一的解释就只能是——自己确实被云中桑催眠了。

接下来是云中桑的声音："你还知道些什么？"

沈跃的声音："你伪装成谈华德公司批发点的一个员工的模样，催眠了那个游戏厅的老板娘，让你提供的含有沙门氏杆菌的饮料成功进入到游戏厅里面。你暗示她在某个时间将那批货拿到柜台上，还修改了她记忆中你送货的时间。在那之前，你利用你在日本的同行，一个叫星野男的心理学家，你利用他对导师的尊重和狭隘的性格，让他出面来攻击我，同时与你合谋制造了这起群体性癔症事件。"

云中桑："还有呢？"

沈跃："整个过程都很清楚了，可惜我们没有得到让你伏法的证据。"

云中桑："还有呢？"

沈跃："日本警方已经开始调查星野男，说不定星野男会与你反目。你的住处也已经被监控起来。"

云中桑："接下来你们准备怎么办？"

沈跃："我还没有想好，不过肯定会有办法的。"

然后是一段十几秒钟的空白……随后就出现了云中桑的声音："也许吧。那么，你的真话还有哪些呢？"

沈跃："还有一句，那就是希望你去自首。这次的事情虽然影响较大，但你刻意控制了发病范围，而且真正受到伤害的人并不多，而对于我个人来讲，我是不会计较这件事的，如果你去自首的话，法院肯定会酌情轻判的。"

云中的笑声："沈博士，你在和我开玩笑吧？我做了什么？为什么要去自首？沈博士，这句话我也可以对你讲，你去自首吧，法院会轻判你的。哈哈！"

沈跃后面的声音已经变成了正常语速，口齿也十分清晰。听到这里，沈跃终于从怔怔的状态中清醒了过来，叹息着说道："关掉吧。"

康如心看着他，问道："沈跃，你怎么把什么事情都对他讲了呢？"说着，她又瞪着那两个便衣警察，责怪道："你们就没有听出有什么不对劲的地方？干吗不及时通知我？"

那个清洁工模样的警察尴尬地解释道："我们没感觉到沈博士有危险。再说了，我们又不知道沈博士的意图是什么。"

沈跃朝康如心摆了摆手，道："你别责怪他们。就算当时你在这里的话也不会意识到我在里面已经出现了状况。我确实是被他催眠了，一个人在被催眠的状态下意识是不能自主的，因为在那种状态下我的内心已经彻底失去了防范意识，除非他询问的是我心中最为敏感的问题。"

康如心愤愤地说道："这些录音就可以作为他犯罪的罪证，我马上给龙总队打电话，申请传讯云中桑。"

沈跃却摇头说道："除非是我控告他，不然你们根本就没有拘捕他的理由。可是我并不想那样做，他催眠我的事实与这起群体性事件相比孰重孰轻我还区分得清楚。"

康如心道："可是，他已经承认，就是他策划了这起群体性事件啊！"

沈跃反问她道："他承认了吗？"

康如心愣了一下，仔细将刚才他们俩的谈话内容回想一遍，恨恨地说道："这个混蛋，真狡猾！"

沈跃去拍了拍那两个警察的肩膀，真挚地说："辛苦你们了。不过你们还得继续监控下去，千万不能让他离开警方的视线。这个人太危险了。"

"龙警官，你怎么看？"当龙华闽听完了全部录音后，沈跃问道。

龙华闽道："这就是非常确凿的证据啊。两段空白之间的谈话内容就是你被他催眠的证据，第二次空白的地方之后云中桑的话明显与你的回答接不上，他的那句话是接着你被催眠之前的话说的，目的是为了让你的记忆具有连贯性。这也是证据啊。我的想法是先把他抓起来再说，免得再出什么乱子。"

沈跃反问道："这东西真的可以作为证据吗？刚才我已经想过了，好像就连作为他催眠我的证据都不能成立。我有没有被催眠只有他和我才清楚，他完全可以说我们一直都是在正常谈话，是我故意陷害他才说自己被他催眠过。"

康如心也不住地点头，说道："是啊，这个人特别狡猾。对了沈跃，他究竟是如何催眠了你呢？我怎么没有听到那样的过程？如果能够找出那个催眠的过程，那么证据就可以成立了。"

沈跃叹息道："其实我还是轻视了他。说实话，从一开始我就在防范着可能有被他催眠的可能，可是想不到还是中了他的招。他前面的谈话中并没有出现过任何暗示性语言，所以最大的可能是他使用了人耳无法听见的声音，在那种听不见的声音中出现的也许是暗示性语言，也可能是某种音乐。"

康如心惊讶地问道："听不见的声音？那是什么？"

沈跃回答道："超声波或者次声波。云中桑的母亲对我说，她儿子一直在等着我再次去拜访他，这说明云中桑早已经将我研究透了，他知道我迟早会去找他。由于他对我们调查的进展情况并不了解，所以催眠我也就成了他获取消息的唯一途径。他知道我对催眠术也有较深的研究，如果采用常规性的暗示手法对我进行催眠肯定不起作用，所以使用听不见的声音

273

对我进行催眠才是最好的办法。我几乎可以肯定，他使用的应该是次声波，而且早就做好了催眠我的准备。次声波只有某些动物可以听见，但我们听不见却并不代表那样的声音就不存在。由于次声波可以让人产生压抑感，所以用它来催眠效果才是最好的。"

龙华闽也不禁骇然，道："这样的人必须让他伏法，否则对社会的危害实在是太大了。"

康如心担忧地说道："可是，现在云中桑已经知道了我们的全部情况，他肯定会有所防范的。"

龙华闽猛地拍了一下桌子，道："很显然，云中桑根本就没有想到沈跃身上带有窃听器，不然的话他肯定不敢这样明目张胆地去催眠他。既然如此，我们何不以其人之道还治其人之身？我们先传讯他，然后小沈用同样的方式将他催眠，这样一来口供不是就有了？"

沈跃疑惑地问道："可是，这样的口供真的可以作为证据吗？"

龙华闽道："我们国家的法律规定，口供是可以作为证据的。不过到时候还需要请一些心理学方面的专家一起来见证，只要他们认为云中桑的口供具有真实性就行。"

沈跃没有说话。他感到心里憋闷得慌。不仅仅是通过那样的方式将云中桑送进监狱让他有一种挫败感，还因为他忽然想到了云中桑的母亲。那位老人，她能够承受得了儿子犯罪的事实吗？

见沈跃满脸落寞的样子，龙华闽顿时担忧起来，问道："用你刚才所说的次声波去催眠云中桑，你有困难吗？"

沈跃苦笑着说道："录制一段暗示性的语音，找人将语音处理成次声波，这应该不难。可是这样的方式……"

龙华闽这才明白他的真正想法。倒也是，这样的方式确实不够光明正大，带有浓重的阴谋气息，沈跃会因此犹豫不决也很正常，毕竟这关乎一个极具天赋的心理学家的荣誉。沈跃的骨子里是骄傲的，这一点无论是龙华闽还是康如心都十分清楚。龙华闽看了康如心一眼，示意她做一下沈跃的工作，可是却看到康如心在摇头。龙华闽这才意识到自己把这件事情想得太简单了，要知道，恰恰是康如心才更应该去维护沈跃的自信心和他内心的那份骄傲，因为康如心对沈跃的情感因素中本身就掺杂着崇拜的成分。

"还是由我来继续做他的工作吧。"龙华闽想了想，说道，"其实在今天之前我并没有完全意识到云中桑的可怕，但我万万没有想到就连你也会在不知不觉中被他催眠。而且云中桑已经知道了我们的全部情况，接下来他会做什么谁也无法预料。小沈，你想过没有，如果接下来他去催眠了更多的人，再一次制造出更大的群体性事件，甚至他还有可能会将目标对准你的家人，那样的话结果将会怎样？所以这样的方式虽然带有阴谋的味道，也显得有些直接粗暴，但就目前而言，这似乎才是最好的办法，除非你能够马上拿出另外一个更有效的方案来。"

沈跃再也没有别的话可说了，因为他确实一时间无法拿出另外一个更有效的方案。他叹息着说了一句："好吧，我马上去准备。"

龙华闽顿时松了一口气，问道："需要多长时间？"

沈跃忽然意识到自己刚才把话说得太满了，想了想，道："关于云中桑催眠我的方法到目前为止还只是一种猜测，将普通声音转变成次声波也只是我个人觉得应该可行，这件事情还得先去咨询专家。"

龙华闽道："这样，我马上与大学里面的专家联系一下，听听我们的物理学专家怎么说。"

连续打了几个电话之后，龙华闽终于放下了电话，他朝沈跃点了点头，说道："专家说，将普通声音转化成次声波是可行的，军事上的次声波发生器里就经常会用到这个技术。"

沈跃也暗暗松了一口气：由此看来，刚才自己的猜测应该是正确的。云中桑果然是一个天才。

14 朝冈太郎

康德 28 号的外边竟然有了一些穿着制服的警察在巡逻。沈跃知道，这一定是龙华闽安排的。云中桑已经知道了一切，警方也用不着再隐藏在背后监控，光明正大地从暗处走出来才能起到最好的震慑与防范作用。

不过沈跃已经分析过，在目前这样的情况下，云中桑对这里发起攻击的可能性应该不会太大了。在云中桑面前的时候，沈跃已经说出了自己的态度，而且云中桑在催眠他之后并没有问及这个问题。作为对手，云中桑不可能没有深入地去调查和研究过自己，更何况一个人在被催眠的状态下说出的话往往是真实的。我们每个人的内心都藏着真实的一面，谎言恰恰是一种自我保护的本能。由此可以说明云中桑是相信他的那些话的，或者说，云中桑已经暂时将攻击这个地方的想法放在了一边。

也许龙华闽的决定是正确的，对云中桑这样的人不能太讲规则，因为首先破坏了规则的正是他自己。而且，如果不尽快让他伏法，接下来可能出现什么状况是任何人都难以预料的。直到此时，沈跃才真正想明白了这一点。

匡无为、彭庄、曾英杰和侯小君都在，沈跃的目光一下子就投到了侯小君那里，发现她的神情并没有什么异样，这才放了心。沈跃问道："你们在干什么呢？"

彭庄答道："我们在讨论保险公司送来的那几个案子。"

沈跃开玩笑地说道："太好了，等调查有了结果，我们就有收入了，到时候给你们发奖金，还请你们吃饭。"

彭庄笑道："沈博士，到时候我们干脆去旅行吧，这个比吃饭浪漫。"

康如心在旁边笑着说道："那得花多少钱啊，沈博士会心痛的。"

沈跃发现匡无为和侯小君都没有说话，心想这样下去可不行，这两个人今后还要长时间一起工作呢。云中桑的事情倒是并不着急，暗示性的语音随时都可以录制，关键的是后期处理。他笑着说道："行，到时候我们去马尔代夫。"

彭庄兴奋地高呼了一声"万岁"，却发现其他人都只是在笑，便嗔怪道："你们这是怎么了？一个个这么稳重干吗？"

沈跃倒是喜欢彭庄的这种性格，活泼、阳光，充满着年轻人的朝气。他笑了笑，转身进入办公室，开始准备接下来的录音稿。

云中桑是催眠术方面的专家，他对常规性的暗示性语言非常敏感，很容易产生抵御和排斥。虽然到目前为止沈跃还不知道云中桑在催眠他的时候使用了什么样的暗示性语言，但肯定是极具针对性、超乎常规的。

那么，催眠云中桑最有效的暗示性语言究竟是什么呢？我们每个人都有一处心灵归宿，那是我们心灵的港湾，每当我们身处那样一处心灵港湾的时候就不会再感到害怕，内心才会获得真正的宁静。那么，云中桑的心灵归宿是什么呢？母亲，他的母亲。

猛然间，沈跃忽然想到了什么，匆忙起身，直接冲到了康如心的办公室，急匆匆地问道："如心，你好好想想，最近你有没有遇到过陌生人和你说过话？"

康如心感到莫名其妙，道："你这是什么问题？餐厅的服务员，问路的路人，加油站的工作人员……多了去了。"

沈跃这才意识到自己没有把话讲清楚，道："我的意思是说，你说的话有没有可能被人录了音？"

康如心更是诧异，问道："你干吗问我这个问题？"

沈跃即刻把自己刚才的分析对她讲了，康如心听了后心里甜滋滋的，却忽然想起一件事情来，道："上周的时候电视台的人在大街上采访路人，我正巧被他们碰到……"

沈跃急忙问道："他们让你说了些什么？"

康如心笑道："他们让我用本地话念一首诗。怎么了？他们也让其他人念了，可能是电视台在做什么节目。"

沈跃着急地问道："快告诉我那首诗的内容，云中桑很可能就是通过那种方式催眠了我。"

康如心瞪大眼睛，问道："你的意思是说，那几个电视台的人是假冒的？"

沈跃点头道："极有可能。花点钱找几个人冒充电视台的人又不是什么难事。那时候我在看守所里面，而且他们同时让很多人都念了诗，这样也就不会引起你的防范。"

康如心的神情一下子变得凝重起来，道："我想想……山谷的雾将我笼罩，我在那一刻消失，一分或是一秒，心中便堆满了漫山的幸福。还有……云朵将我飘起，我在云中荡漾，脑子是云，我的心里也是云……后面的我想不起来了。"

沈跃喃喃地说道："云朵将我飘起，我在云中荡漾……我好像在什么地方听过……那就是了，这就是云中桑用来催眠我的一首诗，使用的是你的声音，只不过被他处理成了次声波。"

康如心却并不生气，笑道："这个人也不是特别让人厌恶嘛，他居然知道用我的声音来催眠你。"

沈跃哭笑不得，摇头叹息道："在催眠术方面我确实不如他啊，至少我想不到要采用这样的方式。他真是一个天才，居然如此有创造性。可惜了……"

其实康如心也很震惊，她安慰沈跃道："天才也分好人和坏人，干坏事的天才再有创造性今后也只可能在监狱里面度过，你羡慕他干吗？"

沈跃苦笑着说道："我不是羡慕他，是有些嫉妒他，而且接下来我还得用他的方式去催眠他，这实在是让人感到沮丧。"

康如心道："有首歌是怎么唱的？没有枪，没有炮，敌人给我们造。只要能够打败他，将他绳之以法就行。你说是不是？"

沈跃顿时释然，笑道："如心，你才是一个真正的心理学家。你看，你这么轻易就把我说服了。"

康如心过去挽住他的胳膊，妩媚地看着他，说道："因为我说得很有道理，还因为你的内心并不像云中桑那么狭隘。"

沈跃快速地走到旁边的办公室，问道："你们谁会写诗？"

彭庄、曾英杰和侯小君都在摇头，唯有匡无为没有反应。沈跃看着他，微微一笑，说道："无为是文艺青年，写诗肯定也是你的专长，是吧？"

匡无为不好意思道："上大学的时候写过，那时候我还是诗社的社长呢。"

沈跃大喜，道："那这个任务就交给你了，要求只有一个，就是温馨，母亲的语气，能够让人的内心很快平静下来。无为，你大概多久可以完成？"

匡无为目瞪口呆的样子，道："这是一个要求吗？"

所有人都笑了。沈跃也禁不住笑了起来，道："对能者而言，再多的要求也不算什么，你说是吧？"

匡无为即刻站了起来，道："我出去一下。"

康如心诧异地看着他，问道："这时候你出去干什么？沈博士急着要你的诗呢。"

彭庄道："我知道他出去干什么，也许他是想去江边，或者别的什么浪漫的地方，那样才会有作诗的冲动。"

匡无为跑过去将他拥抱了一下，笑道："你真是我的知己。"

所有人又大笑起来，就连侯小君也禁不住"扑哧"一声笑出了声。

匡无为很快就回来了，当沈跃满怀希望地看着他的时候却听到他说："沈博士，你要那样的诗干什么？"

沈跃不大方便告诉他具体情况，说道："我想用这个当催眠的引子。当然，这只是其中的一部分。"

匡无为道："虽然我写过诗，但诗歌是真实情感的流露，我实在写不出一位母亲对孩子的那种真实情感。不过我觉得有一首歌的歌词不错，我念出来你听听。"

　　你来的那天雪花纷飞

　　我于是掉眼泪

　　你带着一身明媚

　　离开我温暖的堡垒

　　你是我的依赖

　　你是天的安排

　　你来填补空白

　　你说来就来

　　你不能去学坏

　　你可以不太乖

　　我的爱

　　我怕你不知道我是谁

　　你让我慢慢体会

　　你带着一身光辉

　　照亮我心底的漆黑

　　你是我的依赖

　　你是天的安排

　　你来填补空白

你说来就来

你不能去学坏

你可以不太乖

我的爱

给我全世界的玫瑰

还是结冰的眼泪

我其实无路可退

谁让你就是我的宝贝

我不能太宠爱

我怎能不宠爱

我的爱

当匡无为用深沉的声音朗诵完这首歌词的时候，沈跃的眼里已经泛起了泪花。旁边的康如心说道："这是王菲的歌。"

沈跃心里一动，问道："你会唱吗？"

康如心点头，即刻就轻声吟唱起来。沈跃这是第一次听到她唱歌，惊喜地发现她的嗓音竟然是如此动听，而且沈跃听得出来，她是用真情在唱这首歌，柔情中弥漫着温馨，让旁边的匡无为也为之感动。

可是沈跃却摇了摇头，说道："这首歌是不错，可惜用不上。无为，是我把事情想得太简单了，也太过性急了，这件事情我得再想想。"

匡无为出去后康如心问道："为什么不行？"

沈跃道："爱情需要浪漫，母爱却很简单，太文艺了反倒不真实。你想想，假如让云中桑的母亲将这首歌的歌词念出来，配上背景音乐，这样的东西能够触动云中桑的内心吗？而且这样也太没创意了，拾人牙慧的事情让我觉得别扭得慌。"

康如心禁不住笑了，说道："你说的倒也是，让一个老太太去念这样的歌词确实是够别扭的。"

沈跃道："不仅如此，最近云中桑很少出门，即使是出门也会和他母亲一起，我们很难录到他母亲的声音。其实云中桑的办法虽然简单，但必须得有那样的机会才行。我想，当时他肯定找人跟踪了你，恰好你是独自外出，不然的话他的计划就很难实现。"

康如心问道："他天天待在家里，怎么找人跟踪我？还有那几个假冒电视台的人，他又是如何联系上的？"

沈跃道："如今可是互联网时代，付费方式又是那么便捷，这都是非常容易的事情。"

康如心轻轻拍了一下自己的头，笑道："是啊，看来我的智商确实比你们这种天才差了好大一截。"

沈跃笑道："这和智商有关系吗？明明是你不会做坏事。"

康如心朝他嫣然一笑，说道："沈跃，原来你赞扬别人也这么有创意。对了，那你准备怎么办？"

沈跃说道："我已经想到办法了，不过还需要一样关键的东西。"

康如心问道："那是什么？"

沈跃道："云中桑的导师朝冈太郎的声音。只要有了朝冈太郎的声音源，就可以通过技术手段合成新的语音，然后再处理成次声波，这样一来问题就解决了。"

康如心诧异地问道："这个日本人在云中桑心中比他母亲还重要？"

沈跃道："日本人的等级观念特别森严，云中桑就是利用了星野男对老师的服从和尊敬，还有他狭隘的性格才骗得他出手作恶。而云中桑本人也在日本留学多年，我想他也应该深受这种观念的影响，此外，云中桑的反社会人格的形成也应该跟这有一定关系，这是其一。其二，云中桑的催眠术是他导师教的，所以他在日本学习期间必定被他导师催眠过。你想想，如果我们能够合成他导师的声音，那样的话只需要使用常规的催眠模式就能将他催眠了。"

康如心的眼睛一下子亮了，道："好办法。沈跃，你这一招可是比云中桑的高明多了。"

沈跃摇头叹息道："平心而论，我实在是不如他……"

两人正说话的时候侯小君突然出现在门口，当她正准备退出去的时候却被沈跃叫住了："小君，有事吗？"

侯小君道："你们谈事情，一会儿我再来找你。"

沈跃朝她招手，道："没事，我们的事情谈完了。"随即他对康如心道："朝冈太郎这个人很有名，网上应该有他学术讲座的视频，你想办法尽快找出来。对了，还要找一个日语翻译。"

侯小君道："我一个同学懂日语。他高考的时候考的就是日语，上大学后日语也过了六级。"

沈跃很是高兴，笑道："太好了，这样的话问题就很好解决了。"

"沈博士，上次的事情……"康如心离开后，侯小君不好意思地说道。

沈跃朝她微微一笑，说道："事情已经过去了，那其实算不上是什么事情。小君，我一直没有来问你，不是我不关心你，而是我觉得这是你的私事，没必要向别人解释，请你一定理解。"

侯小君的脸红了一下，说道："我知道。你是从国外回来的，观念上与我们有很大不同，这也正是我更加尊敬你的地方。不过我现在来找你不是想说我自己的事情，我问了我未婚夫，他告诉我说，是有人在那天晚上给他打了电话，他才知道当时我是和匡无为在一起的。"

沈跃点头道："这件事情已经基本上清楚了，就是云中桑在背后搞的鬼。谢谢你，小君，在这样的情况下你还能够想到工作，这很让人敬佩。"

侯小君看着他，问道："沈博士，你真的一点都不怪我？"

沈跃笑道："我干吗要怪你？那是你的私事，也是你的权利。在你个人感情的问题上你做出的任何选择我都支持你。"

侯小君感动得差点流泪，哽咽着说道："谢谢你，沈博士。"

其实刚才侯小君的话已经让沈跃知道了她的最终选择。看着侯小君的背影，沈跃在心里对她说：选择虽然是一件痛苦的事情，但同时也是一种幸福。其实匡无为并不适合你，因为你根本就控制不了他。

康如心在网上找到了朝冈太郎的学术讲座视频，侯小君的那个男同学也被她请到了康德28号，日语版本的催眠语音很快就录制好了。沈跃将资料光盘交给曾英杰，对他说道："你马上把光盘送到龙警官那里，声音的合成、处理就是你们警方的事情了。"

其实龙华闽是个急性子，当那张光盘送到办公室后他即刻就安排了人员连夜找到了相关技术人员，而且还很快与北京的几位心理学专家取得了联系。不过这次沈跃却多了一份小心，要求技术人员将次声波恢复成正常声音，觉得没有任何问题后才点了头。

对云中桑的拘捕证也同时下达，云中桑很快就被警察带到了审讯室。当沈跃准备去面对云中桑的时候还是犹豫了好一会儿，他忽然发现自己竟然有些害怕去见这个人。

龙华闽似乎懂得沈跃的想法，走过去拍了拍他的肩膀，说道："只有失败者才会走上犯罪的道路，因为他们不能从合法的途径获得自己所需要的东西，于是才会去走歪门邪道。这是我多年来感悟出来的道理，所以小沈，你应该挺起胸膛去面对他，只有将他绳之以法，他才不会继续去危害他人。"

沈跃叹息着说道："就我和他之间的博弈而言，我觉得自己还是失败了。现在采用这样的方式，我，我有些……"

龙华闽摇头道："你说得不对，失败的人是他，是云中桑，不然的话，为什么现在他会成为被审讯者？此时你最应该做的就是要拿到他犯罪的证据，将他彻底击败。你和云中桑的博弈还没有结束，现在才真正开始。小沈，你要记住，这不仅仅是你和他两个人之间的博弈，更是正义与邪恶的对决。"

沈跃心里一凛，朝龙华闽点了点头，迈步进入审讯室。

审讯室的隔壁，省公安厅厅长也亲自到了场，还有从北京请来的几位心理学方面的专家，一切都已经安排妥当，摄像头也开始正常工作。

云中桑坐在那张犯罪嫌疑人专用的椅子上，双手却并没有被铐上。这是沈跃特别提出的请求，他希望能够让云中桑保留最后一点尊严。当时沈跃对龙华闽说："不管怎么说，他都是一位值得尊敬的心理学天才。"

沈跃在云中桑面前坐下。云中桑的头朝左上角仰视着，一侧的嘴角微微上翘，以此向沈跃表达着他的轻蔑。沈跃满脸歉意地看着他，说道："其实，我也不希望以这样的方式来解决这件事情。云博士，看来你对我们国家的国情和法律都不了解啊，不然的话你肯定不会犯下那样的错误。"

云中桑的仰视变成了直视，问道："你这话是什么意思？"

沈跃耸了耸肩，道："我们国家的法律是有不健全的地方。你只想到了自己的证据不可能被警方获得，但是却忘记了一点，那就是警方已经认定你就是犯罪嫌疑人，而且你自己也在有意和无意间认同了这一点，这样一来，警方就可以在你的问题上先上车后补票。所以，你现在进来了。"

隔壁监控室的省公安厅厅长皱眉对龙华闽说道："这个沈博士，怎么这样说话呢？"

龙华闽却不以为然道："对待非常之人就应该采用非常的方式，沈跃一句话就击溃了云中桑所表现出来的傲慢，这是沈跃事先就设计好的问话方式。更何况，沈跃又不是我们警方的人，他不需要有任何顾忌。"

厅长点头道："倒也是。"

龙华闽笑着低声对厅长说道："有些特别的时候，难道不是这样吗？"

厅长指了指他，道："我们还是继续看沈博士的精彩表演吧。"

里面的云中桑在笑，接着说道："先上车后补票也没有用，最终在法庭上还是需要用证据说话。"

沈跃淡淡地笑着说道："那就不关我的事了，今天我只是代表警方来问你几个问题。云博士，现在我最关心的倒不是对你的问话有没有结果，而是在担心你母亲此时的心情。"

云中桑的脸色一下子就变了，怒道："你这话是什么意思？"

沈跃叹息了一声，说道："云博士，其实我们俩的人生经历非常相似，父亲早逝，婚姻失败，在国外留学多年，而且从事的也都是心理学专业。此外，我和你一样，如今最牵挂的人就是我的母亲。云博士，你是一个孝子，这一点非常让人尊敬。你第一次被警方带走的事情你可以向你母亲解释说是警方搞错了，那么这一次呢？难道警方会在你的事情上反复搞错？你是你母亲的骄傲，如果她知道了你所做过的那些事情的话会怎么想？你还是那个值得让她骄傲的儿子吗？"

听完沈跃这番话，云中桑的神情反倒一下子变得淡定下来，他看了沈跃一眼，说道："沈博士，你这样的方式对我没用。我母亲一直都相信我是一名出色的心理学家，而不是什么罪犯。警方没有任何证据，迟早都会放我回去的。事实可以说明一切。"

沈跃道："哦？原来你一直是靠欺骗去获得你母亲对你的信任的？这样的孝道我还是第一次听说。"

云中桑看着他，冷冷地问道："难道你从来都没有欺骗过你的母亲？上次因为你的失误，你的母亲被人绑架，你在你母亲面前承认过那是你的失误吗？"

沈跃叹息着说道："是啊，那一次确实是我欺骗了我的母亲，我也一直没敢在她面前承认那是我的过错。不过我虽然问心有愧，但总有一天会向她老人家说明情况的。到了那时候，我会非常坦然地告诉她一切。可是你呢？即使这次警方依然掌握不了你犯罪的证据，你能够真正做到在你母亲面前坦然吗？"

云中桑咧嘴笑了一下，说道："所谓的犯罪，那只是一个法律概念。警方没有证据，你所谓的犯罪也就不会成立。我为什么不能坦然地面对我的母亲？"

沈跃道："你的意思是说，那些事情确实是你做的，只不过警方没有证据罢了，是这样的吗？"

云中桑蔑视地看着他，道："我那样说了吗？"

沈跃耸了耸肩，道："你好像确实没有那样说过，也许是我理解错了。云博士，其实你也知道，从以前我们几次的谈话中我已经知道了所有问题的答案，因为你脸上的微表情给了我足够的答案。遗憾的是，微表情的认定不能成为一个人犯罪的证据，所以我觉得继续问你那方面的问题已经变得毫无意义了。不过我想趁现在这个机会和你聊聊其他方面的事情，也许过了今天之后这样的机会也就不会再有了。"

云中桑淡淡地说道："是的，我说过，我的家不欢迎你再去。"

沈跃叹息着说道："我不得不承认你在催眠技术方面要强过我许多，对此我是真的自叹不如啊。有时候我就想，究竟是一位什么样的导师可以教出如此优秀的学生呢？有一天我就去问了我的导师威尔逊先生，威尔逊先生告诉我说，你应该是日本最优秀的心理学家朝冈太郎的学生，因为朝冈太郎是全世界最优秀的催眠大师之一。我顿时就明白了，一位良师，一个天才的学生，这才是造就出一名后起之秀的必备条件。不过……"

说到这里，沈跃停顿了一下，随即就听到云中桑问道："不过什么？"

沈跃微微一笑，继续说道："不过威尔逊先生还对我说，朝冈太郎虽然学术水平极高，但他对自己学生的要求却是非常严格，和你一起同时成为他弟子的一个美国学生就因为几次违逆了导师的训导而被开除了，那个美国学生好像叫杰克，是吧？"

云中桑道："严师出高徒，他这是咎由自取。"

沈跃笑道："倒也是。比如你就和那个杰克完全不一样，你从来都不会拂逆导师的任何指令，所以才终于有了如今的成就。所以你一直都非常感激他，也十分怀念自己在日本学习的那段日子……"

就在刚才沈跃故意停顿下来的时候，他微微耸动了一下右侧肩膀。那是他给隔壁监控室发的信号。那一刻，早已录制好的次声波语音已经开始在这间审讯室里面播放，只不过无论是云中桑还是沈跃都听不见罢了。

那个信号是沈跃和龙华闽早就约定好的。沈跃在美国留学多年，有耸肩的习惯，刚才沈跃在停顿的时候，脸上的表情和耸肩的动作配合得天衣无缝，而且那处停顿的地方也是事先设计好的，目的是为了分散云中桑的注意力。此时，当沈跃极其自然地将话题引导到云中桑在日本的学习和生活上面的时候，云中桑的眼神明显地变得朦胧起来。

不过沈跃依然不敢有丝毫松懈，当他注意到云中桑眼神的变化后还是试探性地问了一句："终于回到日本了，所有的担心都不会再有了，是吗？"

云中桑喃喃地说道："是啊，我喜欢这里，我终于回来了……"

"你为什么那么恨沈跃？"

"他是中国警察的走狗，是他让我失去了我的理想。"

"所以你必须要报复他？"

"是的。他让我失去了一切，我也要让他名声扫地。他很优秀，可惜却沦为了警察的打手、走狗。"

"于是你就制造了这起群体性癔症？你很厉害，每一个环节都设计得天衣无缝。"

紧闭着双眼的云中桑嘴角浮现出一丝笑容，道："我是老师的好学生，我不会输给那个假美国佬的。"

沈跃的嘴里有些发苦，问道："说说，你是如何设计的？这是一个非常经典的案例，我们可以把它作为教材。"

"我花费了近半个月的时间设计了其中的每一个环节，最终选择了那家游戏厅作为整个事件的激发点。因为游戏厅是一个相对封闭的环境，容易形成小范围的群体效应，而且一旦出现小范围的食物中毒，很快就会有人将消息发布到网上，星野男早已在网上布好的局就会因此引发出连锁性效应……"

沈跃不断询问着，云中桑内心的那把锁已经打开，防护层完全失去作用，他的回答清晰而明快。当沈跃问完了其中的每一个细节之后又问道：

"你为什么最终放弃了攻击沈跃的心理研究所的计划？"

"我没有放弃……"他的话刚刚说到这里，忽然间就睁开了双眼，怔怔地看着沈跃，问道："刚才你在说什么？"

什么地方出了问题？沈跃完全没有想到会出现这样的状况。不过事已至此，已经无法挽回，沈跃只得对他实话实说："云博士，对不起，我按照你的方式催眠了你。"说着，他指了指隔壁，道："省公安厅的厅长、刑警总队的队长，还有从北京来的几位心理学专家都在，你刚才的供述完全可以成为你犯罪的罪证。"

云中桑霍然站起，指着沈跃破口大骂："你这个走狗！混账东西！阴险毒辣！"

几个警察一拥而入，沈跃朝他们摆了摆手，充满歉意地对云中桑说道："对不起，你的破坏力实在是太大了，我们只能采取这样的方式。"

云中桑颓然坐回到椅子上，他忽然想起了什么，即刻又站了起来，大笑道："你这是在骗我，你不可能催眠得了我，我已经在我的潜意识里面设置了警报，只要出现你的声音，甚至是我母亲的声音，若里面含有催眠性词语，都会触发那个警报。沈博士，我差点被你给骗了。哈哈！"

沈跃暗自惊心：我还是低估了他。不过沈跃依然保持着淡然的表情，就那样看着他，看着他生气的样子，还有接下来的得意忘形，然后在他正笑得肆无忌惮的时候才缓缓说道："如果催眠你的是你导师的声音呢？"

说完后沈跃直接走出了审讯室，身后的笑声戛然而止。

15 打火机

沈跃进入到隔壁的监控室，省公安厅厅长带头鼓掌，掌声顿时响成一片。沈跃的脸上却是一片颓丧，道："我还是大意了，最后那个关键的问题没有问出来。"

龙华闽问道："是不是过几天再来一次？"

沈跃摇了摇头，说道："不可能了，他会在自己的潜意识里面设置新的警报。"

龙华闽道："那你为什么要告诉他实情？"

沈跃看着他，正色道："我们这样做实在是有失光明正大，所以我必须要告诉他实情，不然的话他永远都不会服输。"

厅长点头道："这也是你对他的一种尊重。沈博士确实是与众不同，很有大家风范。"

沈跃摆了摆手没有说话，转身离开了监控室。此时他已经知道刚才是什么地方出了问题：那张光盘上录制着两段语音，分别是催眠和叫醒程序，当沈跃问完了所有的问题后终于放松了下来，就忍不住站了起来，结果隔壁的工作人员以为那是他发出的信号，即刻就启动了叫醒程序。

云中桑的攻击计划究竟是什么？沈跃越来越觉得自己曾经的猜测可能并不正确——事情已经摆在眼前，他的攻击计划不可能那么简单。

龙华闽打来电话，说厅长晚上准备了庆功宴，请沈跃一定要参加。沈跃心情郁郁，事情虽然有了结果，但却始终高兴不起来，于是回绝道："我想回家陪陪我母亲，我就不来了。"

虽然龙华闽知道沈跃的心结，不过还是很不理解他的这种做法，说道："这样不好吧，你是破获这起案件的主要功臣，也是今天晚上的主宾，你不参加不好。"

沈跃反问道："我是功臣吗？因为我的原因，一位优秀的心理学家被我亲自送进了监狱，这有什么值得庆贺的呢？龙警官，对不起，我只是想一个人静静。"

龙华闽很是无奈，挂断电话后把康如心叫了过去，对她说道："你去做做他的工作。"

康如心为难地说道："前面几次的庆功宴他都没有参加，以前我也劝说过他，可是他根本就不听。这次的情况更加特殊，他不可能答应的。"

龙华闽叹息了一声，说道："其实我非常理解他，他经手的每一起案子背后的真相都是那么残酷，虽然他很享受寻找真相的过程，却无法接受最终的结果。这一次的情况更加特殊，他心里面依然对云中桑充满愧疚，这个心结一时半会儿很难解开。也罢，如心，最近你多陪陪他，希望他能够尽快从云中桑的事情中摆脱出来。"

康如心道："我会的。他这个人的内心其实很脆弱，却还总是要考虑别人的感受，有时候我也不好劝他。"

龙华闽摇头道："他是一名心理学家，内心并不脆弱，反而比常人更加坚韧、强大。不过他非常敏感，总是习惯于以他自己的感受去度量他人，这样就难免会有很多东西放不下。所以，我们都应该多理解他才是。刚才是我想岔了，只想到如果他能够参加今天的晚宴，那样的话对他个人和他的心理研究所今后的发展都会有很多好处，却反而忽略了他内心最真实的感受。"

康如心感激地看着他，轻声说道："谢谢您，龙叔叔。"

从龙华闽的办公室出来，康如心给沈跃打了一个电话，问他现在在什么地方，沈跃回答说他想一个人在外边走走，康如心问道："需要我来陪陪你吗？"

沈跃说道："不用，我只想一个人静静……好吧，我在云中桑家小区外边。"

康如心很是诧异，不过她并没有再多问什么，只是说道："我马上就来。"

沈跃确实去过云中桑的家，不过刚到门口就转身离开了。开始时他是准备去和云中桑的母亲说说话的，希望能够给她一些安慰，可是到了那里后他才忽然犹豫起来——我将如何面对这位老人呢？难道我就这样去告诉她那个残酷的现实吗？

康如心到达小区外边的时候发现沈跃正趴在马路边的护栏上，两眼直直地看着川流不息的车流。她走了过去，也像他一样趴在护栏上，问道："你在看什么？"

"从今往后云中桑的母亲将要一个人去对面的超市，而曾经搀扶着她的儿子却要在监狱里待上数年……如心，请你告诉我，为什么这个世界上总是有那么多残酷的事情发生呢？"沈跃用一种沉闷的声音说道。

康如心发现他的心思实在是太重了，重得让不了解他的人以为他是在故作矫情。不过康如心知道，这才是他此时最真实的心境。她温言道："你不能那样去想，说到底这都是云中桑自己造的孽。很多罪犯身后都会有一个不幸的家庭，制止犯罪才可以让这些悲剧不再发生。沈跃，你说是吗？"

沈跃点头道："是啊。"

康如心伸手挽住他的胳膊，柔声说道："你不想去参加今天的庆功宴就算了，不过我们自己还是要去庆祝一下吧，不管怎么说这件事情总算是告一个段落了，我们也应该好好轻松一下。"

沈跃苦笑道："我还不知道云中桑下一步的计划是什么呢，怎么轻松得起来？"

康如心道："我觉得吧，他很可能是在你面前故弄玄虚，其实根本就没有什么计划，他的目的就是为了让你平白无故地紧张。这个人非常阴险，如果你相信了他的话那就上了他的当了。"

沈跃摇头道："一个人在被催眠的状态下所说的话都是真实的，因为在那样的情况下我们根本就无法自控。"

康如心道："好吧，就算你说得对，不过我们也不用紧张。他都已经进监狱了，还能掀起多大风浪？"

正说着，康如心的手机响了，她接听后笑着对沈跃说道："有个人想见你。正好，我们叫上曾英杰他们一起去吃饭吧。"

沈跃问道："谁呀？"

康如心看着他笑，回答道："一个很有名的人，她一直说想见你。龙真真，你听说过她吗？"

沈跃想了想，问道："龙真真是谁？"说着他忽然反应了过来，又问道："龙警官的女儿？"

康如心笑道："你真聪明。"

龙华闽待康如心有如己出，想必康如心和龙真真一定亲如姐妹。沈跃忽然就想起龙华闽上次那句没有说完的话，心里也很是好奇，于是说道："那就请她来吧。对了，她是干什么的？不会也是警察吧？"

康如心道："她是我们省电视台新闻栏目的播音员。"

沈跃这才恍然大悟，原来龙华闽上次的话是这个意思。不过沈跃对省电视台那几个播音员的印象都很模糊，不知道龙真真是其中的哪一个。播音员的脸始终都是同一种表情，当然不会引起沈跃的注意，一直以来他的注意力都放在新闻的内容上了。

晚餐就安排在康德大街上一家很有特色的酒楼里，地方是彭庄选的，他告诉沈跃说他前不久请同学去那里吃过一次饭，味道不错。沈跃顿时就笑了，心里明白这个小伙子肯定是为了在同学面前显摆自己找到了一份不错的工作。

沈跃的管理是松散式的，而且充分考虑了大家的待遇。沈跃从来不认为自己是一个企业家，但他十分在意工作氛围。自由、高效、凝聚力是他最看重的东西，从一开始他就告诉大家说，开办心理研究所不是为了赚钱，而是为了做事，为了让每一个人体现出自身价值。开始时匡无为和侯小君还不大习惯这样的氛围，然而现在他们都在不知不觉中喜欢上了这份工作。曾英杰也有些后悔了，只不过不愿意讲出来而已。康如心倒是觉得无所谓，她骨子里还是比较传统的，她一直觉得，沈跃的一切也就是她的。她经常这样问自己：难道不是吗？

当沈跃见到龙真真的时候顿时就惊讶了，他想不到龙华闽那种长相的人竟然也可以生下如此漂亮的女儿。龙真真有着一双妩媚的眼睛，双目顾盼之间总能释放出一种动人心魄的光芒，让人情不自禁地心旌摇曳。

龙真真也惊讶于沈跃的相貌平平，同时她还发现沈跃有着一双明亮得似乎可以穿透他人心的眼睛。她笑着对沈跃说道："沈博士的大名我早就听说了，我老爸经常在我面前提到你。"

老爸？沈跃愣了一下，突然就笑了，说道："龙真真，你真漂亮。我想，你的名字肯定不是你老爸取的。"

龙真真瞪大双眼，道："你是怎么知道的？"

沈跃笑道："这个名字带着一种文艺浪漫的气息，你老爸身上似乎没有一丁点儿那样的东西。"

龙真真大笑，说道："我要去老爸那里告你的状，说你在背后说他的坏话。"

旁边的康如心听着两个的对话，不住地笑。沈跃也笑，说道："谁说这是在说他的坏话？难道除了文艺和浪漫之外就没有别的褒义词了？沉稳、睿智，难道这些就不是？"

龙真真又笑，随即看了康如心一眼，说道："如心姐，沈博士如此能言善辩，平时他会不会欺负你？"

康如心笑道："他是绅士，不会欺负人的。"

龙真真做出非常夸张的表情，道："哇！现在的绅士可是不多了。"说着，她转眼去看沈跃，又说："沈博士，听说你一眼就可以看穿一个人，你说说，现在我在想什么呢？"

沈跃苦笑道："我哪有那么厉害？走吧，我们进去吧，里面的那几个人都很厉害，一会儿你问他们好了。"

彭庄一见到龙真真顿时就夸张地大叫起来："哇！这不是那，那谁？真的是你吗？你可以给我签个名吗？"

龙真真"扑哧"一声笑了出来，一脸妩媚地问道："小弟弟，你是谁呀？"

彭庄殷勤道："我叫彭庄。沈博士说我也是一个天才。"

在场的所有人都笑了起来。沈跃当然知道他这是天性使然，无拘无束，无色无垢，这才是一种内心如明镜般的真实。而匡无为所表现出来的状况却截然相反，他在一旁怔怔地看了龙真真好一会儿，也许是被龙真真的美丽惊呆了。

耳畔传来康如心的轻哼声，当沈跃转头去看她的时候，发现她的目光正朝向匡无为。他不禁暗暗觉得好笑，低声对她说道："别人的事情，你不应该表露出自己的情绪。"

康如心低声问道："她是不是比我漂亮？"

沈跃在心里苦笑：女人吃醋也是天性啊。他赶忙回答说："这世界上漂亮的女人多了去了，可是你却只有一个。"

康如心喜欢他的这个回答，侧过头去朝他嫣然一笑。

龙真真注意到了他们两个人的悄悄话，笑道："你们俩在嘀嘀咕咕地说什么呢？沈博士，你不是说他们都很厉害吗？我倒是想见识一下。"

沈跃看着彭庄他们几个人，道："你们谁先表现一下？"

侯小君问道："你们电视台的收入很高，是不是？"

龙真真愕然地站在了那里。沈跃解释道："你这一身名牌，身上的香水味儿也是正宗的法国货，普通人可用不起。"

龙真真的兴趣一下子就被激发了出来，反问侯小君道："你为什么不觉得我的钱是傍大款得来的？"

侯小君摇头道："因为你还是处女。"

龙真真的脸一下子就红了，同时张大着嘴巴问道："这都看得出来？"说着就去看沈跃，希望他继续解释。沈跃笑了笑，心里补充了一句：最主要的还是因为她有那样一位父亲。可是他嘴上却说："这个问题不方便解释，不过我已经从你的表情中看到了答案。"

彭庄惊叹地说道："简直是稀有动物啊。"

康如心瞪了他一眼，道："彭庄，你还是小孩子呢，懂什么？"

彭庄申辩道："我马上就大学毕业了！"

大家都笑了。

这时候曾英杰忽然说了一句："今天你去过你爸的办公室。"

龙真真再一次惊讶了，问道："你从什么地方看出来的？"

曾英杰满脸严肃地说道："因为今天我也去过龙总队的办公室，他的办公室里面有你身上的香水味儿。"说到这里，他自己也忍不住地笑了起来，又道："我上电梯的时候正好看见你从里面出来，只不过你没注意到我罢了。不过你身上的香水味儿很特别，随后我就在龙总队的办公室里面又闻到了。"

龙真真有些失望了，道："哦，原来是这样。"

沈跃却解释说道："很多人以为这是一件非常普通的事情，但大多数人却往往会忽略掉这些最显而易见的事情。英杰是习惯性地去注意细节，并且能够极其自然地判断出一个人的活动轨迹，这是很了不起的职业技能。"

龙真真点头道："好像你说得很有道理。"随即她又看着彭庄和匡无为，问道："你们二位呢？小弟弟，你说你是天才，也展示出来让我看看吧。"

这时候匡无为忽然说话了："彭庄，还是我们合作吧。"

彭庄拿出画框，道："好。你说。"

匡无为凝视着龙真真数十秒钟，然后才缓缓说道："先画出她的脸形，就是她脸部边缘的线条，不要受她脸部化妆所造成的光线视觉影响。嗯，就是这样。直发，眉毛修饰过的痕迹不要，注意她眼角真实的走向。去掉鼻子两侧的修饰，脸颊的修饰也忽略掉，去掉唇膏造成的唇线变化……"

匡无为一边说着，彭庄手上的炭笔"唰唰"地、快速地在画纸上动着，很快，一张模样清丽的头像已然跃然纸上。匡无为走过去看了看，点头道："嗯，其实你不化妆更好看。"

龙真真瞪大了眼睛，满脸惊奇地说道："你们果然都是天才。可是我必须要化妆，电视台有要求。"

沈跃笑道："是啊，作为公众形象，成熟稳重才符合要求，邻家小妹的形象只适合去主持娱乐节目。"

匡无为对彭庄说道："那，你再画一张吧。漫画的风格，单线条，眼睛和嘴巴都画成括号的形状。调整一下脸部线条，与括号协调就行。"

彭庄想了想，很快就画出了一张漫画头像来，他自己看了一眼后也禁不住笑了起来，说道："这个好玩。"

康如心看了一眼，顿时也笑了，说道："这张好可爱。"

龙真真朝彭庄伸出手去，叫嚷道："快给我看看……真的呢，这样怎么也像我？我喜欢这一张，送给我了，好不好？"

这一刻，龙真真所表现出来的样子已经不再像一个电视台的播音员，更像是一个活泼可爱的大学生。康如心忽然意识到匡无为最可能的真实目的，心想这样一来今后龙真真岂不是经常会往康德 28 号跑？想到这里，心里一下子就担忧起来。

晚餐后送走了龙真真，康如心将心里的顾虑对沈跃说了出来："一个都是天才的团队，他们每个人都有自己独特的个性，经手的又都是一些离奇的案子，今后真真必定会被吸引住。匡无为是浪子天性，万一……"

沈跃笑道："你这完全是杞人忧天。龙警官可是资深警察，一辈子接触得最多的就是这个社会的阴暗面，真真是他的女儿，耳濡目染之下早就有了免疫力，你就放心吧。现在我反倒担心起匡无为来了，他的本质并不坏，只是文艺气质浓厚了些。其实他是缺爱，所以才更容易冲动。"

康如心对沈跃的话表示怀疑："是吗？"

沈跃笑了笑，说道："如心，我知道你为什么会替真真担忧，因为在你的潜意识里面一直将女性视为是弱者，岂不知当代社会女权主义早已泛滥了，不然的话'妻管严'怎么会有那么多？"

康如心想了想，笑道："听你这样一说我就放心啦。"

沈跃苦笑着摇头道："如心，你为什么老是喜欢去管别人的事情呢？即使是匡无为和龙真真走到了一起，那也是他们两个人之间的事情。你说是不是？"

康如心道："可是，她是我妹妹啊。"

沈跃怔了一下，说道："好吧。"

回到家的时候母亲正独自一人在看电视，沈跃问道："乐乐呢？"

母亲看了他一眼，责怪道："你一点都不关心她，她和小曾在我们家后面那栋楼买了一套房，江东林家的，你还记得吧？他老婆搬家了，孩子出了那样的事情，他又去坐了牢，就把房子卖给了英杰和乐乐。"

沈跃一下子愣住了。当初沈跃建议曾英杰在这地方买二手房的时候根本没想到会出现这样的情况，这不是让江东林的家庭雪上加霜吗？他急忙问道："房子买了多久了？"

母亲说道："刚刚办完手续，十几万呢，英杰和乐乐家里都出了一笔钱。"

沈跃道："不行，我得给英杰打个电话，这套房子不能买。"

母亲惊讶地问道："为什么？"

沈跃解释道："这一片的房子今后会增值的，工厂马上就要搬走了。

妈，这件事情您千万不要对外面的人讲。”

母亲顿时笑了，说道：“工厂要搬的事情我都已经知道了，厂里面到处都在传。我们这是集资房，当初买的时候才五万多块，江东林家里穷，急需用钱，英杰和乐乐也算是做好事呢。”

沈跃不再说话，心里唯有苦笑：“怎么这样的事情老是让我遇上呢？难道是上天非要我一直生活在矛盾和愧疚之中吗？”

陪着母亲说了一会儿话，沈跃看了看时间，发现已经十一点多了，便对母亲说道：“妈，您早些睡吧，我也困了。”

母亲摇头道：“我睡不着，再看会儿电视。”

沈跃觉得有些奇怪，问道：“平时您不都是这个时候睡的嘛，您遇到什么事情了？”

母亲叹息着说道：“老了，睡不着，一睡觉就老是做噩梦。”

沈跃笑着安慰道：“没事，明天我去给您买点儿药。”

母亲似乎犹豫着想说什么，但嘴巴动了动却没有说话。沈跃很是担心，问道：“妈，您究竟在担心些什么？有什么事情就讲出来吧。”

母亲这才说道：“你们不在的时候我都不敢做饭了，总是会忘记关火，好几次都把菜煮糊了，你说我会不会变成老年痴呆？”

沈跃心里一沉，问道：“就只是做饭的时候忘记关火吗？其他时候呢？比如会不会经常叫不出周围那些人的名字？”

母亲摇头道：“那倒没有。”

沈跃这才放下心来，笑道：“那就没事。年轻人有时候也会出现那样的状况。这样吧，从今天起您就不用煮饭了，我和如心回来后自己做就是。”

母亲叹息道：“老啦，没用了。”

第二天沈跃还是打电话把曾英杰叫了过去，直接就问了他买房子的事情。曾英杰解释道：“其实我也不想买这套房子。我不是在工厂家属区里面张贴了买房广告吗？我正和好几家谈呢，结果江东林的老婆找上了门，我当然知道其中的轻重，可是她在我面前哭诉说家里实在是困难，两边的老人都生病住了院，孩子还要上学。本来上一家都已经谈好价格了，十万块，我也是想帮帮她才买下的，给了她十二万，结果为了这件事情乐乐还和我吵了一架。表哥，你说我这究竟是为了什么啊？"

沈跃知道曾英杰和乐乐的情况，其实他们也很困难，曾英杰多给了两万块钱一方面确实是为了帮助那个家庭，另一方面也许是为了今后不被人说闲话。曾英杰是一个细心的人，也比较大气，很多事情比乐乐考虑得周到。

沈跃说道："好吧，这件事情我就不多说什么了。英杰，如果你和乐乐在生活上有困难的话要随时跟我说，别不好意思开口。"

曾英杰咧嘴笑道："表哥，说实话，现在我都有些后悔了，要是在你这里上班的话，工资可是要比我现在的高得多呢。"

沈跃笑道："你可以辞职啊，我可以聘用你。不过我不希望你老是变来变去，这次要再选择的话就必须辞职。"

曾英杰摇头道："算了，我实在是舍不得脱下这身警服。"

正说着，匡无为进来了，对沈跃说道："沈博士，有件事情我必须得告诉你，因为我觉得有些不大对劲。"

沈跃急忙问道："什么事情？"

匡无为道："您母亲昨天到了我们这里，我发现她的神态有些恍惚，过去问她的时候她才清醒了过来，嘴里还说了一句'我怎么在这里呢？'"

沈跃顿时吓了一跳，问道："然后呢？"

匡无为道："后来我就送她回家了，在路上的时候我问她是怎么到这里来的，她回答说记不得了。沈博士，你家老太太是不是患上老年病了？这件事情你得重视起来啊。"

沈跃顿时想起头天晚上与母亲的谈话，突然间就联想起一个人，心里猛然间就紧张起来，禁不住失声大叫了一声："云中桑！"

"你为什么最终放弃了攻击沈跃心理研究所的计划？"

"我没有放弃……"

这是沈跃在催眠了云中桑后两个人最后的对话。这一刻，沈跃终于明白了云中桑的计划是什么。

曾英杰和匡无为都愕然地在看着他，沈跃这才意识到自己的这个判断似乎有些随意了。沈跃冷静了下来，重新整理着自己刚才那一瞬间的推理过程。从头天晚上母亲的自述来看，最近她有失眠、做噩梦、煮菜时忘记关火等状况，但是却能够叫出周围人的名字，这不大像是老年痴呆的症状，而刚才匡无为的描述直接给沈跃的感觉就是这是被人催眠后的表现。沈跃是敏感的，由此就直接想到了云中桑。

刚才沈跃之所以会重新整理那个判断是源于他怎么都不能相信云中桑会丧心病狂到那样的程度。云中桑是一个孝子，他对自己的母亲感情深厚，怎么可能对另外一个老人做出这样的事情来呢？可是现在，沈跃却不得不开始重新去评估这个人的道德和伦理底线了。

沈跃问匡无为道："你回忆一下，当时我母亲还有什么其他的异常行为吗？"

匡无为想了想，道："其他的我没怎么注意，当时我的第一个感觉就是老人家的情况不大对劲。"

沈跃明白了，匡无为的直接感觉是母亲患有老年痴呆症，只不过他不想在自己面前说出这个词罢了。他又问道："当时除了你还有谁看到了我母亲在这里？"

匡无为有些尴尬的样子，不过还是回答了他的这个问题："当时侯小君也在。她也觉得老人家不大对劲，本来她是准备给你打电话的，可是我告诉她说你正在省公安厅协助警方审讯云中桑，让她不要打搅你。后来我就把老太太送回家了，陪着她说了会儿话后没发现她再有什么异常，这才离开了你家。"

沈跃没有问他晚上吃饭的时候为什么没有说这件事情，因为其中的原因很简单，龙真真的出现让他魂不守舍，而侯小君肯定也是因为察觉到匡无为的变化而内心处于复杂的状态，于是两个人一时间都忘记了这件事情，这也很正常。

　　沈跃急匆匆地走到了侯小君面前，直接问道："你想想，昨天下午我母亲出现在这里的时候有哪些不大正常的地方？"

　　侯小君仰着头想了想，说道："她右手的拳头捏得很紧，好像攥着一样东西似的。"

　　这时候匡无为和曾英杰也跟进来了，沈跃问匡无为道："你送我母亲回家后注意到她手上的东西没有？"

　　匡无为道："我想想……我好像没有看到她手上有什么东西。"

　　沈跃直接就朝外边走，嘴里说着："我回去一趟。英杰，你跟我一起。"

　　母亲在客厅里坐着，戴着一副老花镜，手上拿着一本食谱。沈跃怎么看都觉得母亲不像是有病的人，不过他已经注意到，母亲身上没有穿外套。母亲惊讶地问道："你们怎么这么早就回来了？"

　　沈跃朝曾英杰递了个眼神，曾英杰急忙过去和老太太打招呼，沈跃趁机就进了母亲的房间。母亲的外套挂在衣架上，沈跃将手伸进右边的口袋里面，什么都没有。再去摸左边口袋，有一个硬硬的东西，沈跃的心狂跳不止，将那个硬硬的东西拿了出来———一只打火机，一次性的打火机！

　　这一瞬，沈跃明白了一切，同时对云中桑抱有的最后一丝同情和惋惜也随之烟消云散了。无尽的愤怒瞬间涌上心头———他居然催眠了我的母亲！他是要让我母亲去放火烧掉康德 28 号！

　　这个计划极其狠毒。试想想，如果母亲真的放火烧掉了康德 28 号，我这个当儿子的将如何去面对？眼睁睁看着她被警察带走，还是将事情隐瞒下来？这样的计划完全符合云中桑的方式，就如同他在程惠身上所做的那一切一样，他会让我再次陷入极度痛苦的两难之境。可是……不对，如果云中桑真的催眠了我母亲，他为什么要把时间设置成下午？晚上的时候岂不是最好？那时候康德28号里面没有任何人，母亲到那后才不会被人发现和阻止。

沈跃在母亲的房间里面呆立了很久，在这段时间里面，他的思维几乎已经处于停顿状态。从母亲的房间出来后，沈跃直接坐到母亲面前，问道："妈，您昨天下午去过我上班的地方？"

母亲回答道："这两天我总觉得昏昏沉沉的，前天也是，等我清醒过来后才发现到了你办公室的楼下。我怕打搅你，就没上去，然后就直接回来了。"

沈跃又问道："您真的不记得为什么要去那里了？"

母亲摇头道："我本来是想出去买菜的，不知道怎的就到了那个地方。"

旁边的曾英杰提醒道："是不是阿姨想你了？毕竟你最近特别忙，她很少看到你。"

沈跃道："也许吧。"随即他继续询问母亲："妈，您说您最近经常做梦，那些梦您还记得吗？"

母亲回答道："都是一样的梦，很吓人的。我老是梦见自己放火烧了你办公的那个地方，有一个声音在对我说，'一定要去烧了那个地方，那个地方的风水不好，你在那里面的时间长了会得绝症'。我就对那个声音说，'我儿子健康得很，现在又有了女朋友，那里是我儿子的事业，我不能那样做'。那个声音说，'你必须要去烧掉那个地方，深夜的时候去，那个时辰最好，不然的话你的儿子和未来的儿媳妇都会死在那里'。然后我就梦见自己真的去了，那地方被我放火烧了起来，可忽然就看到你在房子里面，你的身上全都是火。我每次都是在这时候被吓醒了。沈跃，我不敢把这个梦告诉你，我怕你担心我的身体。我知道梦是假的，你说是不是？"

旁边的曾英杰听了之后顿觉毛骨悚然，这下他也终于相信了沈跃的那个判断。可沈跃却脸上带着微笑，目光柔和地看着母亲，用低沉温暖的声音说道："妈，最近您太累了，您应该好好休息一下，我还记得小时候我们家里有一个火塘，冬天的时候一家人围坐在那里，您最喜欢坐在火塘旁边那张藤椅上睡觉了。您看，火塘就在您面前呢，很暖和，您好好休息一会儿吧。"

母亲的眼帘缓缓垂下，嘴里嘀咕着："嗯，我是得睡会儿……"

曾英杰又一次亲眼见到沈跃使用催眠术的全过程，依然感到神奇无比，张大的嘴巴差点儿合不拢。随即他就听到沈跃用低沉的声音问道："妈，最近您遇到过什么陌生人没有？而且那个陌生人还和您说了很久的话。"

母亲想了一会儿，然后回答道："前天上午，我在楼下买菜的时候碰见了一个老太太，她说她认识我，可是我怎么都想不起来她叫什么名字了。那个老太太说，'我是张淑芬啊，你忘了？'这下我好像想起来了，她好像是我们家很久以前的邻居，我们就在旁边的茶馆里面坐了一会儿。"

张淑芬？一个非常普通而又常见的名字，只需要稍加诱导就会让母亲觉得她确实是以前的熟人。沈跃又问："您想想，她在茶馆里面都对你说了些什么？"

母亲又想了想，忽然说道："我想起来了，我梦中的那些话好像就是她对我说的。"

事情已经完全可以确定了，沈跃正准备着手将母亲的那段记忆抹去，却忽然就想到了另外一个问题："妈，那个人不是叫您晚上去放火吗？您怎么白天就去了？"

母亲说道："我总觉得不大对劲。那个地方是我儿子的心血啊，我怎么能那样做呢？可是那个声音又反复在我耳边说，'你必须要去烧掉那个地方，不然你的儿子就会死在那里'。我差点儿就控制不住自己了，我就对自己说，'我去，我白天去，那样的话就会有人看见我，阻止我……'"

这一瞬，沈跃的眼泪一下子夺眶而出。连旁边的曾英杰也湿润了双眼。云中桑的催眠术虽然高明，但是他却并不知道一个母亲对儿子的爱究竟有多么强大！

母亲醒来了，但是她自己却对刚才的一切浑然不知，包括她曾经睡着过这件事也不记得了。沈跃看着母亲笑了笑，说道："我们回来拿点资料。妈，没事了，您不会再做噩梦了。"

母亲朝沈跃和曾英杰慈祥地笑了笑，说道："老啦，这也很正常，我看得开。"

沈跃在心里对母亲说道："没事了，我已经让噩梦离您而去。从今天晚上开始，您每天都会睡得特别香甜。我向您保证！"

下楼之后，曾英杰问沈跃："那个老太太肯定是云中桑装扮的，可是我们的人一直在他的家外边监控着，他是怎么离开家的呢？"

沈跃道："如果是他母亲提着菜篮出去买菜，你们的人会怀疑吗？"

曾英杰恍然大悟，道："你的意思是说……这个败类，竟然连自己的母亲都利用，还孝子呢？！"

沈跃不以为然地道："在他的心里，底线就如同一张纸，随时都可以去戳破。他会告诉自己说，复制一张母亲的脸模不会对她造成任何伤害。这就是他的逻辑和道德伦理标准。"

回到康德28号的时候沈跃惊讶地看到龙华闽正坐在自己的办公室里。看到他铁青着一张脸，沈跃忽然感到心里一沉，赶忙问道："又发生什么事情了？"

龙华闽道："云中桑从看守所里面逃跑了。"

沈跃一下子呆立在原地，嘴里喃喃地说道："我早该想到的，是我的心软造成的，我早该想到的……"

龙华闽惊讶地看着眼前这位心理学博士，看着他那张已经变得苍白的脸，问道："既然你早已想到了这种可能，当时为什么不告诉我？"

处于极度的颓丧状态下的沈跃清醒了一些，叹息着说道："告诉你又有什么用？我根本就做不到。"

龙华闽不明白他的意思，问道："什么让你做不到？"

沈跃郁郁地回答道："唯一的办法就是我在催眠他之后将他所学的催

眠术屏蔽在他的内心世界里面，或者是降低他在专业方面的能力。可如果我真的那样去做了的话，就扼杀了一位心理学方面的天才。我做不到，也根本不可能那样去做。"

龙华闽被他的话震惊了，过了好一会儿之后才凝视着他问道："如果我们再次抓到他的话，你会不会那样做？"

沈跃叹息道："我不可能做到了，他也很难再从监狱里面逃出去了。"

龙华闽问道："为什么？"

…………

图书在版编目（CIP）数据

独白者.3,同行 / 向林著. -- 南京：江苏凤凰文艺出版社，
2017.7

ISBN 978-7-5594-0726-9

Ⅰ.①独… Ⅱ.①向… Ⅲ.①长篇小说－中国－当代
Ⅳ.①I247.5

中国版本图书馆CIP数据核字（2017）第138572号

书　　名：**独白者 3：同行**

著　　者：向　林　　　　　　　图书监制：欧阳勇富
图书策划：欧阳勇富　　　　　　文字编辑：孙　赫　武环静
责任编辑：邹晓燕　黄孝阳　　　营销编辑：陆　洁
装帧设计：小_何工作室

出版发行：凤凰出版传媒股份有限公司
　　　　　江苏凤凰文艺出版社
出版社地址：南京市中央路 165 号，邮编：210009
出版社网址：http://www.jswenyi.com
发　　行：北京时代华语国际传媒股份有限公司　010-83670231
经　　销：凤凰出版传媒股份有限公司
印　　刷：北京市松源印刷有限公司
开　　本：690 毫米 × 980 毫米　1/16
印　　张：20
字　　数：280 千字
版　　次：2017 年 8 月第 1 版　　2017 年 8 月第 1 次印刷
标准书号：ISBN 978-7-5594-0726-9
定　　价：39.80 元

（江苏文艺版图书凡印刷、装订错误可随时向承印厂调换）